乙女な人形奥様と爽やか騎士様の甘やかな日常

南 玲子
REIKO MINAMI

NB
ノーチェ文庫

登場人物紹介

ライアン

レイチェルの旦那様で、
優秀な騎士。
誰にでも優しく、
爽やかな笑みを絶やさない。
レイチェルのことが何より大事。

レイチェル

類稀《たぐいまれ》なる美貌を持っているのに
表情筋が全く動かないため、
『妖精の人形』と呼ばれている。
そんな見た目に反して心はとても乙女で、
ライアンのことが大好き。

エマ
新米侍女。
朗らかな性格で、
主人である
レイチェルを
優しく見守る。
ベリル
レイチェルを
伯爵令嬢時代から
世話するベテラン
侍女。レイチェルの
よき理解者。
メルビス
レイチェルの兄であり、
強大な権力を持つ
ハプテル伯爵。
妹を溺愛している。
アレクシア
ライアンの直属の上司・
騎士団第二部隊隊長の娘。
天真爛漫な性格で、
いつもライアンに
親しげに接する。
ヴィーデル卿
国王の甥。
レイチェルに何度も振られているが、
めげずに求婚している。

目次

乙女な人形奥様と爽やか騎士様の甘やかな日常

プロローグ

緑が木々から芽吹き始める、早春の頃。

深い森の中を、馬車が土埃《つちぼこり》を立て、すごいスピードで通り過ぎていく。その馬車の後ろには、荒々しく走る五頭の馬が続く。

馬に乗った男たちは馬車に追いつくと、三人の護衛をあっという間に剣で刺し殺してしまう。

「ひぃぃぃい！　誰か、助けてくれっ！」

駆者《ぎょしゃ》は顔を真っ青にして更にスピードを上げるが、男たちを振り払えない。やがて馬に乗った男の一人が駆者《ぎょしゃ》の横にピタリと並び、剣を薙《な》ぎ払った。

森をつんざく駆者《ぎょしゃ》の悲鳴に驚き、周囲から鳥が飛び立つ。

馬車は停《と》まり、男たちがそれを囲んだ。

その中の一人が馬車の扉を開け、中にいた女性を引きずり出す。服装からすると、侍女のようだ。

彼女は、泣きながら命乞《いのちご》いを始めた。けれども男たちはそれを嘲《あざけ》る。

「こりゃあ、上等な服だ。こんな侍女を連れているのなら、主人のほうも期待できそうだぜ！」

「なんせ、馬車に護衛を三人もつけていやがったからな。よほど高貴な身分のお方に違いない」

彼らは嫌がる侍女の腕を掴《つか》んで、振り回して弄《もてあそ》ぶ。すると馬車の扉が開き、もう一人の女性が出てきた。その姿を見て、男たちは同時に驚きの声を上げる。

「うわぁ、こいつはすげぇや……！」

その女性は、この世のものと思えないほどに美しかったからだ。

腰まである黄金色《こがねいろ》の髪は太陽の光を反射して煌《きら》めき、きめの細かい肌は白磁《はくじ》のように透き通っている。

その女性は顎《あご》を少し上げると顔色一つ変えず、まるで琴《こと》の音のように響く声を出した。

「さっさと私を連れていきなさい。でも、彼女を殺せば私も命を絶《た》ちますわよ」

その立ち姿は凛《りん》としていて、天使よりも神々《こうごう》しい。

男たちは思わず彼女に見惚《みと》れて、言葉を失う。

しばらく沈黙が続いたが、一人の男が思い出したようにつぶやいた。

「……これがあの噂の『妖精の人形』……レイチェル・ハプテルか！」

その直後、馬の蹄《ひづめ》の音が近づいてきた。男たちがハッと我に返り、一斉に剣を構える。

彼らの目線の先には、白馬に乗った二人の騎士がいた。

黒色の騎士服の詰襟《つめえり》には刺繍《ししゅう》が施《ほどこ》され、肩には金色の飾緒《しょくしょ》が吊るされている。騎士たちは漆黒《しっこく》のマントを翻《ひるがえ》し、一直線に馬車に向かってきた。

二人のうち片方の騎士は銀の髪と緑の瞳を持ち、目鼻立ちのすっきりした男性。彼は鋭い刃《やいば》の剣を構えると、馬に乗ったまま男たちとレイチェルの間に突っ込んだ。

そして、彼は人形のように美しいレイチェルの腰を抱くと、馬の上に抱《かか》え上げる。

「レイチェル様！　少し揺れますが、しっかり僕に掴《つか》まっていてください！」

精悍《せいかん》な顔つきの騎士は、彼女を腕に抱《かか》えたまま、男たちを次々と倒していった。

一人の騎士は、侍女を助け出す。

あっという間に馬車を襲った野盗は鎮圧《ちんあつ》されて、二人の騎士が乗る馬の蹄《ひづめ》の音だけが森の道に響く。

レイチェルは、人形のように表情もなく、抑揚《よくよう》のない声でこう言った。

「どなたか存じませんが、助けていただいてありがとうございます」

「僕の名はライアン・ブルテニアです。あなたの命をお助けできて光栄です。レイチェル様」

ライアンと名乗った騎士は、片腕でレイチェルを抱いたまま白馬の手綱《たづな》を操《あやつ》り、春の日差しのように爽《さわ》やかに笑った。

――これが二人の出会いだった。

1　妖精の人形は旦那様にめろめろです

私の名はレイチェル・ブルテニア、二十二歳。

二か月前に王国の騎士であるライアン・ブルテニア様と結婚したのだけれど、それは社交界を騒がせる出来事となった。

私たちが暮らすリシュラン王国は、領土の南側のほとんどが海に面していて、大陸でも広大な国土を誇っている。百年前の大戦で大勝利を収めたリシュラン王国は、いまや近隣諸国の中でも強大な軍事力を擁《よう》す大国となった。

私の父である前ハプテル伯爵は王国の宰相で、貴族院のトップでもある。

そのため、ハプテル伯爵家は大きな権力と影響力を有し、王国の安定した政治運営の礎《いしずえ》を担《にな》っている。

けれど、リシュラン王国への周辺諸国からの侵略はあとを絶《た》たない。何故なら、王国は天候と地形に恵まれているからだ。

肥沃《ひよく》な土壌には作物が豊かに実り、それを輸出するための航路や陸路も充実している。

そのため、どの国もリシュラン王国の領土を求め、攻め入ってくる。それを防ぐのが、王国の誉《ほま》れたる騎士団だ。

騎士団はその仕事ぶりにより、政治の中枢《ちゅうすう》を担《にな》う貴族院に匹敵するほど強大な権力を持つようになる。

やがて、大きな力を持つ文の貴族院と武の騎士団は、事あるごとにぶつかるようになった。

私の旦那様になったライアン様は、王国の騎士。男爵家の三男という身分でありながら、若くして優秀だと知られている。

貴族院で絶大な権力を握るハプテル家の娘の私と、将来有望な騎士であるライアン様。対抗する勢力を象徴する者同士の結婚だったことが、社交界を騒然とさせた。

それだけでなく、もう一つ理由がある。

ライアン様は整った容姿の上に、騎士階級であることを鼻にかけない。爽《さわ》やかな身のこなしに人懐っこい性格で、自然と周りに人が集まる社交的な男性だ。

それとは逆に、私は人を寄せつけない非社交的なタイプ。

あまりにも似つかわしくない夫婦だと、多くの人に注目されてしまった。

しかも、私には普通の女性にはない特徴があるのだ。

腰まで伸びた黄金色《こがねいろ》の髪に、透き通った陶器《とうき》のような白い肌。瞳は青とも緑とも紫ともつかない微妙な色合いで、妖艶な雰囲気を醸し出している、とみなが言う。

それで、結婚した今でも『妖精の人形』と呼ばれているのだ。

けれど人形と揶揄《やゆ》される理由は、美しさだけではない。父と母の優《すぐ》れた遺伝子を受け継ぎ、完璧な美人と称賛される私だけれど、足りないものが一つある。

それは表情筋だ。

生まれたときから、表情が豊かでない子どもだと思われていたようだが、大きくなるにつれそれが顕著《けんちょ》になった。泣き顔も、笑顔も上手《うま》く作れない。

幼い頃、必死に訓練をしたが、私の表情筋は固まったままピクリとも動かなかった。

その理由として、思い当たる節《ふし》がひとつある。

私は父が四十五歳、母が三十九歳のときに生まれた。それまで両親の子どもは兄一人。両親は子どもを授《さず》かるのは無理だと諦《あきら》めていたらしい。そんなときに、思いがけずできた私は、彼らにとって奇跡の子。

もちろん両親は目に入れても痛くないほど私を溺愛《できあい》した。しかも、二十一歳年の離れた兄も同様だった。

彼らは私の成すこと全てに、それは大仰《おおぎょう》に反応する。

転んだだけで、私の前に彼らが号泣するのだ。彼らが代わりに感情を表現してくれるのだから、私はそうする必要がないと脳が判断したのだろう。

気付けば、無表情の私ができあがっていた。

そんな人形のような冷たい見た目のせいで、誰も私に近づいてこない。もともと人見知りでもあり、ますます人付き合いが苦手になってしまった。

十八歳になり成人して社交界に顔を出すと、そんな私にも声をかけてくれる男性が現れた。

でもその大半は、ハプテル伯爵家の名誉《めいよ》や財産、あるいは私の容姿に目がくらんだ、自尊心が異様に高い自意識過剰《かじょう》な男性。

そんな男性の誘いをバッサリと断れば断るほど、彼らは『美貌《びぼう》を笠《かさ》に着た、高飛車《たかびしゃ》で冷たい女だ』と、私の悪評をばらまいた。その結果、私は更に孤立するようになってしまった。

このままでは素敵な男性と出会えないと、とても悲しかった。

だって、人形の顔とは裏腹に、心の中は普通の人よりも繊細《せんさい》で、常に揺れ動いている。

ただ、それが表情として表れないだけ。見た目は感情のない人形でも、中身は恋愛に憧《あこが》れる乙女なのだ。

私の理想の男性は、子どもの頃読んだ『リシュラン王国と救国の騎士』という絵本に出てくる、銀色の髪に緑色の瞳の騎士様。私はその騎士を『運命の騎士』と呼んで、彼のような男性をずっと探していた。なのに、どんな男性からも敬遠されてしまう。

そんな日々が続いたので夜会に出席するのも憂鬱《ゆううつ》になり、四年ほど社交界から遠ざかっていた。

もう一生結婚できないと思ったけれど、ついに『運命の騎士』に出会ってしまった!!

そう……あれは四か月前のこと。

私は馬車で森を通っているとき、野盗に襲われた。

護衛はすぐに野盗に倒され、侍女は無理やり馬車の外に引きずり出された。私も五人の男たちに囲まれて、もう駄目だと覚悟したとき、馬に乗ったライアン様が颯爽《さっそう》と現れたのだ。

彼は私を軽々と抱き上げ、自分の膝《ひざ》の上に乗せた。そうして私を片腕で抱きながら、襲ってくる野盗を次から次へと倒した。

私を守ってくれる、爽《さわ》やかで誠実そうな騎士様。その上彼は、絵本の騎士と全く同じ、銀色の髪に神秘的なエメラルドグリーンの瞳の男性だった。

私の理想の人が実在したのだ。恋に落ちるなというほうが無理。まさに一目惚《ひとめぼ》れだった。

しかも彼は、私や侍女にも誠意ある態度で接してくれた。いつも男性に敬遠される私にとって、ほとんど初めての経験だった。

もう一度ライアン様に会いたいけれど、どうすればいいだろうとぐずぐず悩んでいると、何故か彼のほうからお父様に結婚の申し込みがあった。

信じられないことに、ライアン様も一目《ひとめ》で私を好きになったのだという。

夢のような展開に、はじめは耳を疑った。ようやく現実に起こったことだと理解したとき、表情筋は動かないけれど、心の中は狂喜乱舞《きょうきらんぶ》だった。

将来有望で、見目麗《うるわ》しい若き騎士。そんな彼を密《ひそ》かに想う女性は、大勢いたと聞いた。

ライアン様はその全てを断っていたという。

なのに、出会ったばかりの私を奥様に選んでくれた。私のような内向的な人間が彼と結婚できたなんて、今でも奇跡だと思う。

(どうしましょう！　大好きなライアン様と毎日同じ家で暮らすことができるなんて！　あぁ、私、とても幸せだわ！)

一生分の幸運を使ったと、桃色の心地《ここち》で浮かれていたけれど、ふと一抹《いちまつ》の不安が芽生《めば》えた。

ライアン様は、一体私のどこを好きになったのだろう――

結婚の申し込みを受ける前に、私とライアン様はそんなに会話していない。野盗から助けてもらったあと、お医者様に診《み》てもらってお迎えが来るまでの間、ほんの少し言葉を交《か》わしただけ。しかもライアン様に一目惚《ひとめぼ》れして気持ちが高揚《こうよう》していたので、普段よりもそっけなかったのだった。

野盗から助けてもらったときも、私は無表情の人形だったはず。そんな私に恋をしたということは、ライアン様は感情を表情に出さない女性を好むに違いない。

しかも冷たくあしらわれるのがきっとお好きなのだ。今までの男性たちも、私を冷たい女だと思っていたから。

（あぁ、私の中身が乙女だと知られるわけにはいかないわ。ライアン様のお好きな『妖精の人形』のままでいないと、嫌われるかもしれない！）

私は彼好みの女性でい続けるため、ライアン様の前では更に無表情になるよう努《つと》めた。意識しても感情が表情に出ない私にとって、それはそう難しくない。ライアン様を好きだと意識すればするほど、つれない言葉で返してしまうのも好都合だった。

本当の私を決して見せないと、固く決意した。

そんな努力が実ったのか、現在は結婚して三か月目。ライアン様と過ごす初めての夏を迎えようとしていた。私たちは二人の新居で、砂糖菓子よりも甘ーい新婚生活を送っている。

『運命の騎士』であるライアン様は、毎日のように私を愛していると言ってくれる。

（うふふ、本当にこれ以上ないほど、最高の旦那様だわ！）

王都の端にある私たちの新居は、ライアン様が用意してくれた。お父様は伯爵家の隣に豪邸を建ててやると言ったのだけれど、ライアン様が『自分の給金だけで生活したい』と固辞したのだ。

ハプテル伯爵家の財産目当てに私に寄ってくる男性は、大勢いた。だけど、ライアン様はハプテル家の援助を全く受けない。

そんなライアン様への愛情が更に高まる。

（あぁ、素敵！　素敵です！　なんて堅実な男性なのでしょうか！）

私たちの愛の巣は、三階建てのレンガ造り。白く塗られた壁は薔薇《ばら》の蔓《つる》で飾られている。一階にはダイニングルームとギャラリーと応接室、それとキッチンと庭のテラスに続くサンルームがある。二階には夫婦それぞれの部屋があり、バスルームを間に挟んで繋《つな》がっている。あとは客室と書斎が一室ずつ。三階の屋根裏は住み込みの侍女たちの部屋だ。

お父様に言わせれば馬小屋のように小さな屋敷らしいが、私にとっては天国よりも居心地がいい。

ハプテル伯爵家の屋敷に比べたら狭くとも、王都の屋敷の中では広いほうだ。ライアン様ははっきりとした金額を言わないが、ずいぶんと値が張ったに違いない。貴族の三男で騎士とはいえ、役職がなければ給金はそう高くない。彼がだいぶ無理をしたのは明白だ。

しかも、ここからハプテル伯爵家までは馬車で十分ほどだ。私が里帰りしやすいだろうとライアン様が考えてくれたから。彼の細かい配慮に感動する。

（なんといっても、ま・い・に・ち、ライアン様のお顔が見られるのですもの！　うふふっ）

あまりに幸せすぎて、時々大声で叫びたくなるほどだ。

今日も、愛する夫のライアン様のお顔を見て一日が始まる。

目が覚めると、すぐ傍に銀色の睫毛《まつげ》があった。

鼻筋はスッと通っていて、薄い唇は少し開いて子どもっぽく見えた。

レースのカーテンから漏れる日差しに照らされたライアン様の寝顔。それを見ているだけで、一瞬で満たされる。

（あぁ、なんて素敵なお顔なのかしら。睫毛《まつげ》の一本一本が銀の糸のように輝いているわ。それに薄いピンク色をした形のいい唇。この唇で私の名を呼んでくださるのね……ほうっ……夢みたいだわ）

ライアン様の吐く息が、空気中で薄くなってしまうことさえもどかしい。私は顔をできるだけ近づけて、ライアン様の唇付近の空気を一生懸命《いっしょうけんめい》吸う。

何度も深呼吸をして感動に浸《ひた》ったあと、ふと不思議に思う。どうやら私はライアン様の寝室で眠っていたらしい。

（あらっ？　昨日は自分のお部屋で眠ったはずなのに、おかしいわ……）

ライアン様が隣にいることが幸せすぎて、すぐには気付かなかった。

夜の営みがあってもなくても、私は自室で眠るように心がけている。それは愛するライアン様に、寝顔を見せないための努力。

今日のように、自室で寝たはずが彼のベッドで目覚めることがままある。そういうときは、自然に彼より先に目が覚めるから驚きだ。きっと私の本能がそうさせるのだろう。

（万が一、ライアン様に涎《よだれ》の垂れた顔なんか見られたら大変だわ。『妖精の人形』のイメージが台なしだもの。あぁ、でもお傍から離れるのは胸が張り裂《さ》けそうなほどに辛《つら》い。でも、愛《いと》しの旦那様が目を覚ます前に、自分の部屋に戻らなくてはいけないわ）

彼の寝姿を見ていたい欲求を、ぐっと抑える。

何度も言うが、私の心の中はこの世のどんな乙女よりも乙女なのだ。

ライアン様を起こさないよう気を付けて身をかがめると、私は聞こえないほど小さな声で囁《ささや》いた。

「おはようございます、ライアン様。心から愛していますわ」

私は未練を振り払ってそっとベッドから抜け出し、バスルームを通って自室に戻る。

それから侍女のベリルを呼んで化粧をして髪を結い、ドレスを着るのを手伝ってもらった。

ベリルは私が伯爵家にいた頃からの侍女で、給金が下がるにもかかわらず、結婚してからもついてきてくれた。細身で、ひっつめの髪をお団子にして後ろにまとめているのが似合う。そんな彼女は、フリルのついた侍女の服がなんだか子どもっぽいと、最近愚《ぐ》痴《ち》を零すようになった。そんな彼女のことが私は大好きで、全面的に信頼している。

ライアン様が目覚めるまで、自室で本を読んだり縫《ぬ》いものをしたりして待つのが私の日課だ。

ベリルが退室すると、洋服の間にしまってある絵本を引き出しから取り出した。それは幼い頃からのお気に入りで、ずっと大事にしている絵本。『リシュラン王国と救国の騎士』だ。

冷たい『妖精の人形』は、子どもの頃に読んだ絵本など大事にしないだろう。イメージを壊すのが怖くて、ライアン様にはこの絵本のことを内緒《ないしょ》にしてある。

表紙には、銀の髪に緑の瞳をした騎士が天に剣を掲《かか》げ、炎《ほのお》を吐くドラゴンと戦っている絵が描いてある。何度見ても、その騎士はライアン様にそっくりだ。野盗から助けられたとき、絵本から騎士が抜け出してきたのかと思った。

「本物のライアン様を見られないときは、この絵本で我慢しましょう」

そうつぶやいて、その表紙の騎士に頬ずりをする。ちょっぴり甘酸《あまず》っぱくて、幸せな気持ちになった。

「奥様、朝食のお支度《したく》ができました」

ライアン様の支度《したく》が済んだようで、ベリルが私を呼びに来た。ライアン様のお顔が見られるのだと心が騒ぐが、それは表情には出ないし、声色《こわいろ》にも一切出さない。

「わかりました」

抑揚《よくよう》のない一言《ひとこと》を発して、ベリルとダイニングルームへ向かう。

そこには、夏の朝の瑞々《みずみず》しい日差しがたっぷりと注《そそ》いでいた。けれども太陽の光なんて、ライアン様の放つ輝きとは全く比べものにならない。

彼の顔はあまりにも眩《まぶ》しくて、私は長く直視できないのだから。

私は胸を高鳴らせながら、いつものように彼から一番離れた席に腰かけた。

四メートルの長方形のテーブルの端と端に、私たちは向かい合って座る。この不自然な配置は、私がお願いして特別にそうしてもらった。私の心臓が持ちそうにないからだ。

けれど、やっぱりライアン様のお顔が見たい。私は覚悟を決めて、そっと彼を見る。

すると、みるみるうちに細胞が覚醒《かくせい》して騒ぎ始めた。

グレーの騎士服を身につけたライアン様は、私の理性が弾《はじ》けそうなほど格好いい。

（あぁ！　できれば肩についている飾緒《しょくしょ》になって、一日中お傍にいたいです！　最高の角度でお顔を見ていられるもの。騎士服がこんなに似合う男性は、彼以外にいないわ！

あぁ、眼福《がんぷく》ぅぅ！）

私はすぐに目を伏せて、このように無表情のまま心の中で悶《もだ》えるのだ。そのあと、全く興味がないというように装《よそお》って、平坦な口調で問いかける。

「ライアン様、今日のご予定をお伺いしてもよろしいですか？」

もう一度顔を上げると、優雅にパンと果物を口に運ぶライアン様が見えた。

その瞬間、胸の奥がきゅぅぅうんっと締めつけられる。

（あうぅう、痛っ！）

私は胸に手を当てて、一秒も経たない間に彼から目を逸《そ》らした。

（はぁっ、はぁっ、駄目だわ。ライアン様が素敵すぎるせいで、こんなに離れていても、意識が遠くなってくるわ。でも、ライアン様の前で気を失うわけにはいかないのよ）

人形のような顔の裏で、私がそんなことを考えているとは露《つゆ》ほども思わないのだろう。ライアン様は、透き通った声で答えた。

「今日はバートラム隊長と一緒に騎士団本部に行って、午後は後輩と訓練をしてから帰ってくるよ。でもどうして？　いつもは僕の予定なんか聞かないよね？　でも、君が僕のことを気にしてくれるなんて嬉しいな」

昇天しそうなほどの、イケメンボイスが私を襲う。

全身がぽかぽかとあたたかくなって、脳がちりちりと焼けつくようだ。

（駄目よ、レイチェル！　他のことに意識を集中するの。理性で心を落ち着かせるのよ！）

そう自分に活《かつ》を入れ、淡々とした声で言う。

「今夜は、ボルネリ王立劇場でオペラがあるらしいのです。席を用意していただいているようですわ。夜の八時からと聞いております。お忙しいようでしたらお断りいたしますが」

「それなら是非一緒に出席しよう。演目はなんなの？」

「さあ、なんだったかしら……ご一緒できると思いませんでしたので、よく見ていませんわ。あとで確認しておきますわね」

本心とは裏腹に、関心がないと言わんばかりの冷たい声を出した。

これは嘘だ。実は演目どころか、出演者の名前まで把握している。ライアン様と外出できるかもしれないと、とても楽しみにしていたからだ。

でも、それをライアン様に悟られてはいけない。彼の好みは無表情で冷たい、人形のような女性なのだから。

ライアン様はそんな塩対応の私にも笑顔を崩さない。

「ふふ、そうなんだ。あとで教えてくれたらいいよ。どうせ演目なんてなんでもいいんだ。一緒に出かけるなんて久しぶりだから楽しみだね、レイチェル」

(うわぁぁ、なんて素敵な笑顔なのかしら。とろけてしまいそうだわ……ほぉぅ。さすが私の旦那様)

心の中ではにやけまくっているのとは対照的に、努《つと》めて冷静に答えた。

「ええ。わかったらお教えしますわ。いつになるかわかりませんけれども」

「あぁ、無理に調べようとしなくていいよ。大事な君を煩《わずら》わせるつもりはないからね。あぁ、もうこんな時間だ。じゃあ仕事に行ってくるね。今夜の君とのデートを楽しみにしているよ」

そう言って彼は席を立ち、私の前まで歩いてきた。そして私の肩に手を置き、腰をかがめて唇にキスをしようとする。

（ひゃぁぁぁっ！）

急なことに脳の伝達が追いつかない。あまりにテンパってしまって顔を横に向けてしまう。ライアン様のキスは、唇ではなく私の頬に落とされた。

（あぁっ！　本当は唇にキスしていただきたかったのに！　私ったら馬鹿っ、もったいない！　反射的に避《よ》けてしまうなんて！）

ライアン様の柔らかい唇の感触が頬に当たり、彼のカールした髪が耳にさらりと触《ふ》れては離れていく。ライアン様の匂いが香ってきて、ドキリと心臓が跳ねた。

（あぁ、なんていい香りなのかしら。幸せすぎて涙が出そうだわ……ほぅっ）

そう思うけれど、表情筋が死んでいるので涙なんてもちろん出ず、相変わらず無表情のままだ。

「ふっ……愛しているよ、僕の可愛い奥様」

そう言って爽《さわ》やかに笑うライアン様に応えようと、私は視線だけで彼を見た。これが精一杯だ。自分の心臓の音が大きくなりすぎて、他に何も聞こえない。

(きゃぁぁ！　ち、近いですぅ！　でもなんて格好いいのでしょうか！　彼が私の旦那様だなんていまだに信じられないわ！　萌《も》えすぎて私の心臓が持ちそうにありません)

私は心の中で右往左往《うおうさおう》しながらも、抑揚《よくよう》のない声で挨拶《あいさつ》を返した。

「行ってらっしゃいませ、ライアン様」

「行ってきます。レイチェル」

(あっ、待って！　行かないで！　もう少し私の傍にいてほしいのにっ……あぁ！　行っちゃった……うぅ)

身を翻《ひるがえ》して軽やかに去っていくライアン様の背中を、はち切れんばかりの想いを胸に秘め見送る。

毎朝のことだけれど、彼の背中を見るのは、いつも身を切られるように辛《つら》い。

しばらく寂しさに浸《ひた》っていたが、彼がいなくなるとようやく鼓動が落ち着いてきた。

(そうだわ、目に焼きつけた今朝《けさ》のライアン様の姿を、新鮮なうちに思い返しましょう)

そっと目を閉じると、先ほどのライアン様の騎士姿が瞼《まぶた》の裏によみがえってくる。

(私の旦那様は、本当に騎士服がよく似合うわ。うふふ)

心の中だけニマニマして、きゅんきゅん萌《も》える。

私は騎士服姿のライアン様が一番お気に入りなのだ。詰襟《つめえり》の騎士服で剣を構えた彼を思い返すだけで、気絶しそうになる。

そういえば初めてライアン様を見たときは、絵本と同じ漆黒《しっこく》の騎士服をまとっていた。ライアン様のベストショットが、次々と脳裏《のうり》を過《よぎ》る。そのどれもが素敵で、胸がときめいた。

しばらく浸《ひた》ったあと、ようやく満足して目を開ける。

するといつの間にか侍女のベリルとエマが私の傍に立っていて、何か言いたそうにこちらを見ていた。

その憐憫《れんびん》のこもった視線を感じるだけで、彼女たちの言いたいことが伝わってくる。

侍女は普通、主人と一線を引いて接するものだ。けれども我が家の侍女は違う。私たちの間には秘密を共有する者同士の、いわば仲間意識のようなものが存在する。そのため、彼女たちは私に全く容赦《ようしゃ》がない。

無言の圧力に屈《くっ》した私は、いたたまれなくなって声を上げた。

「わかっているわよ、ベリルにエマ。でも、私がそれを口にしては駄目なのよ」

「……私も愛していますと返すのが、どうして駄目なのですか？」

侍女のエマが呆《あき》れたように言うので、思わず心の中で泣きそうになる。

「駄目なのよ。だってライアン様は冷たい人形である私を好きになってくれたのだもの。

私がライアン様にベタ惚《ぼ》れで、いつだってきゅんきゅん胸をときめかせているなんて、知られてはいけないの」

そんな私に、ベリルは大きなため息をついた。

「お言葉ですが、奥様。旦那様だって、たまには愛の言葉を聞きたいと思われていますよ。たとえ奥様がツンデレだとしても、百回に一回はデレがなくては成り立ちません」

「そ、そんなことないわよ。ライアン様は乙女な私なんてお好きではないもの」

「いいえ、そんなことはありません。ずっと北風に吹きつけられてばかりでは、旅人は去ってしまいます。たまの太陽のあたたかさがあってこそ、北風の寒さが引き立つのですよ。同じような態度ばかり取っているといずれ飽《あ》きられて、旦那様も心変わりをしてしまうかもしれません。奥様の甘い言葉を聞けば、一層いつもの冷たさが際立《きわだ》ち、お喜びになるのでは？」

「……そういえば、結婚する前からずっと、私はライアン様にそういうことを言ったことは一度もないわ」

一生に一度のプロポーズの返事でさえ、『そうですか。わかりましたわ。では、よろしくお願いいたします』というそっけなさだったのだから。

ベリルはさっき、ライアン様がいつか心変わりしてしまうかもしれないと言った。

（あぁっ！　そんなの絶対に無理ぃ！）

想像するだけで暗雲が心を覆《おお》いつくして、世界が終わった気分になる。なのに私の表情には何も表れない。心の中では床に崩れ落ちて大声で泣き叫んでいるのに、口角は上がらないし目尻も一ミリたりとも下がらないのだ。

「飽《あ》きられるのは……絶対に駄目だわ。もうライアン様なしでは生きていけないもの……でも、デレてみて『冷たい君が好きだったのに』と言われたらどうすればいいの？　それに、デレるってしたことがないわ。だってライアン様が私の初恋なんだもの」

あまりに不安で、疑問が口を突く。

すると、エマがにっこりと笑って人差し指を立てた。

「ただ、愛しているとだけお伝えすればいいのではないでしょうか？　どんなに人形のような女性が好みでも、奥様に愛を伝えられて嬉しくない旦那様なんていませんよ」

そんなことが簡単にできたら苦労しない。

「人形が好きなのであれば、感情の出ない顔で愛していると言う分には、喜んでくださるかしら？　でも、一度そう言ってしまうと、止まらなくなってしまいそうよ。『ライアン様の細胞を、余すところなく食べたいくらい愛しています』って言いそうだわ。……でもそんなことを言ったら確実に嫌われてしまうわね」

私が真剣に悩み始めると、ベリルが呆《あき》れたようにため息をついた。

「はぁっ……本当に難儀な性格ですね。奥様は難しく考えすぎるのですよ。少しでも旦那様の近くにいたいと思っておられながら、こんな風に席を離してしまいますし」

ダイニングテーブルの席のことを言っているのだろう。それはもっともな意見だ。

でもあまりにライアン様を愛しすぎて、近くにいると動悸《どうき》が速くなり息苦しくなる。たまにならいいが、毎日のことだ。せっかく愛するライアン様と結婚できたのに、心臓発作で死んでしまっては元も子もないから、席を離すしかないのだ。

いたたまれなくなった私は、開き直ることにした。

「放っておいてちょうだい。どうせ、私は見かけは人形なのに思考が乙女すぎるのよ。こんなことなら外見だけでなく、心の中も人形のように冷めていればよかったのに。それなら、ライアン様の好み通りの女性だったわ」

侍女たちは、沈黙することで私の意見に同意する。自分で言ったことなのに、彼女たちの反応で更に落ち込んでしまった。

「……ライアン様が屋敷を出られたのなら、私も着替えるわね。このドレスは高価なくせに、染《し》みがつくと取れないの」

心は半泣きの状態のまま自室に戻って、いつもの洗いやすい廉価《れんか》なドレスに着替える。

このドレスは綿《めん》なので、動きやすい上に汚れてもすぐに水で洗えば落ちるのだ。そしていつものように作業を始めることにした。

この屋敷には、住み込みの侍女であるエマとベリル、通いで来るシェフと庭師以外に使用人はいない。

伯爵家で暮らしていたときには、私付きの侍女だけで十人は超えていた。でも、ここではそんなことはできない。使用人を一人雇《やと》うだけでも、お金がかかるから。

ライアン様の給金ならもう少し使用人を増やせるけれど、彼が命を懸《か》けて稼いだお金をそんな風に使うのは気が引ける。無駄遣いはできるだけ抑えたかった。

幸いライアン様も「僕のことなら侍女が一人いれば充分」と言ってくれたので、私が連れてきたベリルに加えてエマを雇《やと》った。

エマは侍女として働き始めてまだ数年だが、いつも朗《ほが》らかで明るく、ライアン様も気に入っている。

こうして、私たちの結婚生活はスタートした。

使用人が少ないからといって、ライアン様の財産である屋敷の管理をおろそかにはできない。そこで私は、自分自身で屋敷の掃除をしようと思いついた。

ライアン様との愛の巣を、自《みずか》ら綺麗にしたいという気持ちもある。掃除は節約になるだけでなく、私にとってご褒美《ほうび》のようなものだ。

幸い私は表情筋を動かすこと以外は器用で、すぐにコツを掴《つか》むことができた。

伯爵家にいた頃はもちろん掃除などしたことがなかったけれど、結婚して丸二か月で、大抵のことはこなせるようになった。

その結果、節約ができるし、意外なことに主人の私が掃除に参加することで、使用人たちもスムーズに仕事を進められるようだ。

物音を立てないよう気を配る必要がないから。おかげで作業効率がぐんと上がった。

そういうわけで、我が家の侍女たちと私はただの主従関係ではなく、心を許せる友人のようなもの。屋敷に引きこもってばかりの私にとって、二人の存在はとても嬉しい。

私が廊下に出ると、エマが張り切って腕まくりをしていた。

「奥様、今日は何をなさるのですか？」

「そうね、窓ガラスを拭《ふ》いて、庭で花をとってきて玄関に生けましょう。今夜観劇に着ていくドレスも用意しないといけないわね。それに、今日の午後はハプテル家の屋敷に行かなければならないし、忙しくなるわ」

両親とお兄様は、私とライアン様の結婚を許すにあたって条件を出した。それは、週に二日、一時間、私がハプテルの屋敷で一緒にお茶を飲むというもの。私を溺愛《できあい》してやまない彼らは、その日をことさら楽しみにしている。

私は心の中で大仰《おおぎょう》にため息をつくと、いつものように侍女たちと一緒に窓ガラスを拭《ふ》き、玄関に花を生ける。ライアン様の喜ぶ顔を思い浮かべていると、あっという間に終わってしまった。

そのあと、今夜のドレスを決めるために自分の部屋に向かう。

私の部屋には、扉を開けるとすぐに長椅子とテーブル、ちょっとした書きものができる机と本を並べた棚《たな》がある。奥にベッドとワードローブのある小さな寝室だ。

エマが私のワードローブの扉を開いて振り返った。その中には、ドレスがぎっしり詰まっている。

「それで、今夜のドレスはどうなさいますか？　奥様ならなんでもお似合いになると思います。この間お召《め》しになられた、黄色のシルクのドレスにされますか？」

貴族の令嬢は目ざといから、一度着たことのあるドレスにすると、口さがない人たちにライアン様のことを悪く言われるかもしれない。

そうでなくても身分差のある結婚だったのだ。私たちには、好奇の目が多く向けられている。私が勝手にしている節約のせいで、新品のドレスを買うお金すら稼げない旦那様だなんて言わせたくない。

私はしばらく考えたあと、いつものようにドレスを直すことに決めた。

「確かそこに、前に着た青のタフタのドレスがあったでしょう？　袖《そで》を少し短くして胸元にリボンを飾れば、違うドレスに見えるはずだわ。古い藍色《あいいろ》のシルクのドレスに、ちょうどいい色合いのリボンがついていたはずよ。伯爵家で暮らしていた頃のドレスが山ほど余っているのだもの。せっかくだし使わなきゃね」

「奥様、ここにとても綺麗なオーガンジーのドレスがありますけど、これはどうですか？　とてもお似合いだと思いますよ」

そう言ってエマが出してくれたのは、透明感のある夏空のような青色で素敵なドレスだ。けれど、私は首を傾げる。

（おかしいわね、こんなドレス持っていたかしら？　あぁ……でも結婚前は、私を溺愛《できあい》するお父様とお兄様が競ってドレスを贈ってくださっていたから、きっと存在を忘れていただけなのね。それにしても、なんて綺麗な青なのかしら）

せっかくなのでそのドレスを手に取り、引き出しから裁縫セットを取り出す。結婚してから外出するたびに、ドレスのプリーツを増やしたり袖《そで》を短くしたり、リメイクしている。狙い通り、毎回ドレスを新調していると周囲は勘違いしているようだ。

ライアン様の、旦那様としての株も上がるに違いない。

私はウキウキしながら、しつけ糸を外す。それも、もう手慣れたものだ。

「ほら、もうできたわ。これにサファイアのネックレスと髪飾りを合わせれば、今夜は大丈夫ね」

それを聞いて、侍女のベリルがため息をついた。

「はぁっ……本当に残念です。名門ハプテル伯爵家の令嬢だった奥様が、繕《つくろ》いものまでして尽くしておられるのに、旦那様には全て内緒《ないしょ》だなんて……節約なさったお金は、旦那様のものを買ったり旦那様のお名前で貯めておられるのでしょう?」

私は周囲を見回してから、心の中で眉を顰《ひそ》める。

「しっ……ベリル。彼に言っては駄目よ。こんなことライアン様に知られたら、理想の奥様じゃなかったって離縁されかねないわ。彼はつれない人形のような女性が好きなのよ。尽くす女性はお好みじゃないわ」

するとエマがにこやかに同意する。

「確かに、奥様は一貫して氷河期のような態度しか取っておられないのに、それでも旦那様は変わらず、奥様を愛していらっしゃいますしね」

――旦那様は変わらず奥様を愛している。

その台詞《せりふ》を本人に言われたわけでもないのに、心がニマニマしてしまう。

「そうよ、それにやってみると案外楽しいものよ。ドレスのデザインを考えたり銀食器を磨《みが》いたりするのが、こんなに面白いなんて知らなかったわ。私はライアン様の奥様としてのお付き合いすら上手《うま》くできないのだもの。これくらいしないと、いたたまれないわ」

というのも、私には全く社交のスキルがないのだ。

貴族の奥様方が集まるお茶会に数回参加してみたものの、失敗に終わった。

私が話しかけると、相手は萎縮《いしゅく》して黙り込んでしまう。お茶会の雰囲気を台なしにするわけにはいかないので、それ以来断るようにしていた。

けれどもお優しいライアン様は、私が社交の場に出るのを強《し》いない。

『僕は王国に仕《つか》える騎士だけど、爵位があるわけじゃない。だから君が社交に気を遣《つか》う必要はないよ。必要な付き合いは僕がするから、レイチェルは無理に社交界に出なくていいんだ』

ライアン様はそう言って笑ってくれた。本当に思いやりの深い男性だ。

とはいえ、さすがに全ての招待を断り続けるわけにはいかない。

だから、今日のような観劇や音楽会など、お茶会ほど人と交わらないものには、できるだけ夫婦で参加するようにしている。

私は一息《ひといき》つくと鏡の前に立って、できあがったドレスを体に当ててみる。

上出来だ。これなら古着のドレスを使い回しているとは、誰も気付かないだろう。

今夜の観劇は、久しぶりの二人での外出。今からウキウキして、胸が高鳴る。

(これってデートよね。ふふっ、嬉しいわ)

「ふふふふふ」

思わず声が出てしまう。すると、エマがびくりと肩を震わせた。

彼女は声は笑っているのに顔が全く笑っていない私の姿に、まだ慣れていないらしい。

一方のベリルは、そんな私を見て苦笑いした。

「本当に奥様は旦那様を愛していらっしゃるのですね。ふふ」

「当然よ。大好きなライアン様と結婚できて、私は本当に幸せだわ。一生分の幸福を使い切ったんじゃないかって、不安になるくらいよ。だからご褒美《ほうび》に少しだけ……いいわよね、ベリル。今日も頑張ったもの」

「またですか？　奥様」

ベリルが呆《あき》れた声を出す。私は強くうなずいた。

「だって、これをしないと、ライアン様不足で死んでしまいそうなのですもの！　朝から、もう五時間もお会いしていないわ」

私はエマとベリルの冷たい視線を無視して、バスルームを抜けてライアン様の部屋に入った。

（そう……この部屋の空気も悪くはないけど、これに敵《かな》うものはないんだもの）

ベッドの脇《わき》にあるライアン様のワードローブの前まで来ると、大きく一回息を吐いてその扉を開けた。

その瞬間、全身がぱぁぁぁぁっとライアン様の匂いで包まれる。まるで抱きしめられているようだ。

「あぁっ。ライアン様っ。今死んでも悔《く》いはないわ」

胸いっぱいに息を吸って、全身の細胞の隅々まで彼の匂いを染《し》み渡らせる。じぃんと涙が出そうになった。何度も深呼吸を繰《く》り返す。

「すぅぅぅっ！　はぁぁぁっ！　すぅぅぅっ！　はぁぁ！」

「……立派な変態ですね。奥様」

私の背後でエマがつぶやいた。そんなことを言われて怯《ひる》む私ではない。

彼女たちのことは無視して、私は愛する旦那様の香りを思い切り堪能《たんのう》した。

夏の雨上がりの空と秋の夕暮れの風が混じったような、ライアン様の香り……。心の奥があたたかくなって、幸福感で満たされる。

そうして数分後、私は名残惜《なごりお》しみながらも扉を閉めた。

「これ以上は駄目だわ。理性が利《き》かなくなりそうよ。王国中の一人一人のお家を回って、ライアン様が大好きだと伝えたくなるもの。胸が痛くて死んでしまいそうだわ」

「奥様……それだけは絶対におやめください」

ベリルが呆《あき》れた顔で言った。本当にそっけない侍女だ。私は心の中でほんのちょっとだけむくれた。

それから使用人たちと一緒にお昼をいただく。ちょうど食べ終えた頃、ハプテル伯爵家の馬車がやってきた。金の装飾に繊細《せんさい》なオークの細工《さいく》。名門ハプテル伯爵家の馬車だと、一目《ひとめ》でわかる豪華さだ。

王城でどれだけ重要な仕事があろうとも、両親とお兄様は私に会うことを優先する。何があっても私を来させるため、こうして時間になると、いつも豪華な馬車が迎えに来るのだ。しかも護衛付きで。あまりにも仰々《ぎょうぎょう》しいので目立って仕方ないが、彼らの気持ちはわかるので受け入れるしかない。

「レイチェル様、お迎えに参りました」

いつもの馭者《ぎょしゃ》と必要以上の数の護衛たちに促《うなが》され、私は侍女たちとともに伯爵家へ向かう。

十分ほど馬車に揺《ゆ》られて屋敷に着くと、すでにお父様とお母様、お兄様が玄関で待っていた。

その背後には、使用人たちがずらりと一列に並んで立っている。

使用人たちが揃《そろ》って頭を下げる中、両親とお兄様が歓声を上げた。馬車から降りるなり、身動きが取れないほどきつく抱きしめられる。

「レイチェル！　ああ、元気そうだ。相変わらずなんて超絶美人なんだ。眩《まぶ》しくて目がくらみそうだぞ」

「こんなに美しい妹がいるなんて、俺は世界一の幸せ者だ!!　レイチェル、ああ、顔をよく見せてくれ」

そう言うお父様とお兄様だけでなく、お母様までハンカチを手に涙ぐんでいる。

「レイチェル、あなたに会えて嬉しいわ。少し髪が伸びたのかしら。ますます綺麗になって……あぁ」

あまりの熱烈歓迎ぶりにため息をつくしかない。私は彼らを窘《たしな》めるように言った。

「お父様、メルビスお兄様。それにお母様もおやめください。つい三日前にお会いしたはずです。それにメルビスお兄様には、ご自分の子どもがいらっしゃるでしょう。いつまでも妹にかまけるのはどうかと思います」

するとメルビスお兄様が、私の顔を穴があくほど見つめる。

「何を言っている。レイチェル、お前の美しさは三日前よりも更に増している。お前以上に美しい女性は、今まで見たことがない。それに、確かに俺には自分の子が四人いるが、揃《そろ》いも揃《そろ》って男子。しかもあいつらはもう成人して、好き勝手やっている。俺が唯一無二の大事な妹にかまけて何が悪い！」

お父様もそうだといわんばかりに大仰《おおぎょう》にうなずいた。

「そうだぞ、レイチェル。どうだ、あの男は……ライアン君は、お前を大事にしてくれているのか？　何かあったらすぐに伯爵家に戻ってきていいのだぞ。お前がいなくなったこの屋敷は、本当に寂しくて味気ないのだ」

普段は他の貴族たちに恐れられるお父様が、縋《すが》るような目で私を見る。相変わらずの溺愛《できあい》ぶりだ。使用人は慣れたもので、その様子を遠巻きに見守っている。

「お父様、私はライアン様を愛しています。それに、ライアン様は最高の旦那様です。私がこの屋敷に戻ることは絶対にありませんわ」

私がそう断言すると、お父様は寂しそうな顔で目に涙を溜《た》めた。可哀想だけれど、少しきつめに言っておかなければいけない。

彼らは私を溺愛《できあい》しているだけなのだけれど、放っておくと何をするかわからない。

私のためならばと、町一つ買い占めた前歴があるのだ。私は誰の視線も気にせずに、ゆっくり買いものがしたいと言っただけなのに。

私は心の中で呆《あき》れながら、みんなに押されるようにして屋敷の中に入った。すると、テーブルの上に豪勢なお菓子が隙間《すきま》もないほど並べられている。私のために、お父様が珍しいお菓子を取り寄せてくれたらしい。

「可愛らしい形ね。香りもいいし、とても美味《おい》しそうだわ。ありがとうございます、お父様」

(余ったお菓子はライアン様のために包んでもらいましょう。夕食のデザートにお出ししたら、すごく喜んでくださるに違いないわ。ふふふ)

そんなことを考えながら、私はいつものように過保護な両親とお兄様とのティータイムを楽しく過ごした。

2　旦那様とのデートはいつでも胸きゅんです

私が伯爵家から戻ってしばらくすると、ライアン様が帰ってきた。いつもより早く仕事が終わったらしい。

軽く夕食を済ませ、私たちは馬車に乗ってボルネリ王立劇場へ向かう。

騎士服を脱いでフォーマルな服に着替えたライアン様も、やはりとても素敵だ。ラインの入ったブルーグレーの上着に、オレンジ色のタイがよく似合っている。

(あぁ、この素敵な男性が私の旦那様なのよ！　この柔らかい桃色の形のいい唇が私の唇に重なるの！　きゃぁぁぁ、想像するだけで気がおかしくなりそう！)

私はいつものように向かいに座るライアン様をチラ見しながら、心の中で悶《もだ》えていた。

それに気が付いたのか、彼が私に微笑みかける。

爽《さわ》やかな笑顔にドキッとしながらもすぐに目を逸《そ》らし、何度も瞬《まばた》きを繰《く》り返して誤魔《ごま》化《か》した。

「な、なんだか空気が乾燥しているみたいですね。こほっ。こほっ」

（いやだわ。ライアン様に見惚《みと》れていたのを気付かれたのかしら……）

内心ドギマギしている私に、ライアン様は心配そうな顔で答える。

「そうかな？　僕は感じないけど、レイチェルは大丈夫？　目が痛いの？」

ライアン様は身を乗り出して、私の頬に手を当てた。そうして私の顔を覗《のぞ》き込む。

綺麗に通った鼻筋に、男性なのに色気さえ感じさせる魅惑的な瞳。

ライアン様に見つめられて、心臓が激しく打ち鳴らされる。目を逸《そ》らそうと思うが、体が固まってできない。

銀色の柔らかい前髪が、緑色の瞳の前をさらりと横切っていく。髪が肌を撫《な》でる音さえ聞こえそうな近さに、ドキドキが抑え切れない。

「……レイチェル？」

どのくらいの時間、彼に見惚《みと》れていたのだろうか……。ライアン様の落ち着いた声で、意識が戻ってきた。

「心配してくださらなくて結構です。もう目は大丈夫ですから」

私は彼の手をすぐに振り払って顔を背《そむ》ける。動揺していたためか、力の加減を誤《あやま》ったようだ。思ったよりも大きな音を立てて、彼の手を払ってしまった。慌《あわ》てて様子を窺《うかが》うと、彼は気にしていないといわんばかりに満面の笑みを浮かべている。

（よ……よかったわ。なんとも思っていないみたい）

私はホッと胸を撫《な》で下ろす。そうこうしているうちに馬車が着いたようだ。

扉が開き、ライアン様が先に降りて私の手を取りエスコートをしてくれる。

王立劇場の入り口は、たくさんの紳士淑女で埋《う》め尽くされていた。足を踏み入れた瞬間、一斉にみんなの視線が注《そそ》がれる。

「ほう、見てみろ。彼女が噂のハプテル伯爵家の『妖精の人形』だ。本当に人間離れした美しさだな。人形の見た目通り、傲慢《ごうまん》で冷たいらしいぞ」

「あぁ、ライアン様。なんて素敵なのかしら。ご結婚なさったなんて、残念だわ」

様々な人が、私たちを話題にする声が聞こえてくる。

オペラを観に来ているとはいえ、その前後の社交も楽しみの一つ。けれど、誰も私には話しかけない。社交界に出るのを控えるようになってから、たまの外出のときは物珍しいのか、更に遠巻きにされるようになっていた。

ライアン様は、何人かの方に声をかけられている。だけど私が傍にいるせいか、形式的な挨拶《あいさつ》を交《か》わすだけで、誰かとじっくりと話すことはなかった。

他の夫婦連れを見ると、みんな和《なご》やかに歓談を楽しんでいる。

（社交性のない奥様で、ライアン様に申し訳ないわ）

しゅんっと心が曇《くも》る。

王立劇場の入り口を抜けると、そこは劇場前のホールだ。吹き抜けの高い天井《てんじょう》からは、豪華なシャンデリアが垂れ下がっている。その下では、色とりどりのドレスで着飾った淑女と礼服に身を包んだ紳士が、楽しそうに談笑していた。

私たちがホールに入ると、人の隙間《すきま》から女性が現れ、満面の笑みでライアン様の腕に自《みずか》らの腕を絡めた。

「ライアン！　あなたも来ていたのね！」

ライアン様は一瞬驚いたような顔をした。でもすぐに頬を緩める。

「アレクシア、誰かと思ったら君か」

「ふふっ。ライアンが来るなんて思ってなかったわ。知っていたら、もっといいドレスを着てきたのに」

二人の親しい様子を目の当たりにして、衝撃が走る。

（誰⁉　一体誰なの？　この綺麗な女性は！）

突然現れた彼女は、艶《つや》のある腰までのブロンドの髪に青い目の、目鼻立ちのすっきりした女性だ。スタイルのいい健康的な体には、黄色のシルクのドレスがとても似合っている。

人懐っこい太陽のような笑顔と、自信に溢《あふ》れたその瞳。その全てがライアン様一人に向けられている。彼の隣に立つ私は蚊帳《かや》の外だ。

彼らは楽しそうに言葉を交《か》わしたあと、やっと気付いたといわんばかりに、彼女は私を見る。

「こちらがあの有名な奥様ね。初めまして、アレクシア・バートラムと申します。彼が十八歳で騎士団に入った頃から、ライアンとは親しくさせていただいています。彼のことならなんでも知っていますわ。お二人の結婚式には参加できなくて申し訳ありません。ちょうど熱を出してしまったの」

実際に会ったことはなかったが、彼女の名は耳にしたことがあった。アレクシア様の父親であるバートラム侯爵は、ライアン様の所属する騎士団第二部隊の隊長でもある。

(だから、ライアン様と親しそうだったのね。私ったら驚いてしまったわ。でもここはライアン様の奥様として、そつなく対応しないと)

私は緊張を隠しながら……とはいえ表情に出ることはないのだけれど、完璧なマナーでアレクシア様に挨拶《あいさつ》をした。

彼女は形式的に挨拶《あいさつ》を返すと、にっこりと微笑んですぐにライアン様に向き直る。そして再び彼と楽しそうに会話を始めた。

私の知らない話題で盛り上がっては、ライアン様が時々声を出して笑う。二人きりのときには見たことがない彼の表情に、見惚《みと》れてしまった。

（ライアン様は、こんなお顔もされるのね。新しい発見だわ、ふふ。……それにしても、お二人はとても仲がよさそう）

二人の様子を眺めていると、アレクシア様がライアン様に腕を絡めようとした。ライアン様は、あっさりとその手をほどく。そして彼は私の手を取り、指に口づけた。

指に残る唇のあたたかさに、うっとりする。

「ごめんね、レイチェル。せっかくのデートなのに、寂しい思いをさせてしまったよね」

「――全くそんなことはありませんわ。もっとお話しになってもよろしかったのよ」

ライアン様の優しさに天にも昇る心地《ここち》だけれど、冷たく突き放す。とはいえ、これは本音でもある。

（私はライアン様のお傍でその姿を見られれば、それだけで幸せなのだもの。うふふ）

ライアン様は私の言葉を聞いて、にっこりと微笑んだ。

「そんな寂しいことを言わないで。アレクシア、今はレイチェルがいるから失礼するよ。今度はゆっくりと時間を取って、レイチェルも一緒に三人で話そう」

「――ライアン！　せっかく会えたのに、もうっ！」

彼女は腰に両手を当てていかにも不満そうな声を出したあと、仕方がないというようにため息をついた。

アレクシア様が何か言いたそうな目で私を見るが、どうしてなのかわからない。

「まぁいいわ。また騎士団でゆっくり話しましょう。今夜は奥様がいらっしゃるものね。では奥様。失礼いたします」

そう言うと、アレクシア様は笑顔を残して去っていった。

それを見送ったあと、ライアン様は私に問いかける。

「開演までまだ時間があるから、飲みものをもらってくるよ。何がいい？　レイチェル」

さすがは気の利《き》く優しい旦那様だ。

でも実のところ、ライアン様が傍にいる緊張感で何も飲める気がしない。でも彼の好意を無駄にはしたくないので、適当に頼むことにする。

「そうですね、お酒を飲むとすぐに眠くなってしまうから、それ以外ならなんでも構いませんわ」

「わかった。少し待っててね」

ライアン様の背中が人混みの中に消えていく。

彼はすぐに、またどこかの令嬢から声をかけられたらしい。複数の女性と言葉を交《か》わしているのが、人の隙間《すきま》から見えた。しばらくして別の男性からも、親しそうに声をかけられている。人当たりのいいライアン様の周りには、みるみるうちに人だかりができた。

結婚してから二人で社交的な場に出席したのは、これで三回目。私と離れた途端に、いつもこうなる。

対する私は、一層多くの人にチラチラと見られている。それなのに目が合うと、慌《あわ》ててどこかに行ってしまうのだ。ライアン様の妻として誰かに話しかけようと思っても勇気が出せず、その場に立っていることしかできない。

（社交的なライアン様は、どこに行っても人気者ね。今までは私が隣にいたから、みんな話しかけ辛《づら》かったのだわ。ライアン様は、結婚してからもたくさんの女性に好かれているのでしょうね）

そう考えると、ふと寂しくなってしまった。

（でも仕方がないわ。だってライアン様はとっても素敵な男性だもの……私が独り占めするわけにはいかないわ。……でも、早く戻ってきてくださらないかしら）

彼をひたすら待ち焦《こ》がれていると、背後でガラスが割れるような音がする。

それと同時に、女性の声が耳に飛び込んできた。

「何をなさるの！　あなた、どこを見ていたのかしら！　ああ、こんなに汚れているわ。こんなドレスじゃもう観劇は無理ですわ！　どうやって償《つぐな》うつもり!?　給仕の給金じゃ一生かかっても払えやしないわよ！」

それを遠巻きに見ている淑女たちが、ひそひそと話している。

「あれは気分屋だと有名なミデルブ伯爵夫人ですわ」

「まぁ。あの給仕、可哀想に……」

見たところ、どうやら給仕がシャンパンを落とし、ミデルブ夫人のドレスに染《し》みができてしまったようだ。夫人はフリルのついた扇《おうぎ》を振り回しながら、烈火のごとく怒っている。

ひたすら頭を下げて謝っている給仕を、夫人はヒステリックに何度も責め立てた。給仕の上司まで呼び出して、謝罪を求めているようだ。

しかしよく見ると、シャンパングラスは夫人よりだいぶ離れた床の上で割れていた。それなら、シャンパンはそんなにドレスにかかっていないはずだけれど。淑女たちは、更に噂を続ける。

「本当は夫人のほうから給仕にぶつかったのよ。八つ当たりされて、あの給仕は運が悪かったわね」

「ミデルブ伯爵は若い後妻である彼女に夢中で、なんでも言うことを聞くらしいのよ。

彼女の機嫌《きげん》を損《そこ》ねたらどんな目に遭《あ》うかわかりませんわ。給仕は可哀想だけれども、誰も助けられないわね」

そう話す淑女たちのように夫人たちを眺める人はたくさんいるが、仲裁する者は現れない。

ミデルブ伯爵は王国でも影響力のあるお方だ。彼女たちが言うように、夫人の機嫌《きげん》を損《そこ》ねてミデルブ伯爵の報復を受け、社交界での立場を悪くすることが恐ろしいからだろう。

（あの給仕さん、可哀想。あんなに辛《つら》そうな顔で謝っているわ。彼の責任ではないみたいだし、どうにか助けてあげられないかしら……あぁ、でも私に何ができるの？）

そんなことを考えているうちに、ライアン様が私の隣に戻ってきた。

左手に赤ワイン、右手にオレンジジュースを持ち、彼は夫人を呆《あき》れたように見る。

「またミデルブ伯爵夫人か。今夜はいつにもまして虫の居所がお悪いようだね」

ライアン様がやれやれとため息をつく。それを見て、私は腹を括《くく》った。

ただの貴族ならば、夫人にたてつくことはできないだろう。けれども、ハプテル伯爵家はミデルブ伯爵家以上の権力を持つ名家だ。今は家を出ているけれど、私に対するお父様とお兄様の溺愛《できあい》ぶりは社交界でも有名。そんな立場の私なら、何かできるかもしれない。

（怖いわ、でも……でも、こんなの黙って見ていられないもの）

「…………」

私は無言でライアン様の左手にあるワイングラスを取ると、ゆっくりと足を前に進めた。

そして夫人の右斜め後ろにそっと立つ。夫人は文句を言うことに夢中になっていて、私に気が付いていない。

夫人が怒《いか》りにまかせて扇《おうぎ》を振り上げた瞬間、その端が私の肩に当たった。同時にワイングラスが傾いて、その中身が零れる。鮮《あざ》やかな赤色の液体が、私のドレスをぐっしょりと濡らす。オーガンジーの淡い青色のドレスが、一瞬でワインの色に染まって紫色になった。

その場にいた全員の視線が、一斉に私に注《そそ》がれる。

「……な！　なんですの⁉　あ、あなた！　何をっ」

夫人は何が起こったのか、まだ理解できていないようだ。彼女は私の顔を見ると、さっきまで怒《いか》り続けていた口を閉ざした。呆気《あっけ》に取られた夫人の顔を、私は無感情の目でじっと見つめる。

「あら、申し訳ありませんわ、ミデルブ伯爵夫人。あなたのドレスにもワインがかかったようです。私のドレスも台なしですし、困りましたわね。どう償《つぐな》えばよろしいかしら?」

「――ひっ!」

夫人は青ざめ、恐怖の表情を浮かべた。普通に話していても、人形のようで背筋がゾクリとすると言われるのだ。今は意図して威圧感を込めているのだから、それ以上だろう。けれども本当は、心の中でうさぎのように震え上がっていた。

(あぁ、神様っ! 夫人に何も言い返されませんように……)

彼女に何か言われると怖いので、先に駄目押しをしておく。

「夫人のドレスのお代は、もちろん私が全額お支払いいたしますわ。けれど、ドレスの一着や二着、そんなに大声をお上げになるほどの金額ではありませんでしょうに」

(きっと夫人のドレスはとてもお高いに違いないわ。せっかくライアン様のために貯めたお金がなくなってしまう。なんて辛《つら》いのかしら……)

落ち着き払った冷たい態度を心がけるが、お金のことが心配で胸の中は暗雲が立ち込めている。

すると、夫人が顔を真っ赤にして叫んだ。

「ハプテル伯爵令嬢、お支払いは結構です! これはお金の問題ではありませんのよ!

この人たちがきっちり自分の仕事をしないからいけないのですわ！」

「いいえ、ミデルブ伯爵夫人。もうハプテル伯爵令嬢ではありませんわ。私はレイチェル・ブルテニアです。二か月前に結婚式を挙げましたの。もちろんご存じですよね。それと――」

私はもう一度何か言おうとする夫人の目を、冷静にじっと見据《みす》えた。心の中では夫人のドレス代を払わなくてよくなって、ホッとする。

「――淑女が感情を表に出すのは、はしたないことでしてよ」

「くっ！」

夫人は口をつぐんで、悔《くや》しそうに唇を噛んだ。人形と呼ばれる私に言われたのだ。言い返せるわけがない。そのとき、ちょうど誰かと歓談を終えたミデルブ伯爵が戻ってきた。

「どうしたんだい？　愛《いと》しいテレーシア。この騒ぎは一体？」

伯爵は、どうして夫人が周囲の注目を集めているかわからないようで、キョトンとしている。

「オペラを観る気がなくなりましたわ。屋敷に戻らせていただきます！」

夫人は捨て台詞《ぜりふ》を残すと、頭《かぶり》を振って私に背を向けた。そして、困り顔の伯爵と一緒に人波の中に消えていった。その場に残された給仕とその上司が、私に向かって頭を深く下げる。

でも私は、内心それどころではなかった。夫人との対立を終えた安堵《あんど》もあるが、それ以上にとても重要な問題があったから。

仕方がないとはいえ、ドレスにワインをかけてしまったのだ。このままでは染《し》みが残ってしまう。

(あぁ困ったわ、赤ワインじゃなくて白ワインだったらよかったのに！　このままじゃこのドレス、もう二度と着られなくなってしまうわ。——そうだわっ、白ワインよ！)

「あの、助けていただいて、ありがとうござい……」

「——早急に、ここに白ワインを持ってきてください」

私が給仕のお礼に被《かぶ》せるように言うと、彼は言葉を途中で切り、頭を上げて目を丸くした。

「……はい？」

「ですから、白ワインを早く持ってきてくださいませ」

もう一度強く言うが、彼は困惑したまま動かない。

すると、無表情で白ワインをねだる私に恐れを抱いたのか、別の給仕が慌《あわ》てて持ってきた。白い透明の液体を見て、ホッとする。

「割れたグラスをそのままにしていては危なくてよ。早く片づけたほうがいいと思いますわ」

私は給仕にそう言い残すと、白ワインを持ってその場を離れた。

（ゆっくりしている時間はないわ。急がないと染《し》みが残ってしまうもの）

日々、侍女の仕事を知るにつれいろいろと学んだことがある。赤ワインの染《し》み抜きには、白ワインが最適なのだ。

すぐに化粧室に駆け込み、持っていたハンカチに白ワインをつけて染《し》み抜きをする。何度も根気よくぽんぽんと叩くと、ようやく赤い色素が取れてきたようだ。赤ワインと混ざって紫色になっていた生地が、若干もとの青色に戻ってきた。屋敷に戻ってもう一度手洗いすれば、きっと染《し》みが取れるに違いない。私はホッと息を零す。倹約《けんやく》生活では、ドレスの一枚も無駄にできない。

（それにしても、夫人に弁償しろって言われなくてよかった。お金がないわけじゃないけど、今貯まっているお金で、ライアン様のシャツを買うつもりだもの。あぁ、その上にかっちりとした詰襟《つめえり》の紺色《こんいろ》のスーツを着て、黒いブーツを履《は》いていただいたら、素敵に違いないわ。ネクタイは赤がいいかしら……それとも青……ふふっ、考えるだけですごく楽しいわ）

しばらく妄想に悶《もだ》えたあと、ある程度染《し》みが取れたことに満足して化粧室を出る。

すると扉を出てすぐの廊下に、ライアン様が立っていた。私を待っていてくれたようだ。

彼は私に気が付いた途端、満面の笑みを浮かべる。

「――レイチェル！」

初物のオレンジのような爽《さわ》やかな笑顔が、私だけに向けられている。

思わず胸の奥がきゅぅうんと、ときめいた。

（やっぱり訂正するわっ！　ライアン様だったら何を着ても素敵！　あぁ、格好いい！

彼が私の旦那様なのよ！）

「残念だけど、もうオペラは始まってしまったらしい。途中の休憩時間になったら入場できると思うけど、どうする？」

ライアン様の言葉に、浮かれた気分が一気に盛り下がる。せっかくのデートだったのに台なしだ。

（あぁ、辛《つら》いわ。今日のオペラ、二週間も前から楽しみにしていたのに……）

涙が出そうな気持ちだが、私の瞼《まぶた》は乾いたままだし、相変わらず表情には全く出なかった。

オペラの上演時間は、休憩を挟んで三時間半。

悪い。

プログラムでは、オペラの前半が終わるまで一時間半かかる予定だ。私はライアン様と一緒ならばいくらでも待てるが、そんなに長く彼を待たせるのは悪い。

それに、「どうする？」と尋ねてくるということは、待つのは嫌に違いない。ここは私が、ライアン様のために我慢しよう。

「そうですか。でしたら屋敷に戻りますわ。待つのは嫌いです」

「そう？　レイチェルがそう言うなら帰ろう。でもせっかくだから、少し寄り道をしない？」

ライアン様はそう言って、緑の目を輝かせて私の手を取った。最愛の男性にそんな目で見つめられて、さっきから心臓がドキンドキンと鳴りっぱなしだ。

オペラを観られなくなった悲しさが、一気に吹き飛ばされる。

ライアン様が馭者《ぎょしゃ》に行き先を告げると、一呼吸おいて馬車が動き出した。外は日が落ちて、すでに真っ暗。道の脇《わき》に並ぶ家の灯《あか》りに照らされ、馬車の影が長く伸びていた。

馬車が石畳《いしだたみ》の道路をガタゴトと進んでしばらくすると、町の外に出たのか車輪の音が変わった。

柔らかい土の振動を感じながら、私は向かいに座るライアン様の整ったお顔を時々盗み見ている。いつどの角度から見ても、彼の容姿は完璧だ。

(あぁ、私の旦那様。すごく素敵ですぅ！)

顔は無表情のまま、心だけだらしなく惚《ほう》けてしまう。

やがて馬車が停《と》まって、ライアン様が先に外に出た。

「ほら、ここだよ」

彼に手を引かれて馬車から降りると、眼前に幻想的な風景が広がっていた。

大きな湖の畔《ほとり》には、白くて背が高く細い葦《あし》がたくさん生《は》えていて、時折吹く穏やかな風でゆらりと揺れている。天上と水面にはそれぞれ丸い月が一つずつ、闇の中とは思えないほど周囲を明るく照らしていた。湖を取り囲む木々の緑が、ぼんやりと浮き上がっている。その間を、ポプラの木から散る白い綿《わた》ボウシが、まるで初夏に降る雪のように舞い落ちてきた。

まるで絵本の中の世界のようだ。

「ここは？」

私が聞くと、ライアン様がにっこりと笑う。

「この間仕事で通ったときに、偶然見つけたんだ。この光景をレイチェルと一緒に見たくて。気に入ってくれた？」

ライアン様が私を抱き寄せた。頬に彼の硬い胸が押しつけられる。

（嬉しい！　あぁ、なんて嬉しいのかしら。もちろんこの景色も素敵だけれど、私のことを考えてくださるライアン様のお気持ちのほうが、ずっと嬉しいわ！）

そのとき、今朝《けさ》のベリルの言葉が脳裏《のうり》によみがえる。

（そうだわ。試しにベリルの言っていた『デレ』を、ほんの少しだけやってみようかしら。でも少しデレるってどうすればいいの？　表情を変えるのは不可能だから、言葉で伝えればいいのかしら？　『ちょっとだけライアン様を愛しています』とか？　でも、言って嫌がられたらどうしましょう！）

それでも、溢《あふ》れんばかりのこの想いをライアン様に伝えたい。それに、ツンだけでいつか飽《あ》きられてしまうのも辛《つら》いのだ。

私は持ちうる限りの勇気を振《ふ》り絞《しぼ》って、ライアン様の顔を見上げた。心臓がどきどきして呼吸が苦しくなるが、なんとか大丈夫だ。

すると、ライアン様は銀の髪を風になびかせて、切れ長の目で私を熱く見つめ返した。

愛するライアン様が、私だけを見つめてくれている。それだけで胸が高鳴って動揺し、自分の心臓の音しか聞こえなくなる。

言葉で想いを伝えようと思うのだけれど、興奮しすぎて声が出ない。

「――レイチェル、愛しているよ」

私より先に、ライアン様が愛していると言ってしまった。

慌《あわ》てている間に彼は私の頬に手を当て、端整な顔を近づけてくる。それは私の心を惑《まど》わすには充分だった。

（きゃぁぁぁ、キスだわ！　朝は避《よ》けてしまったものね。だからもう逃げないわ。きちんと唇にキスしていただきたいもの！　絶対に首を動かしては駄目よ、レイチェル！）

けれどもテンパってしまった私は、無意識に一歩後ずさってしまう。

そこで、足の下にあるはずの地面がないことに気が付いた。時すでに遅く、私は湖の中に落ちる。

ばしゃぁぁんという大きな水音とともに、ライアン様の叫び声が聞こえた。

「レイチェルっ！」

（いやぁぁぁっ！　水の中なの!?　私、泳げないのよ！　助けてっ！）

パニックになっていると、もう一つ大きな水音が聞こえた。ライアン様が水に飛び込んだのだ。すぐにライアン様に引き上げられ、二人で立ち上がる。

「はぁっ、はぁっ、レイチェル！　大丈夫？」

ライアン様は腰ほどの高さ、私は胸のあたりまで水に浸《つ》かっていた。湖の底は思ったよりも深くなかったようだ。

(助かったわ！　死ぬかと思ったもの！　つ、冷たーいっ！)

安心したら、水の冷たさに驚く。睫毛《まつげ》からぽたぽたと、滴《しずく》が連続で落ちていった。

「……これは……七月とはいえ、夜泳ぐにはまだ寒いですね」

命の危機さえ感じたのに、全く表情には出ない。内面の動揺を悟られまいと慎重に抑《よく》揚《よう》のない声を出す。

「ふっ……君は本当に」

顔を上げると、すぐ隣に月の光を浴びて銀色にキラキラ光るライアン様がいた。彼は頬を染めて苦笑している。

「普通の女性は、ここで取り乱すものだよ。意外性のある君が大好きだ。僕はね、ありのままのレイチェルを好きになったんだ。こんなに可愛らしい女性は他にはいない」

(可愛らしい？　美人だとか人形のように綺麗だとかはよく言われたけれど、可愛いなんて初めてだわ。……でもやっぱりライアン様は、どんなときでも取り乱さない『妖精の人形』の私がお好きなのね)

もしデレていたら、嫌われてしまっていたかもしれない。ホッと安堵《あんど》する。

体中から水滴を滴《したた》らせている彼は、いつにもまして悩殺的《のうさつてき》だった。

ドキンと心臓が跳ねて胸が痛くなる。

(それにしても、ライアン様の頬を伝って首筋に流れる水滴……なんて官能的なのかしら。あぁ、男性の色気ってこういうものをいうのね。ほぅっ)

自分もずぶ濡れだということを忘れて、見惚《みと》れてしまった。私がチラチラと見ていることに気が付いたのか、ライアン様が笑顔のまま顔を近づけてきた。

熱いキスが唇に落とされる。

水に濡れて冷たいはずなのに、その瞬間唇が火を灯《とも》されたように熱くなった。

小さな熱はじわりじわりと全身に広がって、指先まであたたかい幸福で満ちる。

(ライアン様の体は筋肉でこんなに硬いのに、唇はなんて柔らかいのかしら……ライアン様も、私と同じ幸せを感じてくださっているのかしら……?)

水の中に半身を浸《ひた》し、星が降りそうな幻想的な光景の中、私たちはキスをした。何度も繰《く》り返される情熱的なキスに、全身がとろけそうになる。

ライアン様が唇をいったん離して、熱い息を零した。

「はぁー、『妖精の人形』……か。こうして月をバックにしていると、君は本物の妖精のようだね。まるで自分が不道徳なことをしているような気になるよ」

「教会が認めた夫婦間の口づけは、不道徳ではありませんわ」

「そうだね、だったらもう一度キスしてもいいかな？　もう我慢ができそうにないよ。湖に浸《つ》かっている君はこの世のものではないみたいで、こうして捕まえておかないと、どこかに行ってしまいそうだ」

そう言うとライアン様は私の肩を抱いて、もう一度キスをした。深いキスが何度も繰《く》り返される。ライアン様は悩ましく舌を絡めては、名残惜《なごりお》しそうに唇を離す。

最後にくちゅりと音がして……ライアン様のお顔が離れていった。私は唇に残された最後の熱を、切ない気持ちで噛みしめた。

それから私たちは馬車に乗り、全身濡れたまま屋敷に戻る。

馬車が到着するなり、ライアン様はひざ掛けに包まれた私の体を横抱きにした。そうして何も言わずに自分の寝室に向かうと、奥にある扉を開けてバスルームへ行く。

すでに湯船には、あたたかいお湯が張られていた。

ベリルが私たちの帰りの時間に合わせて、用意してくれていたのだろう。

「早く体をあたためないと風邪を引くよ。せっかくだから一緒に風呂に入ろうか」

服が濡れていても、全く寒くなかった。

それどころかライアン様と密着しているというだけで、興奮して体が火照《ほて》ってくる。

ライアン様は笑顔で私を横抱きにしたまま、まずはパンプスを脱がせた。そして床に膝《ひざ》をつくと、それと反対の足に私を座らせる。

彼の長い指が、ドレスのボタンを一つ一つ外していった。そのたびに、彼の熱い吐息が直接胸にかかる。それから、水に濡れて肌に張りついた下着の胸元を、ゆっくりと広げる。空気に晒《さら》されて乳房が揺れた。

ライアン様の視線が胸に移ったのがわかって、恥ずかしくて気が遠くなりそうになる。私はいつもの無表情のまま、彼の顔を見上げた。

ライアン様の顔は熱を孕《はら》んでいて、いつもとは違う情欲の高ぶりが見て取れる。

(あ……もしかして今夜は抱いてくださるのかしら。嬉しい、嬉しいわ)

そんな予感に胸を高鳴らせるが、表情には出ない。

「レイチェル……」

ライアン様が熱い眼差《まなざ》しで私を見つめた。そして緑の目を細めて、切ない表情を浮かべる。

彼は無言で私の下着を脱がし、裸になった私をそっと湯船の中に下ろした。

全身に湯の温《ぬく》もりが広がるが、ライアン様に抱かれていたときのあたたかさのほうが数倍も心地《ここち》よかった。急に寂しくなって、湯船の傍に立つ彼の姿を切ない気持ちで見上げる。

そのときふと、ガラスに映った自分の顔に気が付いた。

それはまるで陶器《とうき》の人形そのもの。愛する旦那様に抱かれる直前だというのに、表情は一切崩れない。

（なんて真っ白で感情がないのかしら。まるで美術館の彫像《ちょうぞう》みたい……）

こんなときでさえ感情を表せられないことにショックを受けるけれど、なんとか自分を納得させる。

（でも、でも……ライアン様が、ありのままの私を好きだと言ってくださるのだから。それでいいのよ、レイチェル！）

ライアン様が自分の服を脱ぎ始めた。湿気を帯びて筋肉にぴったりと張りついたシャツを見て、胸がときめく。その前髪からは、いまだに湖の水の滴《しずく》がぽたりと床に落ち続けていた。

それすらも愛《いと》しくて泣きたくなる。

彼はシャツを脱ぐと、一瞬動きを止めて私をじっと見つめた。互いの視線が絡み合って、私の心臓が勢いよく跳ねる。

彼の逞《たくま》しい胸板は、興奮のせいか上下に激しく揺れていた。自《みずか》らの姿にショックを受けたことも忘れて、生唾《なまつば》を呑む。

（ふわぁ、素敵っ……！　愛しています！　ライアン様ぁ！）

彼に見惚《みと》れて、ほうっとため息が出る。

けれどもその唇は、いつの間にか湯船に入ってきたライアン様の唇でふさがれた。残ったため息が、彼の口の中に吸い込まれる。甘くて優しいキスに、心までとろけそうになった。

彼は唇を離して、それから私の体の隅々までゆっくりと見る。

そうしてライアン様は視線を注《そそ》いだ場所に、順番に口づけを落としていった。

愛《いと》しい旦那様との夜は、いつもこんな感じで始まる。ゆっくりと時間をかけて、真綿《まわた》にくるまれるように行《おこな》われる夫婦の交わり。

人形を愛《め》でるように、彼は私の体をじっくりと眺めながら、指と唇で少しずつ愛撫《あいぶ》していく。私は息を潜《ひそ》め、夢うつつながら、内心では激しく悶《もだ》えているのだ。

ライアン様の指で全身を愛撫《あいぶ》され、舌で肌を余すところなく舐《な》められる。その一つ一つの動作によって、肌が敏感になってゆく。

彼の愛撫《あいぶ》に伴《ともな》って、湯がちゃぷりと小さな音を立てた。それがちゅっ、ちゅっと繰《く》り返される口づけの音と合わさって、官能的な協奏曲へと変わっていく。

（あっ、は……あぁん……）

最愛の人が優しく触《ふ》れてくれて、愛《いと》しさと快感が高まってきた。けれども私は無表情のまま。

（ライアン様は人形のような私でいいから、これでいいのよね……はぁっん、あぁ、はぁっ……）

喘《あえ》ぎ声すら出せないのに、胸の鼓動はこれ以上ないくらい激しく鳴っている。

彼は一旦体を離すと、満足そうな顔で、再び私の全身を眺めた。私も心の中でうっとりとしながら見つめ返す。ライアン様は包み込むような優しい目で、官能に溺《おぼ》れた声を出した。

「愛している、レイチェル」

その声の旋律《せんりつ》が、耳を伝って脳を揺さぶる。その振動が、幸福という名の熱を生み出して私の全身をあたためていく。

愛するライアン様を近くに感じて、私の心は更に乱れた。

「ライアン様」

気持ちは高ぶる一方なのに、緊張しているせいで、口から出るのは抑揚《よくよう》のない声だけだった。

（私も愛しています……大好きです！　大好きっ！）

声にならない想いを、頭の中で何度も叫ぶ。

優しい愛撫《あいぶ》が全身に注《そそ》がれたあと、ライアン様の指が確かめるように私の蜜壺に触《ふ》れた。

（ふぁっ！　んんんーーっ！）

指先がほんの少し触《ふ》れただけだというのに、頭の先まで快感が駆け抜ける。

気持ちよくて、頭の中がおかしくなりそうだ。ライアン様はそんな私を真剣な顔で見る。

（あ、やだっ！　恥ずかしいです）

「なかなか濡れないね。レイチェルも感じてくれてる？　ここ、気持ちいい？」

私は顔に表情が出ないだけでなく、性的に感じていても体に表れないらしいのだ。

不安がふと頭を過《よぎ》る。いくらライアン様の好みが『人形』とはいえ、愛する旦那様に抱かれるときすら無表情な私で満足なのだろうか。

あまりに情《なさ》けなくて泣きたくなるが、どんなに悲しくても涙は出ないのだ。

「わかりませんわ。そんなことよりも早く終わらせてください」

けれど私はいつも通り、心にもない言葉を発することしかできない。

ライアン様の顔を覗《のぞ》き見ると、意外なことに嬉しそうだ。そして私の肩にキスを落として言う。

「そう……？　でも簡単には挿《い》れないよ。夜は長いし、もっと君を堪能《たんのう》してからだ」

「そうですか」

（あぁ、よかったわ。まだずっと一緒にいてくださるのね）

私のそっけない返事を意にも介さず、ライアン様は言葉通り私の体をゆっくりと暴き立てた。

ライアン様の手が全身の肌の上を滑《すべ》っていく。全身をくまなく撫《な》でつくしたあと、私の体にタオルを巻きつけて横抱きにして、彼は風呂から上がった。

体がふわふわと浮いている感じがするのは、あたたかい湯に浸《つ》かっていたからだけではないだろう。

タオルにくるまれたまま、寝室のベッドの上に運ばれて寝かされる。

部屋にはライアン様の匂いが充満していて、自然に胸のときめきが増してきた。

「レイチェル……愛してる」

あれほど湯船の中で愛撫《あいぶ》されたのに、ライアン様の指はまだ止まらない。胸の頂《いただき》から足の指の付け根に至るまで、じっくりと時間をかけて愛撫《あいぶ》が繰《く》り返された。

彼が指で胸のふくらみを揉むたびに、ぷるりと肌が揺れる。彼はその頂《いただき》を味わうようにゆっくりと口に含んだ。そうして何度も舌先で転がしたり、舌を絡めたり吸ったりとそれを弄《もてあそ》ぶ。

(あぁ、すごく気持ちがいい……お風呂からはとうに出たのに、まだ浸《つ》かっているみたいだわ……)

うっとりする愛撫《あいぶ》に体中の感覚がなくなってきた頃、ようやく熱いモノが蜜壺の入り口にあてがわれた。

「……もういいかな？　レイチェル、君の中に入りたくて堪《たま》らないんだ」

普段のライアン様は、王国を護《まも》る騎士であるためか忍耐強く常に冷静だ。

そんな彼が、もう我慢できないという暴力的な目で私を見る。そのギャップに胸のときめきが増す。

(ライアン様はこんなにも私を求めてくれているのだわ。あぁ、愛しているわ！　ライアン様！)

彼に抱きつきたい衝動に駆られるが、それは抑えなければいけない。

ライアン様と一つになる喜びに備えて、私は心を震わせながらも体の力を抜いた。

熱い肉塊が体の中心を割って、ゆっくりと挿入されていく感覚が、脳にじんわり伝わってくる。

みちみちと隙間《すきま》もないほど押し広げられた膣壁は、ほんの少しの抵抗のあと蜜壺の底まで剛直を咥《くわ》えこんだ。体内でライアン様を感じて、心が幸福で満たされる。

愛する人と繋《つな》がる幸せの瞬間。

（あぁ、このときが一番好き。大好きっ）

「レイチェル、唇を噛んでは駄目だよ。綺麗な唇に傷がついてしまう……」

無意識に歯を食いしばっていたようだ。ライアン様の言葉に、ハッと気が付く。私は無表情のままなのに、よくわかったものだと頭の片隅で思う。

ライアン様が私の唇の端から端までゆっくり触《ふ》れたあと、自身の指を二本、歯の隙間《すきま》をぬって押し込んだ。

「君を傷つけたくない。だから噛むのなら僕の指にするといいよ」

甘い吐息を漏らしながら、彼が爽《さわ》やかに笑う。

そのまま、ライアン様はゆっくりと腰を引いて、中を圧迫しているものをギリギリまで抜いた。

熱い塊《かたまり》の窪《くぼ》みが膣壁をこする感触に、ぞわぞわと体内がざわつく。まるで体の中心から快感が溢《あふ》れてくるよう。なのに、喘《あえ》ぎ声は全く出ない。

（んんっ！）

歯を噛みしめると、血の味が広がる。そのとき、私の口の中にライアン様の指があることを思い出した。

(あ、駄目っ！　私ったらライアン様の指を噛んでしまったわ！)

心配でライアン様の顔を見上げると、彼は嬉しそうに笑った。その顔は情欲に浮かされていて、いつもと違う雰囲気にゾクリとする。

「ふふっ……噛んでもいいんだよ。レイチェル、僕は君になら何をされてもいい」

その言葉に、きゅううぅんと胸の奥が締めつけられる。

(あぁ！　ライアン様、なんてお優しいの)

熱をじっくりと味わうように、ライアン様は時間をかけて自身を突き入れた。

最奥《さいおう》まで挿入すると、彼は目を閉じて熱い息を零す。

そしてゆっくり瞼《まぶた》が開いて、私の目を捉《とら》えた。その瞬間、これ以上ないほど愛《いと》しいという顔をするのだ。

それからライアン様は優しく、大切なものを愛《め》でるように、何度も緩慢な抽挿を繰《く》り返す。そのたびに体と心が幸福で溢《あふ》れ、恍惚《こうこつ》としていく。

(あぁ、愛しています。ライアン様、私が与えられるものならば、たとえ命でもあなたに与えたいわ)

繋《つな》がった部分から少しずつ、彼の愛情を受け取っているようだ。

（言葉や態度には表せないけれど、私の愛情もこんな風にライアン様に伝わればいいのに……）

そんなことを思いながら、甘い行為に身を任せる。

熱い屹立《きつりつ》は、抽挿のたびに容量を増しているようだ。次第に腰が痺《しび》れてきて頭の中が真っ白になり、何も考えられなくなった。

「レイチェル……！　レイチェル……！」

私の名を呼ぶライアン様の甘い声だけが、うっすらと聞こえてくる。

（あの瞬間が来る！）

いきなり頭の先端から足のつま先まで、電気が走ったような感覚に襲われた。

それと同時にライアン様も達したようだ。体内で、何度も剛直が脈打つのが伝わってきた。

「レイチェル……！」

愛情と悦楽《えつらく》の混ざったライアン様の声。絶頂の余韻《よいん》に浸《ひた》りながら、彼は何度も短い息を繰《く》り返した。私はそんな彼を愛情を込めて見上げる。ライアン様は、私の頬を撫《な》でてくれた。

そのとき、私のつけた歯形が指にくっきりと残っていて胸が痛んだ。

（あぁ、痛そうだわ。ごめんなさい、ライアン様）

ライアン様は気にした様子を見せないが、きっと痛かったに違いない。

「……愛しているよ、レイチェル。君はこんなときでも人形みたいで、すごく綺麗だ」

ライアン様が何度も私の頬にキスを落とす。

（ライアン様が、無表情で喘《あえ》ぎ声すら出せない私を喜んでくださるなら、それでいいわ。一度くらいは気持ちを伝えたいけれど、もともと表情筋は動かないし……それにライアン様に嫌われるのは嫌だもの）

私は急いでライアン様の腕の中から抜け出して、ベッドから下りた。

裸を見られるのは恥ずかしいので、シーツを体に巻いて内履《うちば》きに足を通す。

自室に戻るためバスルームに続く扉を開けようとしたとき、背後からライアン様の声が追いかけてきた。

「とても魅力的な背中だね」

彼はベッドに裸の体を横たえ、肘《ひじ》をついて私をにこやかに見ている。腰に絡まったシルクのシーツが悩ましい。

「レイチェル、このまま僕の部屋で一緒に眠らないのかい？」

「いいえ、私は自分のお部屋で寝ますわ」

迷わず私がそう言うと、ライアン様は少し悲しそうな顔をした。

「わかったよ、レイチェル。でも寝る前にワインは飲まないほうがいいよ。君はそんなにお酒に強くないのだからね」

「わかっていますわ。では、おやすみなさいませ、ライアン様」

私はそそくさと自分の寝室に向かう。抱かれたばかりの体はいまだに彼の熱を孕《はら》んでいて、快感の余韻《よいん》が頭の先からつま先まで残っていた。

私は両腕を肩に回してそれを確かめ、さっき与えられた快感とは違う充足感にしばらく浸《ひた》る。

（これはライアン様からいただいた熱。二度と冷めないでほしいのに……）

寝る支度《したく》をして冷たいベッドに潜《もぐ》り込んだけれど、興奮して眠れそうにない。

目を閉じると、行為の最中のライアン様の逞《たくま》しい体と熱っぽい瞳が浮かぶ。

彼の傍にいるわけでもないのに、心臓が思い切り打ち鳴らされた。

（駄目！　このままじゃ眠れないわ！　ライアン様はああ言っていらしたけれど、ほんの少しだけワインを飲みましょう）

眠れない夜は、枕元に置いてあるワインを飲むようにしている。私はお酒に弱いので、飲んだらすぐに睡魔が襲ってくるのだ。なので寝室以外ではアルコールは飲まないよう、普段から気を付けている。

私はワインを二センチほどグラスに注《そそ》ぎ、それを飲み干した。すると、いつものように瞼《まぶた》がとろんとしてくる。本当に私はお酒に弱い。

「おやすみなさい、ライアン様……私の旦那様。心から愛しています」

そうして私は目を閉じた。

◇　◇　◇

僕——ライアン・ブルテニアが愛する奥様、レイチェルは、抱いている間もいつも人形のようだ。

天使のように整った顔にはなんの感情も表れないし、彼女の体も僕にされるがままで反応は一切ない。

もちろん、そんなレイチェルも素晴らしいのだが、実は彼女はもっと愛らしい一面を持っている。

僕は彼女の秘密を知っている。

さっき抱いたとき、彼女は表には出さなかったものの、とても興奮していたようだ。

あの様子だと、レイチェルは僕が止めたにもかかわらずワインを飲むに違いない。

そうなるように僕が仕向けたのだから。

だとしたら、もうそろそろだ。

僕は裸の上にガウンを羽織って、ベッドの上に腰かけて足を組み、その瞬間が来るのをじっと待った。予想通り、レイチェルが出ていってから十分も経たないうちに、バスルームの扉が少しだけ開く。

彼女の長い髪が、扉の隙間《すきま》からひょこひょこ見え隠れしている。僕が気付いていないと思っているのだろう。

(可愛いな……まるでリスが尾を見せたまま木陰《こかげ》に隠れているようだ)

つい笑ってしまう。

しばらくすると、レイチェルの顔が遠慮がちに覗《のぞ》いた。僕は興奮を押し隠しながら、わざとらしいため息をつく。

「はぁ……飲まないほうがいいって言ったのに。本当に駄目な子だね」

「……！　うぅ……ふっ……」

僕に否定されたと思ったのか、レイチェルの顔が悲しそうに引きつる。

眉は八の字に下がって目は伏せられ、ピンク色の唇はぷるぷると震えている。先ほどまでの人形のような顔から想像もできない、豊かな表情だ。

僕はそんな彼女を、両手を広げて笑顔で迎える。

「おいで……レイチェル。僕は怒っていないよ」

僕の声一つで、レイチェルは一瞬で顔をほころばせた。まるで小さな野草が、満開の花を咲かせたようだ。

すべすべの白い肌は、お酒のせいか少し赤らんでいる。長い金色の睫毛《まつげ》に縁取られた青い瞳は、涙でしっとりと潤《うる》んでいた。僕の背筋を、感動がぞくぞくと這《は》い上がっていく。

（僕の奥様は本当に可愛いな。こんなに可愛い奥様をもらった男は、世界で僕一人だろう）

それくらい、レイチェルはいじらしくて愛らしい。

これが、僕の大切な奥様の秘密。

レイチェルは普段は人形のように無表情なのに、お酒を飲むと一転して表情の豊かな女性に変貌《へんぼう》するのだ。

頬を赤らめて微笑んだレイチェルは、ふと思い直したように悲しい顔に戻る。また何かを考えて、一人でうじうじ悩んでいるのだろう。

（これほど完璧な理想の奥様はいないのに……馬鹿だなぁ）

そう思うと胸の奥がじんっと熱くなった。意味もなく泣きたくなるほど、レイチェルへの愛情が込み上げる。

「ライアン様ぁ……私……ライアン様を愛しているって言いたいのです……でもライアン様は、人形の私がお好きなのですよね。こんな……こんな私でも愛してくださいますか……？」

（ああ、やっぱりそんな些細《ささい》な理由か……なんて愛らしいんだ）

「そうなの？　今朝《けさ》も君は僕につれなかったじゃないか。キスも避《よ》けられたしね。僕は傷ついたよ」

少し意地悪がしたくなったので、僕はレイチェルに冷たく返した。

「う……ふぅっ……」

予想通り、再びレイチェルは涙を流す。お酒を飲むと素直になるだけでなく、涙もろくなるのだ。

煌《きら》めく水晶《すいしょう》のような涙の滴《しずく》が、はらはらと桃色の頬を零れ落ちていく。

（あぁ、レイチェルは泣き顔も可愛いな）

僕がそう思っていると、レイチェルはおぼつかない足取りで僕のいるベッドまでひょこひょこ駆け寄ってきた。

「私、ライアン様を愛しています。心からお慕《した》いしています。ですから本当の私がライアン様のお好みでなくても、見捨てないでください」

そう言う彼女の全身に、惚《ほ》れ惚《ぼ》れした。

白いサテンのネグリジェは、美しい彼女にとてもよく似合っている。誰かは知らないが、レイチェルを妖精とはよく言ったものだ。

(透き通った無垢《むく》な美しさ。こうして見ていると同じ人間とは思えないな)

悲しみに胸を焦《こ》がして涙を流していても、レイチェルは相変わらず絶世の美女。

だが彼女の価値がその見かけだけだとしたら、そんなものに意味はない。

鑑賞には値《あたい》するが、こんなに愛情を注《そそ》ぐことはできない。美術館にでも飾っておけばいい。

はじめは、僕も噂のハプテル家の『妖精の人形』を見てみたいと思っていただけだった。

彼女が人形の顔の下に、こんなに熱い感情を忍《しの》ばせていると知るまでは……

そのことを、僕は彼女と出会った日に偶然知った。そして、僕は一瞬で彼女の虜《とりこ》になった。

レイチェル以上の女性はこの世に存在しない！

彼女と結婚できるとわかった日は、念願の騎士になれた日よりも遥かに興奮した。

（彼女の秘密を、偶然知ることができて本当によかった。でないと、他の男に取られていたかもしれない）

悲しい目をしたレイチェルは、僕の手を取って涙で濡れた頬にすりすりと擦《す》りつける。まるで主人の機嫌《きげん》を取る猫のようだ。

「レイチェル、何か僕に言いたいことでもあるの？　そんなことをしていても伝わらないよ」

そんな彼女に、僕は再びわざとつれない態度を取る。レイチェルは自分が受け入れられていないと感じたらしく、顔を切なく歪《ゆが》めた。

「……私、まだ一回も愛していると言えていないですけれど……ライアン様は、私のことを愛していらっしゃいますか？　それに、せっかく抱いていただいても、こんな私では退屈なのではないでしょうか？」

僕はふっと笑みを零す。

「レイチェルは、僕の好みの女性を知っているかい？」

そう尋ねると、彼女は困ったような悲しいような目をした。きっと自分ではないのだと思っているのだろう。

僕の好みは……僕の見えないところで侍女の真似ごとをしたり、自分のドレスは買わずに繕《つくろ》って古いものを活用したり、傲慢《ごうまん》な伯爵夫人に絡まれた給仕を、怯《おび》えながらも助けたりする女性なんだ。

しかも、それを僕に知られていないと思っているところが、更にそそられる。

だから僕は時々、彼女のためにドレスや宝石を買っては、こっそりワードローブに忍《しの》ばせることにした。そうでもしないと彼女は内緒《ないしょ》でお金を貯め、仕立て屋に僕の服ばかり作らせて、自分のことを後回しにするからだ。

いじらしい性格も、僕の好みど真ん中だ。

なのに普段はつれない対応をして、素直になれない自分に悩んでいる。

無表情のまま、心の内では右往左往《うおうさおう》しているレイチェルの心情を想像するだけで愛《いと》しさが倍増するんだ。……だけど、これはまだ言わない。

僕はベッドの脇《わき》に腰かけたまま足を開き、レイチェルの手を引っ張って細い腰を抱き寄せた。彼女を仰《あお》ぎ見ると、美しい顔が歪《ゆが》んでいて背筋がゾクリとする。

僕には、少しサディスティックな一面があるのかもしれない。

「そんな顔をするってことは、レイチェルは僕の愛情を信じていないいんだね。悲しいな」

「ライアン様ぁ……そんなことありません。私はライアン様の愛情を信じています……でもぅ」

レイチェルが縋《すが》りつくように僕を見た。もう泣きすぎて目が腫《は》れてきている。このくらいでそろそろ許してあげよう。

僕のことで必死に悩む彼女を見るのは楽しいが、悲しませたいわけじゃない。

「僕の好みの女性は君だよ、レイチェル。そのままの君を心から愛している。だからレイチェルが心配するようなことは何もないよ」

彼女の唇にキスを落とすと、涙の味が混ざって塩辛《しおから》かった。甘さを求めて、つい舌を口内の深いところまで滑《すべ》らせる。しばらく堪能《たんのう》したあと、僕は唇を離した。

「……ん……あ……ふぁ」

僕とのキスに溺《おぼ》れ、レイチェルはとろんとした表情をしている。開いたままの桃色の唇は細かく震えているし、白い頬は赤らんでいて、大きな青い瞳は溶けそうなほど潤《うる》んでいた。

（なんて官能的な表情なんだ……）

胸の奥がゾクリとして男の欲望を掻《か》き立てられる。

こんな顔、僕しか見たことがないはずだ。僕の稚拙な独占欲が膨《ふく》らみ、もっと彼女がほしくなる。こうなったらもう止められるわけがなかった。

さっき抱いたばかりだというのに、もう僕の体はレイチェルを渇望《かつぼう》してやまない。

「レイチェル、僕の言ったことを信じるなら、自分から僕に乗ってきて」

「そ、それって……どういう意味ですか？」

「レイチェルはわかっているよね。どうすればいいのか……」

僕がこんな要求をするのはこれが初めてではない。

僕と結婚してから、もう何度も彼女はこうして酔って僕の部屋にやってきた。

そうして愛を乞《こ》うレイチェルに、僕は少しだけ意地悪を言うのだ。戸惑《とまど》いながらも僕に従う彼女を見ると、この上なく愛《いと》しいという感情が湧き出す。

自分にこんな性癖があるとは思わなかった。

レイチェルがゆっくりと自分の下着に手をかける。恥ずかしいのだろう、頬を桃色に染めながら、唇をきゅっと噛みしめた。

薄い下着を白魚《しらうお》のような指で掴《つか》み、ゆっくりと足首まで下ろす。その指は細かく震えていた。

僕はそれをじっくりと眺める。羞恥《しゅうち》に耐《た》えるレイチェルの姿を見るのは好きだ。

「きゃっ！」

足の指に下着が引っかかったようで、レイチェルがバランスを崩して僕に抱きついてきた。

ふくよかな胸が、ネグリジェ越しに僕の頬に押しつけられる。

もうこれ以上は我慢の限界だ。

「……レイチェルはいけない子だね。さあベッドの上においで」

彼女をベッドの上に誘導し、僕は羽織っていただけのガウンを脱いだ。僕の欲望の高ぶりを見て、レイチェルが肩を小さく震わせる。

その純粋な瞳に映っているのは恐れなのか……それとも、これから味わうであろう官能への期待なのか。

もう、どちらでもいい。早くこのいじらしくて可愛いレイチェルに、僕の欲望を突き入れたくて堪《たま》らない。

「もっとよく僕に顔を見せて、レイチェル」

ベッドの上に横になった僕の上に、またがるように膝《ひざ》をつかせる。レイチェルのネグリジェの裾《すそ》が、僕のお腹を撫《な》でて煽《あお》り立てた。

「……ライアン様ぁ」

レイチェルは心細いというように僕の目を仰《あお》ぎ見た。けれども、僕はわざと突き放した言い方で、レイチェルの心を翻弄《ほんろう》する。

「自分でできるよね、レイチェル」

レイチェルは少しの間迷った顔をしてから、小さくこくんとうなずく。そして熱い息を零しながら、僕のものに手を添えた。彼女の指先がほんの少し触《ふ》れているだけなのに、全身がゾクゾクする。

泣きそうな顔のまま、彼女はゆっくりと腰を下ろしていく。ついさっき行為を終えたばかりだ。抵抗なくすぐに入るに違いない。

肉のひだに包まれるあたたかい感触がしたと思ったら、快感が脳まで突き抜けて、快楽に呻《うめ》く。

「ふぅっ！　……くっ！」

どうやらレイチェルが一気に腰を下ろしてしまったようだ。

あまりに気持ちよくて理性を失いかけるが、直前で思いとどまる。このまま乱暴にレイチェルを抱くのはもったいない。もっと、じっくりと……愛する奥様を味わいたいから。

「はぁっ……レイチェル。本当にダメな子だね。いつもゆっくりって言っているよね。そんなに僕がほしかったの？」

レイチェルも快感の熱に浮かされ、少しおかしくなっているようだ。耳まで赤くしながらゆるゆると上下に動いて、全身を震わせた。

「ごめんなさ……も、動けな……あっ！」

レイチェルの腰がビクビクッと二回跳ねて、同時に僕のものが締めつけられる。

僕はあっさりコトが終わったりしないよう、ずいぶんと耐《た》えなくてはいけなかった。

彼女は顔を右に傾けると、人差し指の爪を切なそうに噛んだ。彼女も気持ちいいのだろう。その体は興奮で赤く色づいている。

いつもは無表情のレイチェルが、全身で悦楽《えつらく》の感情を表現している。さすがの僕も我慢の限界がきた。

「レイチェル、これを噛んでて……」

ネグリジェの裾《すそ》をレイチェルの唇の中に挟むと、結合部が丸見えになった。そこから

視線をゆっくりと上げていく。

なだらかな曲線が薄い繁みからへそへ、そして胸の膨《ふく》らみまで続いている。ネグリジェの裾《すそ》から、豊かな乳房の下半分が覗《のぞ》いていて悩ましい。

思い切り腰を突き上げると、レイチェルの長い髪がふわりと浮き上がる。

「んんっ！」

それと同時に、彼女が小さな声を出して顔を歪《ゆが》めた。

僕が裾《すそ》を噛めと言ったから、それを忠実に守っているようだ。悦楽《えつらく》の声を上げたいだろうに、必死に我慢している。そこがまたいじらしくて可愛らしい。

ぐちゅり、ぐちゅり。

レイチェルの濡れそぼった蜜壺が、僕が腰を突き入れるたびに淫《みだ》らな音を発した。淫《いん》靡《び》な水音が何度も寝室にこだまする。

「レイチェル、レイチェル。好きだよ。あぁ、君が大好きだ」

好きだと囁《ささや》くたびに、彼女は中にいる僕を締めつける。

レイチェルは本当に僕が好きらしい。愛する女性に愛される幸福感。彼女は焼けつくような激しい欲情を与えてくれるだけでなく、心まで穏やかに満たしてくれる。

「はぁっ……あっ……」

喘《あえ》ぐレイチェルの体内を深く突き上げると、全身を痺《しび》れるような快感が覆《おお》う。

ぎゅぅぅと包み込むように中で締め上げられ、簡単に達しそうになるのを必死で堪《こら》えた。

彼女の中は本当にあたたかい。僕はどちらかといえば達するのが遅いほうなのだが、愛する女性との行為は格別ですぐに絶頂がきてしまう。

彼女が悦楽《えつらく》に悶《もだ》えている姿が視界の端に映るが、それを鑑賞して愉《たの》しむ余裕は今の僕にはない。

蜘蛛《くも》の糸のような理性をかろうじて残しながら、僕はレイチェルと一緒に絶頂に達した。

彼女との行為は、いつでも頭が真っ白になるほど気持ちがいい。僕はしばらくその余《よ》韻《いん》に浸《ひた》っていた。

息を整えてからレイチェルを見ると、彼女はまだネグリジェの裾《すそ》を口に挟んだままだ。息苦しいだろうに、彼女はそのまま涙目で僕を見る。僕に嫌われるのが、よほど怖いらしい。

(それほどレイチェルは僕を愛しているんだ)

そう考えると、何かがゾクリと背中を走る。

「もういいよ。離して……」

レイチェルが口を開け、唾液《だえき》で濡れたネグリジェがはらりと僕の腹部に落ちる。

彼女が唇を閉じてしまう前に、僕はさっと身を起こして深いキスをした。

そしてレイチェルを見つめる。

「愛しているよ、レイチェル。君のことは僕が一番わかっている。大丈夫だよ。何があっても絶対に離さない」

「ライアン……様ぁ」

レイチェルは僕に縋《すが》りつくように身を寄せるとすぐに目を閉じた。すぐに小さくて可愛らしい寝息が聞こえてくる。ワインを飲んで、激しい運動もしたから、限界だったのだろう。

「可愛い……レイチェル。可愛い」

僕は彼女の頬や首筋、白い腕や手に、順番に口づけを落とした。

朝が来て目が覚めても、彼女が起き出すまでは寝たふりをしなければいけない。どうやらレイチェルは僕に寝顔を見られたくないらしい。

「口をだらしなく開けて涎《よだれ》を垂らして寝ている君も、これ以上にないほどキュートだと思うのだけどね。僕はどんな君も大好きなのに、レイチェルは馬鹿だなぁ」

一度だけ彼女より早く起きたことがあったが、そのあと三日は様子がおかしかった。寝顔を僕に見られたことが原因だったらしい。そのあとお酒を飲んだ彼女が告白するまで、さすがの僕も焦《あせ》った。

レイチェルには絶対に嫌われたくないから。

ふと、不安が僕の脳裏《のうり》をかすめる。

レイチェルは僕に隠しているが、彼女の理想の男性は『リシュラン王国と救国の騎士』という絵本の中の騎士。その騎士のことを『運命の騎士』と呼んで、子どもの頃からずっと探していたらしい。

その爽《さわ》やかで誠実な騎士に僕が似ていたから、レイチェルは僕に一目惚《ひとめぼ》れしたんだ。

（本当は打算的で自己中心的な男だというのに……あぁ、純粋で無垢《むく》な彼女が僕の本性を知ったらどう思うのだろう）

こんな男だとは思わなかったと逃げ出すかもしれない。そんなのは絶対に嫌だ！

僕は頭《かぶり》を振って不安を掻《か》き消すと、可愛らしいレイチェルの寝顔に集中する。そして小さな声で語りかけた。彼女の深層意識に刻《きざ》みつけるように。

「君が僕の本性を知って逃げ出そうとしても、絶対に逃がすつもりはない。鎖《くさり》で縛りつけてでも僕の傍にいてもらうよ。……ごめんね。君の理想の騎士は、本当は自分勝手で強引な男なんだ」

それほど、僕はレイチェルの魅力に囚《とら》われている。

「おやすみ、レイチェル。大好きだよ、僕の大切な奥様。絶対に離さないからね」

そうして僕は彼女の頬に口づけ、抱き合ったまま目を閉じた。

（この素晴らしい日々が永遠に続きますように……）

僕はそう神に祈った。

3　人形奥様はお掃除に大忙しです

翌日、私はいつも通り目を覚ましたあと、ライアン様が起きる前に身支度《じたく》を済ませた。

ライアン様との新婚生活が始まってから、私は一日一日を大切に暮らしている。

彼がお仕事に向かう背中を切ない気持ちで見送ったあと、もう一度お顔を思い返してしっかりと記憶に植えつけるのだ。これまでの彼も素敵だけれど、今この瞬間のライアン様が一番大好きだから。それから家事をする。

「さぁ、お日様も出たことだし、マットレスでも干しましょうか。ベリルにエマ」

今日は、侍女と一緒にマットレスの虫干しをすることにした。私は身軽な服に着替えて、作業に取りかかる。

三人でマットレスを抱《かか》えて、南向きのテラスに運ぶ。

嬉しいことに、雲一つない晴天だ。太陽の光を全身に浴びるととても気持ちがいい。

ベリルとエマのマットレスも一緒に干すので、かなりの大仕事だ。気合いを入れるためにお気に入りの鼻歌を歌っていると、エマが青い顔で震えながら問いかけてきた。

「お、奥様。辛《つら》いことがおありですか？　誰かを呪《のろ》ってらっしゃるようですけど、何かあったならすぐに言ってくださいね。私が奥様をお助けしますから」

どうやらエマは私の鼻歌を、愚痴《ぐち》を零していると勘違いしたようだ。明るい曲のはずなのに、無表情のせいで悲しい旋律《せんりつ》に聞こえたのだろうか。ベリルが慌《あわ》ててエマに説明する。

「エマ、これは奥様がとても機嫌《きげん》のいいときの状態なのよ。もしかして奥様、昨夜旦那様と何かあったのですか？　奥様を悲しませるのも喜ばせるのも、いつも旦那様だけですからね」

ベリルは今朝《けさ》お風呂を掃除してくれたはずだから、昨夜のことに薄々気付いているのだろう。あまりに恥ずかしくて、視線を逸《そ》らして答える。

「な、何もないわよ。ライアン様は、いつも通り素敵な旦那様だったわ」

そういえば昨夜は自室で眠ったはずなのに、今朝《けさ》もライアン様の寝室で目が覚めた。きっとあまりにライアン様が好きすぎて、夜中にトイレに行ったときに部屋を間違えたのだろう。

（でも、今日も彼が起きる前に目が覚めてよかったわ）

ほう、とため息をついたあと、私は侍女たちに胸を張って言う。

「今日は私、ライアン様のお顔を十秒以上見てお見送りしたのよ。お別れするのが辛《つら》すぎて、いつもは顔すらまともに見られないもの。だけど、今日の私はかなり頑張ったわ。ふふ。すごいでしょう」

心の中でだけドヤ顔になる。すると、ベリルはため息交じりに呆《あき》れた。

「それは全く自慢できないと思いますよ、奥様。威張《いば》るのは、きちんとお気持ちを伝えてからにしてください」

「っぷ！」

黙って聞いていたエマが苦笑する。私は心の中で頬を膨《ふく》らませた。

確かに私はライアン様に対してそっけなさすぎる。一度くらいは素直に気持ちを伝えたいけれど、ライアン様は私の中身が乙女だということを知らないのだ。

でも昨夜、ライアン様はあの湖畔《こはん》で、ありのままの私が好きだと言ってくれた。それだけで天に昇るほど嬉しくなる。

(今の私にライアン様が満足してくださっているなら、それでいいわ)

本当の自分を見せられないのは少し切ないが、ライアン様に好かれていることのほうが私には大事なのだ。

マットレスを干し終えると、私たちはすぐに玄関の掃除に取りかかった。

箒《ほうき》をかけて埃《ほこり》を掃《はら》い、雑巾《ぞうきん》で階段の手すりを拭《ふ》く。

三人で一緒に各部屋を回って、今日の掃除は終わりだ。

「じゃあ、ベリルにエマ。今日は私、ライアン様のためにお菓子作りをするわね」

これはずっと前から考えていたこと。

屋敷の雑用が完璧にできるようになり、もっとライアン様のために何かしたくなったのだ。料理は、まだしたことがなかった。

「うふふ、ライアン様の大好きなブルーベリーの入ったブラウニーを、私の手で作って差し上げたいの。私の手で混ぜた小麦粉と砂糖が、ライアン様の細胞の一つ一つになっていくのよ。あぁ、なんてロマンチックなのかしら」

見かけは人形のまま心だけ陶酔《とうすい》している私を見て、エマとベリルが苦笑いする。

私は庭になっているブルーベリーを必要なだけ籠《かご》に入れ、意気揚々《いきようよう》と台所へ向かった。

通いのコックのハンスは、朝食を作ったあとは一度帰って、昼過ぎに夕食の準備をしに来る。だから彼は今屋敷にいないのだけれど、あらかじめ相談しておいたので、ケーキを作るための材料と道具はすでに用意されていた。

私はベリルに教えてもらいながら、送風機を使ってオーブンの炭に火を入れる。それが簡単なようで意外と難しい。

「あぁっ！　奥様、空気を送りすぎです！　もっと炭の下のほうを狙ってください！　そんなに火に顔を寄せては危ないです！」

「きゃぁっ！」

一気に大量の空気を吹き込んだせいで、台所に火のついた炭の粉が舞う。慌《あわ》てて避《よ》けた拍子にオーブンの角《かど》のレンガで指を擦《す》りむいてしまった。手は炭で真っ黒だし床は灰まみれ。散々な状態だ。

「ご、ごめんなさい。台所が汚れてしまったわ」

私が謝ると、ベリルが大慌《おおあわ》てで傷口を見てくれる。

「そんなことはちっとも構いません！　それより、指をお怪我《けが》なさっているではないですか、奥様！」

「大丈夫よ。少し擦《す》ってしまっただけ。火傷《やけど》はないわ」

ベリルとエマがホッとした顔を見せた。

……でも、こんな失敗でくじけてはいられない。

「もう危ないのでやめてください」と言い募る彼女たちを制して、黙々とオーブンと格闘する。一時間ほど頑張って、ようやく火の用意ができた。

「やったわ。これでようやくブラウニーが焼けるわね」

それから、エマにブラウニーの作り方を教えてもらう。

「小麦粉を入れたらあまりこねてはいけません！　切るように混ぜてください。あぁ、そんなに勢いよく混ぜたら小麦粉がっ！」

ボールからココアの粉と小麦粉の粉が同時に舞い上がって、思わず目を閉じる。粉を少々吸い込んで、咳《せ》き込んでしまった。

「ごほっ、ごほっ」

エマが苦笑いをしているのが横目に見えた。

頭からつま先まで小麦粉だらけで、悲しい気持ちになり無機質な声を出す。

「……小麦粉とココアを足さないといけないわね」

「そ、そうですね。奥様。でも誰でも初めてはこんなものですから」

エマに慰《なぐさ》めてもらい、沈んだ心を浮上させる。

（ライアン様のお口の中に入るものだもの。ありったけの愛情を込めようと、力を入れてしまったのが失敗だったわ。次はきっと大丈夫よ）

それからも失敗を繰《く》り返し、三時間ほどかけてようやくブラウニーが完成した。

初めて自分の手でお菓子を作り上げ、感動が隠せない。残念ながらブラウニーは焦《こ》げてしまったが、無事だった部分から数個だけ切り分けた。

あまりに嬉しくて、焼き上がったブラウニーをずーっと眺めていると、エマとベリルが顔を合わせて笑っている。

「本当に奥様は、旦那様のためならなんでもなさるのですね」

ベリルがそう言うので、私は大きくうなずく。

「それはそうよ。ライアン様は私のために外で働いてくれているのですもの。私だってできることはなんでもしたいの」

「その調子で『愛している』とデレられたらいいですね、奥様」

エマがニヤニヤしながら言うが、それはなかなか難しい。

(ブラウニーを渡して気持ちを伝えられたら、どんなに幸せかしら。でも、そんなことしたらきっと、嫌われてしまうわ)

粗熱《あらねつ》のとれたブラウニーを包装紙とリボンで包んでいると、家の前に馬車が停《と》まる音がした。エマが窓のカーテンの隙間《すきま》から外を覗《のぞ》いて叫ぶ。

「奥様！　ブルテニア夫人です！」

その言葉にベリルがすぐに私を振り返った。

ブルテニア夫人は、ライアン様の兄である現ブルテニア男爵の奥様。つまり私にとって義姉である。この屋敷を訪れる人など滅多《めった》にいないが、夫人だけはこうして予告もなしに時々現れる。

お義姉《ねえ》様に安物のドレスを着て家事をしている姿を、見られるわけにはいかない。

私はすぐに、炭と小麦粉で汚れたエプロンを外した。

「わかったわ。私は着替えてくるから応接間にお通しして」

エマもベリルもわきまえたもので、何も言わずにうなずくと各々の仕事をしに走っていった。

私は急いで自室に戻り、動きやすい服を脱いで高級なドレスに着替える。

普通、貴族の女性は一人でドレスを着たりしないもの。侍女が手伝ってくれるからだ。けれど、うちには侍女が少ないので、自分のことは自分でしたほうが効率的だ。そうし始めて一か月は大変だったが、今では慣れて、一人でも数分でドレスを着られるようになった。

アップにしていた髪をほどき、シフォン生地のリボンでささっと結ぶ。唇に紅を引いたら完成だ。

全身を鏡で確認してから応接間に急ぐと、夫人は壁にかかった絵画や置物を見て、眉を顰《ひそ》めていた。

部屋の隅にはエマがいる。きっと、ベリルがお茶の準備をしているのだろう。

私が膝《ひざ》を折って挨拶《あいさつ》すると、彼女は何も言わずに目線だけでこちらを見た。

（また何か粗相《そそう》をしてしまったのかもしれないわ。私の間違っているところをいつも指摘してくださるのよ。なんて親切な方なのかしら。さすがはライアン様のお兄様が選んだ奥様だわ。私もいつかこんな女性になりたいです。ほぅ）

ブルテニア夫人は現在三十八歳。成人した子が三人いらっしゃって、義姉としてだけでなく、男爵家の奥様としても完璧な方だ。

ハプテル伯爵家の権力や、私の人形のような顔に恐れをなしたのか、誰も私に注意などしてくれなかった。その上、私を溺愛《できあい》する両親やお兄様が、私を怒るわけがない。だから正直に私を叱咤《しった》してくれる夫人に、私は好感と敬意を抱いていた。

今日はどんなことを教えてくれるのだろうと私が期待に目を輝かせていると、夫人が甲高《かんだか》い声を出した。

ふくよかな体につけている高級そうなドレスや装飾品が、それに合わせて大きく揺れる。

「レイチェル、この絵画は何？　ブルテニア家では、この季節には果物の絵画を飾るの。こんな野暮《やぼ》ったい田舎《いなか》の風景画なんて言語道断《ごんごどうだん》だわ」

それは三百年前の有名な画家の絵で、今では値がつけられないほど価値がある。私の二十歳の誕生日に王族に連なるジルニーア公爵からいただいたもので、嫁入りの際に持ってきていた。

けれども、ライアン様のご実家のしきたりが一番だ。そんなことも知らなかったなんて恥ずかしい。私はすぐに頭を下げた。

「申し訳ありません、お義姉《ねえ》様。すぐに侍女に言って取り替えさせますわ」

夫人は、前を黙って通り過ぎる。私は注意されたことが嬉しくて、胸をドキドキさせていた。

(また怒ってくださったわ、嬉しい！　次は何を教えてくださるのかしら、あぁ、楽しみだわ。もっと叱《しか》っていただきたいです！)

夫人は応接間の中だけで、私の至らなさを何か所も指摘した。

「……申し訳ありませんわ」

何度目かの謝罪の言葉を口にした頃、夫人は満足したようにため息をついた。そして私の前に立ち、背筋を伸ばす。

「あなた、口では謝っているけれど、本当に悪いと思っているの？　なんでもない顔をして……以前はハプテル伯爵令嬢だったけれど、結婚したのだから、もう違うのよ。義姉である私のほうが格が上なの。いつまで私をここに立たせておくつもり？　女主人なら来客にお茶を勧《すす》めるのがマナーでしょう」

「至らなくて申し訳ありませんわ、お義姉《ねえ》様。お茶の用意はさせておりますので、どうぞこちらへ」

（いけないわ。お義姉《ねえ》様のお話を聞くのに夢中で、お茶をお勧《すす》めすることをすっかり忘れていたわ）

急いでティールームに移動し、夫人と向かい合ってお茶とお菓子をいただく。夫人は紅茶のカップに口をつけながら眉を顰《ひそ》め、独り言のようにつぶやいた。

「そのドレス、今王都で流行しているデザインだわ。レイチェル、また新しいドレスを買ったのね。ハプテル家からは何も援助してもらってないって聞きましたわ。なのに、あなたったら自分のことばかりにお金をかけて……その上、こんなに古いティーセットで客をもてなすなんて」

ブルテニア夫人は、ライアン様がお父様とお兄様の援助を全て断ったことを知っていたらしい。自分の力で私を幸せにしたいと言ってくれる彼が、きっと男爵家でも誇らしいのだろう。

（あぁ、本当にお義姉《ねえ》様のおっしゃる通り、ライアン様はなんて誠実な方なのかしら。あぁ私、素敵な旦那様を持って最高に幸せだわ。ふふふ）

「ええ、そうですね。ありがとうございます」

「……！」

ライアン様を褒《ほ》めてもらったのでお礼の返事をすると、何故だか夫人が妙な顔をした。私の無表情な顔が悪いのだろうか。

私がキョトンとしていると、夫人は少し目を逸《そ》らして続けた。

「レイチェル、ジルニーア公爵が主催される狩猟会には参加するんでしょうね。騎士の奥方が狩猟会に参加しないなんて恥です。いくらあなたがああいう場が嫌いでも、顔くらいは出しなさいよ」

夫人の話によると、毎年恒例のジルニーア公爵邸での狩猟会は、騎士団に関係する貴族が全て招待されるそうだ。

（あら、ライアン様からは何も伺っていないわ。きっと話し忘れたのね……）

公爵とは私が生まれたときから家族ぐるみの付き合いがある。参加を断る理由はないので、私はすぐにうなずいた。

「はい、そういたします」

にっこりと……笑ったつもりになって返事をする。けれども表情は変わらない。いつもの鉄仮面だ。夫人の顔が更に凍りついたように見えたが、気のせいだろう。

ブルテニア夫人はいつものようにお茶を飲んだあと、男爵家の屋敷へと帰っていった。

夫人の馬車が角を曲がり消えたのを確認すると、ベリルとエマは揃《そろ》って怒《いか》り始めた。

特にお茶を用意したベリルは怒《いか》り心頭に発しているようだ。いつもは穏やかな彼女が声を荒らげる。

「奥様、あのティーセットはマチューセル伯爵からのプレゼントで、値段のつけられない高級品です！　それに奥様が夫人の義妹だとしても、ハプテル伯爵家の令嬢という出自がなくなるわけではないのです。あんなに馬鹿にされる理由はどこにもありません！」

「あら、私は嬉しいのよ。夫人は私を本当の妹のように思ってくださるから、お厳しいのだわ。それに、ライアン様の家のしきたりを覚えるのは奥様の務めですもの。さあ、さっそく紙に書いておかないといけないわ。さすがは夫人ね、うふふ」

私はウキウキしながら紙とペンを取りに行く。

「奥様がそうおっしゃるならいいですけれども……」

ベリルとエマが不満そうに顔を見合わせた。私は思いついて二人に提案する。

「そうだわ。私は夫人とお茶をいただいたけれど、あなたたちはまだだったわね。一緒にお庭でお茶にしましょう。さっき夫人にいただいた砂糖菓子がまだあるのよ。ブラウニーもあるけれど、それはまだ待ってくれるかしら。一番最初にライアン様に食べていただきたいから」

砂糖菓子という言葉に、エマとベリルがワッと声を上げた。

私たちは庭の芝生《しばふ》の上に布を敷《し》いて、紅茶とお菓子をいただく。

ぽかぽかとした夏の陽気に包まれながら、愛《いと》しい旦那様の帰りを待つのだった。

◇　◇　◇

現在、僕――ライアンは王都にある騎士団本部で行《おこな》われている団長会議に出席している。

騎士団の長《おさ》である団長と各部隊の三人の隊長たちが、円卓に着いていた。

僕はその円卓の脇《わき》に立ち、任されていた仕事の報告を終える。

王国を護《まも》る騎士団は戦力の要《かなめ》。騎士の称号を持つ者は、王国で百名のみの精鋭だ。

最高司令官である騎士団長の下には、三つの隊が組織されている。各隊はそれぞれ隊長が率《ひき》いており、その下に副隊長と補佐官が続く。

第二部隊のバートラム隊長は、居並ぶ隊長の中でも、際立《きわだ》った威圧感を放つ男だ。彼は次の団長候補だと噂されている切れ者。

僕はその第二部隊に所属するただの一隊員なのだが、団長会議に呼ばれるのはこれが初めてではない。何度か作戦の助言をしてからというもの、綿密《めんみつ》な作戦が必要なときには必ず呼ばれるようになった。僕には役職も権力もないし、それに全く興味もない。けれど、僕ほど緻密《ちみつ》な計略を考案できる者はいないだろう。そう自負しているが、もちろんそれは表には出さない。

「さて、ライアン君。マデイラ国の件はどうなっているのかね？」

バートラム隊長が厳《おごそ》かに聞いてくる。僕は、穏やかに答えた。

「ご心配なく。先月、火種を撒《ま》いておきました。それで彼《か》の国の神教会と貴族たちは対立して、今にも内紛が起きそうですよ」

マデイラ国は、我が国と違って神教会が実権を握っている。その神教会が最近戦力を増し、リシュラン王国の領土を狙っているという情報がもたらされた。

僕は王国を護《まも》る騎士だ。敵は早いうちに消しておきたかった。

騎士は一人で一個連隊の兵士を率《ひき》いることを許可されている。そのため、僕の兵士を諜報員《ちょうほういん》としてマデイラ国に潜《もぐ》り込ませた。そして、神教会を面白く思っていない貴族たちを炊《た》きつけ、内紛の火種をいくつか用意した。その策略が上手《うま》くはまったようだ。

僕の予想通り、マデイラ国では神教会と貴族たちが国全土で対立し、他国に戦争を仕掛ける余裕はなくなっているらしい。

第三部隊のハンブルグ隊長が、あごひげを撫《な》でながら感心したように語る。

「これで当分、あの国は自国の火消しに忙しくなって、我が国に剣を向ける暇はないだろうな。さすが、ライアン君の策略は隙《すき》がない。どうして君のような男が一介の騎士に甘んじているのか、不思議になるよ。その気になれば明日にでも副隊長にくらいなれるだろうに。そうすれば、王国最年少の副隊長の誕生だ」

「お褒《ほ》めの言葉はありがたいですが、僕よりも優秀な人材はたくさんいます。それに、僕は今の環境を気に入っていますから」

(冗談じゃない。僕は誰かの命の責任を取らされるのは嫌いだ。自分の命は自分で守る。こうやって策を練《ね》って、それを適切な人物に実行させる役が性《しょう》に合っているんだよ。僕の策にまんまとはまって、右往左往《うおうさおう》する奴らを遠くから眺めるのは悪くない)

そうは思うが口には出さない。自分の能力に驕《おご》って周囲に自慢を垂れ流すほど愚《おろ》かではない。真の知恵者は表舞台には立たないものだろう?

「まあ、そうだろうね。君は優秀すぎる」

両手の指を組んで、第一部隊のキース隊長が笑う。その隣で、騎士団長が口を開いた。

「確かに君は利口《りこう》な男だ、ライアン君。だが騎士団の仲間のために、ハプテル家の『妖精の人形』を口説《くど》き落として結婚するなんて、思ってもみなかった。どうやってあの高嶺《たかね》の花を落としたのか知らんが、そのおかげで多くの騎士の命が救われた。君の騎士団への忠誠心には驚かされたぞ」

圧倒的な軍事力を誇る騎士団と、膨大な財力を持つ貴族院。

騎士団と貴族院は王国を二分する勢力である上、もともとあまり仲がよくない。更に去年、国境の護《まも》りの強固のため予算を増してほしい騎士団と、それを渋《しぶ》った貴族院は大きく対立した。

レイチェルの父は貴族院のトップである宰相で、兄のハプテル伯爵もがっちりと権力を握っている。

野盗事件がきっかけとはいえ、結果的に僕とレイチェルの結婚で、騎士団と貴族院が歩み寄ることとなった。

団長は、騎士団のために僕がレイチェルと結婚し、彼女の立場を利用していると思っているらしい。けれども僕は、王国の平和や仲間のために、自分を犠牲《ぎせい》にする男じゃない。どちらかといえば、自分の利益になることしかしたくない。他のことはどうでもいいのだ。

「仲間のためではありませんよ。僕はレイチェルを真剣に愛しているのです」

これだけは嘘をつく必要もない。心からの言葉だ。

「そうだろうな、相手はあの『妖精の人形』だ。彼女の美貌《びぼう》に惑《まど》わされない男はこの世界に一人もおらんだろう」

団長と隊長たちは揃《そろ》って微笑んだ。

(団長たちは、レイチェルの秘密を知らないから、そう思うんだろうね。まぁ、誰にも教えるつもりはないけど。彼女の愛らしい一面は僕だけのものだ。できるなら一生屋敷に閉じ込めて、他の男の目に触《ふ》れさせたくないほど執着している。こんな気持ちになったのは初めてだ。レイチェルには言わないけどね)

昨夜のレイチェルの姿を思い出して、自然に笑みが零れる。

すると、バートラム隊長が両手の指を組みながら、意味深な視線を僕によこした。

「そういえば、ミデルブ伯爵の領地で幾人かの役人が不正を働いていたみたいだな。領民に知られて暴動が起きているらしいじゃないか。伯爵が青い顔をして領地に戻ったって聞いたぞ。あれは君の仕業《しわざ》ではないのか？」

確かにそれは僕がやったことだ。

大事なレイチェルを傷つけそうになった奴らを、許してはおけないから。僕は狭量な人間なんだ。中途半端に情《なさ》けをかけて容赦《ようしゃ》することはない。

とはいえ、どこの領地にも多かれ少なかれ問題はあるもの。僕はそれをほんの少し誇張して、領民に知らしめただけにすぎない。他人に付け入る隙《すき》を見せた、伯爵の自業自得《じごうじとく》だ。

だが、それを誰かに吹聴《ふいちょう》したつもりはない。表向きの僕は、好感の持てる爽《さわ》やかな騎士なのだから。

僕は、いつものよそいきの笑顔を顔面に張りつけた。

「さぁ。なんのことだかわかりませんが、バートラム隊長」

「……まあいい、君の人選と策略に間違いはないからな。今のところ、君は騎士団の頼もしい仲間だよ。私の部下として誇りに思うぞ」

今のところ、というのは、牽制《けんせい》だろう。

王国を代表する騎士団の幹部は、それほど馬鹿ではないようだ。僕の直属の上司であるバートラム隊長は、おおよそ僕の正体に気が付いているらしい。

爽《さわ》やかで誠実な騎士だと慕《した》われているが、実は目的のためなら手段を選ばない狡猾で冷淡な男だと。

(抜け目のない男だ。敵に回したくはないな)

冷静に思考したとき、ふと頭を過《よぎ》る。

もし僕の本性をレイチェルが知ったら、怖がって近寄ってくれなくなるかもしれない。

どこの国の王であれ、僕は怖くない。なのに、それだけが恐ろしい。

（そんなことは絶対にごめんだ。想像するだけで背筋が凍りそうだよ）

絶対に彼女に知られてはならない。

そう考えていると騎士団長が僕を見て、苦笑いを零した。

「ははは、そんなに殺気を込めるものじゃない、ライアン君。ここは戦場ではなくて会議室なのだからな」

（僕としたことが、不安が顔に出てしまったのか……！）

「申し訳ありません。つい、マディラ国の次に脅威《きょうい》となる敵国のことを考えていました」

僕は自省しながら、団長と隊長たちに頭を下げた。

（レイチェルのことになると、感情の制御ができなくなる。気を付けないと駄目だな）

「そういえば、来週には毎年恒例のジルニーア公爵の狩猟会がある。もちろん君も参加するだろう？　娘のアレクシアはまだ君を慕《した》っているようだが、相手にする必要はないぞ」

バートラム隊長が、苦虫を噛み潰《つぶ》したような顔で言う。

彼は僕の本性に気が付いているから、あまり娘を近づけたくないのだろう。僕はそしらぬふりをして、「はい」と爽《さわ》やかに答えた。

するとキース隊長が興味深そうに身を乗り出す。

「では、君の奥方も参加するのかな？　君の結婚式で初めて噂の『妖精の人形』を見たが、我が目を疑ったよ。あれほどの美人はこの世のどこを探してもいないだろう」

目を輝かせるキース隊長に、僕は首を横に振った。

「残念ですが、彼女は多分参加しませんね。レイチェルは人見知りなんです」

「それは残念だな。一度じっくり話をしてみたかったんだが」

（レイチェルを他の男に見せびらかすのは、好きじゃない。彼女には、狩猟会があることすら知らせていないんだ）

肩を落とすキース隊長に心の中で舌打ちしながら、表面では申し訳なさげに目を伏せる。

「申し訳ありません。ですが、無理強《むりじ》いできませんから」

しばらくして団長会議は終わり、僕は会議室から退室した。

（レイチェルの隠された愛らしさは、僕だけが知っていればいい。今日のレイチェルはどんな顔を見せてくれるのかな、今から楽しみだ。さぁ、どんな風にいじってみようか。彼女と出会ってから、本当に人生が楽しいよ）

◇　◇　◇

お義姉《ねえ》様の突然の訪問があったあと。

夜になりライアン様がお仕事からお帰りになったので、いつものように夕食をいただいた。食後のデザートに、例のブラウニーをお出しする。

「ライアン様、夕食のデザートはいかがでしたか？」

夕食後、お部屋で本を読んでいるライアン様に、それとなく尋ねてみる。私が作ったものだとは、もちろん伝えなかった。『妖精の人形』のイメージが崩れてしまうから。

ライアン様は椅子に座ったまま、読みかけの本をテーブルの上に置くと、その前に立つ私の顔を見上げた。

「すごく美味《おい》しかったよ。僕の好みにぴったりだった。ハンスに礼を言わないとね」

（あぁ、よかったです。失敗してしまったから駄目かと思ったわ）

その言葉にホッとする。

「それよりその手袋はどうしたの？　朝はしていなかったよね」

ライアン様に指摘されて、心臓が天井《てんじょう》まで跳び上がった。手袋で擦《す》り傷を隠しているとは言えない。もし知られたら、私がブラウニーを作ったことがわかってしまう。

「今日は手先が冷えるので、手袋をはめたのです。駄目でしょうか？」

「いや。レイチェルがそれでいいなら、僕はもちろん構わない」

彼は爽《さわ》やかな笑みを浮かべると、私の手を握った。手袋越しだというのに、彼が触《ふ》れたところから全身に熱がいきわたっていく。

（あぁ、大好きです、ライアン様。私、お優しいライアン様と結婚できて本当によかったです！）

ひとときの間萌《も》えに浸《ひた》って、今日の報告をする。

「今日、お義姉《ねえ》様がいらっしゃいましたわ。来週、狩猟会があるとお聞きしました。私も参加させていただきますね」

「……あぁ。でも、レイチエル。森の中で一日中過ごさないといけないんだよ？　君はそういうの苦手だろう。義姉《ねえ》さんに言われたからといって、無理に出席しなくてもいいんだよ」

そんなことを言われても、奥様の務めはきっちり果たさなければいけない。ライアン様に甘やかされてばかりの奥様では駄目なのだ。私は少しきつめの口調で返す。

「出席いたしますわ」

するとライアン様は心配そうな顔をしながら、それでも優しく微笑んだ。

「わかった。レイチェルがそこまで言うなら。でも、何かあったらすぐに僕に言うんだよ。わかったね」

ライアン様が私の両手を持ち上げて、その甲にちゅっと口づける。

色気のある仕草に、胸がドキンと跳ねた。

（きっと社交が苦手な私のことを気遣《きづか》ってくださっているのね。本当にお優しい方）

ライアン様への愛情が更に増す。

狩猟会というのは、その名の通り馬に乗って森に入り、鹿やキツネ、野うさぎを狩るという催《もよお》しだ。弓矢や剣を使って、誰が一番大きな獲物《えもの》を狩ることができるかを競う。

最近では、馬に乗って男性と一緒に山に入り、獲物《えもの》を狩るのを見学する女性もいる。

できれば私もそうしたいのだけれど、私はどうにも動物に好かれない。

小動物は私を見ると一目散《いちもくさん》に逃げ出し、猫や犬などは尻尾《しっぽ》を上げて威嚇《いかく》し続ける。

馬くらいの大きさになるとまだましだけれど、目が合うと挙動不審《きょどうふしん》になるので、極力目を合わさないようにしている。私自身は動物が大好きだというのに、とても悲しいことだ。

馬車に乗るときですら馬に顔を見せないよう、後方から乗るよう気を付けている。

（でも、私が狩りをするわけではないもの。きっと大丈夫）

私は狩りをしているライアン様のお姿を思い浮かべて、いつものように心の中でにまにまと萌《も》えていた。

4　狩猟会は失敗ばかりで散々です

あっという間に数週間が経ち、狩猟会の日がやってきた。

早朝に屋敷を出て、私たちはすでに二時間も馬車に乗っている。山道で馬車はガタガタと大きく揺れ、そろそろお尻が痛くなってきた。

「レイチェル、森の中は土埃《つちぼこり》で汚れるし危険もあるけど、大丈夫？」

ジルニーア公爵所有の森に向かう道中、ライアン様が何度も確認するように尋ねる。

もうこれで三回目だ。もう少しで狩猟会の会場である公爵家の別邸に到着するというのに、よほど心配しているに違いない。私はいつものように、冷たい言葉と表情で答える。

「ええ、問題ありませんわ。私は乗馬は苦手ですし、森の中には近づかないようにしますもの」

動物に嫌われていることを、ライアン様にはひた隠しにしている。普通の男性は、そんな女性に魅力を感じるわけがない。

エメラルドグリーンの瞳を伏せながら、ライアン様は仕方がないという風に笑った。

その爽《さわ》やかな笑顔に胸の奥がときめく。

「わかった。じゃあ今日は僕も森には入らないで、レイチェルの傍にいることにするよ。一緒に緑を眺めながら紅茶を飲もう。久しぶりのデートだね」

(デ、デート！　あぁ、でもそんなの駄目だわ。騎士としての実力を見せる大事な場だもの。私がライアン様の足を引っ張るわけにはいかないわ。ここは惜《お》しくても断らないと)

ライアン様のお傍にずっといたい欲求を抑えて、泣く泣く奥様としての務めを優先する。

「それは結構です。せめてうさぎくらい狩ってきてくださらないと困ります。私に恥をかかせないでください」

慌《あわ》てて断ったせいで、かなりきつい言い方になってしまった。

ライアン様が悲しい顔をしたので、目の前が暗くなるほどショックを受ける。

(やっぱりきつすぎたのかしら！　でもお優しいライアン様のことだから、ここまで言わないと駄目だと思ったの。あぁどうしましょう！　このままじゃ私、ライアン様に嫌われてしまうわ！　そんなの嫌っ！)

不安でいっぱいになってしまう。けれど次の瞬間、彼は私を安心させるように穏やかに微笑んだ。

「わかったよ、レイチェル。でも何かあったら、すぐに僕を呼んでね。森の奥からでもすぐに駆けつけるから」

ライアン様は私の頬にそっと手を添えた。ほんの少し触《ふ》れた指先から、あたたかさが広がっていく。

私にはもったいないくらいお優しい方だ。もし私の目から涙が出るなら、すでに滝のように流れていたに違いない。心の中ではライアン様の優しさに感激し、涙にむせんでいるのだから。

（あぁ、愛しています、ライアン様。心配しないでください。ライアン様のために奥様としてできることを精一杯やります！）

私はそう心に誓った。

そうこうしているうちに、馬車が屋敷に到着する。

深い森の中とはいえ、さすがは王族に連なる公爵家のもの。

途方もなく広大な敷地に、視界からはみ出すほど大きな屋敷が建てられている。その門に、たくさんの馬車が続々と吸い込まれていった。

私たちの乗った馬車も門をくぐり、やがて停《と》まる。

そこには色とりどりのドレスや帽子を身につけた艶《あで》やかな淑女たちや、落ち着いたスーツ姿の紳士たちがいた。彼らは狩りはせずに屋敷に残り、狩りの結果を称賛するために参加している。

もちろん騎士はみな、狩猟用の服に長いブーツ姿だ。男性と一緒に森に入るため、乗馬服を身につけている女性もあちこちにいた。

私はもちろん乗馬服ではなく、自分で繕《つくろ》ったドレスを着用して参加している。

（ライアン様の奥様としての私の役目は、騎士団の上司の方に挨拶《あいさつ》をすること。それと、できればその奥様たちと仲良くなることよ！）

大勢の人の活気に気圧《けお》されながらも、心の中で気合いを入れる。

ライアン様にエスコートされ、使用人の案内に従って屋敷に入った。

そこは広い大広間。すでにたくさんの人が集まっていて、これから始まる狩りを楽しみにしているようだ。

ライアン様は、お知り合いの方と次々に挨拶《あいさつ》を交《か》わしている。けれども私が隣にいるせいか、会話はしていない。誰もが挨拶《あいさつ》のあと、すぐにその場を離れていくのだ。

（あぁ、私のせいね。みんな私と何を話したらいいのか、戸惑《とまど》っているのが伝わってくるもの）

申し訳なさで胸がいっぱいになる。

ライアン様は上司のバートラム騎士隊長を見かけたようだ。彼は敬礼をして騎士の挨《あい》拶《さつ》をする。

「レイチェルは結婚式のときに会ったことがあるよね」

ライアン様の問いに、私はうなずいた。

バートラム騎士隊長は頑強な体躯《たいく》を持ち、グレーの髪と伸ばした口ひげがよく似合う、いかにも騎士団の幹部といった威厳と貫禄のある人物だ。

私は粗相《そそう》のないように、足の先まで気を配って丁寧な挨拶《あいさつ》をした。

彼の周囲には第二部隊の騎士たちとその婚約者や奥様方がいて、楽しそうに歓談している。

するとその中から、アレクシア様が大輪の花がほころぶような笑みとともに姿を現した。彼女は父親であるバートラム隊長のすぐ前に立つ。

「ライアン、レイチェル様！　またお会いできて光栄ですわ。今年は森に白鹿がいるそうなの。楽しみですわね」

彼女は紺色《こんいろ》の乗馬服を着ているので、騎士たちと一緒に森に入るつもりなのだろう。

腰まである金髪を高い位置で一つに束ねていて、黒革のブーツが健康的な印象の彼女にとても似合っている。

どうやらアレクシア様は人気者のようだ。騎士たちや他の女性に話しかけられ、朗《ほが》らかに挨拶《あいさつ》を交《か》わす。それからライアン様に向き直ると、再び満面の笑みを見せた。

「ライアン、今年こそは負けないわよ。絶対に途中で撒《ま》かれないんだから」

すると、バートラム騎士隊長が語気を強めて彼女を窘《たしな》める。

「アレクシア！　何度も言っただろう。いくら馬術が得意だろうが、お前は女だ。狩りを見るのはよいが、獲物《えもの》の追い込みにまでついてくる必要はない」

「でも、お父様！」

父親に怒られて、アレクシア様が唇を尖《とが》らせた。

「駄目だよ、アレクシア。隊長は君の身を案じて、森の奥まで行かせないようにしているんだ。深い場所には熊や狼《おおかみ》だっているからね」

ライアン様がうっとりするほど優しい瞳をして、これ以上ないほど甘い声でフォローする。

それを聞いたアレクシア様は、一瞬で花のような笑顔に戻った。なんて表情が豊かで、自分の感情に素直な方なのだろう。

対して私ときたら、人形のようにライアン様の隣に突っ立っているだけ。

近くの騎士はちらりと私を盗み見ては、目が合うと真っ赤になり、視線を逸《そ》らす。けれど、彼らは、アレクシア様とはついさっきまで気軽に言葉を交《か》わしていたのだ。アレクシア様と私とでは、天と地ほども態度が違う。

(私も、アレクシア様のように社交が得意であればよかったのに)

私は寂しくなって、隣に立つ愛《いと》しのライアン様のお顔を見上げた。

「――ところで、レイチェル様は馬に乗られないのですか?」

「え……?」

急にアレクシア様に話しかけられて驚く。

私はライアン様からアレクシア様にゆっくりと視線を移した。その天真爛漫《てんしんらんまん》な瞳は、新鮮な生命力に溢《あふ》れている。私はその眩《まぶ》しさに圧倒されながらも、いつもの単調な声で返す。

「ええ、乗馬は苦手ですの」

アレクシア様は大きく驚く。

「ええ!　そんなの、もったいないですわ。何度かライアンと一緒に遠乗りをしましたけど、とても楽しかったですもの。彼は走りやすい道を知っているから、ちっとも疲れなかったの。そうだわ、私がレイチェル様に乗馬をお教えしましょうか?」

アレクシア様がそう言うと、他の騎士たちも「それはいい考えだ」と笑ってうなずいた。

このままでは場の雰囲気に流されそうだ。

(でもそれだけは困るわ。私が乗馬が苦手なのじゃなくて、馬が私を苦手なのよ)

私と目が合うだけで、馬は興奮状態になる。今まで何度か挑戦してみたが、最後にはストレスで馬に円形脱毛ができてしまい、泣く泣く断念した。馬の健康のためにも、ここははっきりと断っておくべきだ。

「いいえ、結構です。お気遣《きづか》い感謝いたします」

まっすぐ目を見据《みす》えて即答すると、彼女は顔をこわばらせた。その場の空気も凍りつく。表情の出ない顔と抑揚《よくよう》のない声のせいだろうか。そのつもりはないのに、何故か相手を萎縮《いしゅく》させてしまう。

その雰囲気をほぐすように、一人の騎士がとりなしてくれた。

「まあまあ、アレクシア。やめたほうがいいよ。レイチェル様は馬になんて乗らないんだよ。そもそも馬で森の奥に入って、騎士の僕たちに遅れずについてこられるのは、男勝《おとこまさ》りのアレクシアくらいだしね」

「もうっ、酷《ひど》いわ!」

アレクシア様は頬を膨《ふく》らませて、その騎士の胸を小突《こづ》いた。他の騎士たちから、一斉に笑いが湧き起こる。

（うわぁ、すごいわ。一瞬で雰囲気が変わったもの。私は場を盛り下げることしかできないのに、アレクシア様はみんなを笑顔にするのね。羨《うらや》ましいです）

その差を見せつけられて更に落ち込んでしまう。

すると、ライアン様が誰にも気付かれないよう、私の手を握ってくれた。彼のほうを見ると、優しく微笑んでくれる。ドキリと心臓が跳ねて、頬が熱くなった。

ライアン様は私の腰を引き寄せると、耳元に口を近づける。

「レイチェルは無理しなくていいよ。馬は危険だからね。君の肌に少しでも傷がついたら、宰相やハプテル伯爵が君を連れ戻してしまいそうだ」

（あぁ、脳みそまでとろけそうな素敵な声。大好きすぎて意識が遠くなってきたわ……）

銀の髪が頬に当たる感触に、胸をときめかせる。

（愛していますわ。私の大好きな旦那様……）

ぽうっと見惚《みと》れているうちに、歓談の時間が終わってしまった。

ライアン様は他の方と一緒に狩りに行ったので、私は他の女性たちと移動する。

向かったのは、狩りに行った人たちが戻ってくる地点だ。

土の上には絨毯《じゅうたん》が敷《し》かれ、小さな机と椅子、ソファーがあちこちに並べられていた。

様々な色合いのリネンが、その上ではためいている。

ここでお茶を飲んで談笑しながら、狩りから男性たちが戻ってくるのを待つらしい。

私は、ライアン様の同僚の奥様方と同じテーブルに着く。

(ようやく、ライアン様の奥様としてお役に立つときが来たわ！)

私は大きく息を吸って、気合いを入れた。今日のために適当な話題も考えてある。

ハプテル家の面白い言い伝えに、最近流行しているドレスのモデルについて。

けれど、奥様方は私と距離を取っているようで、なかなか発言する機会を得られない。

その上、彼女たちは会話を交《か》わしながらチラチラと私を見て、何か言いたそうにしている。

その中の一人が、もじもじしながら話しかけてきた。確か、セシリア様という方だ。

「あの……レイチェル様は、あちらのお席にはいかれないのですか？」

なんのことだろうかと、彼女の示す方向を見る。そこは社交界で格上の女性が集まっている一角だった。公爵夫人や伯爵夫人、上流貴族や王族に縁《ゆかり》のある方が、楽しそうに談笑している。

騎士の大半は貴族なので、その奥方も貴族であることが多い。けれど貴族の中にも、もちろん序列は存在する。それは社交の場でもはっきりと区別されており、格の違う者たちが同じテーブルを囲むことはない。

私がハプテル伯爵家の令嬢だった頃はあちらの階級に属していたが、今はライアン様の奥様。彼には爵位がないので、このテーブルの奥様方の中で最も地位が低い。

「セシリア様、私はライアン様の妻として参加していますので、こちらで結構です。あら、もしかしてここに私が座るのはいけないのでしょうか？」

もしかしたら、一番格下である私が椅子に座っているのを、さりげなく注意してくれたのかもしれない。そそくさと席を立とうとしたら、彼女はびくりと体を震わせ怯《おび》えた顔をした。

「えっ！　いえっ……申し訳ありません！　レイチェル様、とんでもございませんわ。どうか私の非礼をお許しくださいませ！」

「そうよ、セシリア様。レイチェル様になんてことをおっしゃるの。私からもお詫《わ》びいたしますわ。申し訳ありません」

「あぁ、申し訳ありませんわ、レイチェル様！」

他の人たちまで謝罪をし始めた。何故謝るのか、意味がわからなくて困ってしまう。

そんな私を置いてきぼりにして、奥様方は泣きそうな声で深々と頭を下げ、揃《そろ》って懇《こん》願《がん》する。

怒っていないのに、何故か相手を怖がらせてしまった。これではライアン様の奥様として失格だ。

（どうしましょう。まだお話もしていないというのに、怯《おび》えさせてしまったようだわ。ああ、こちらが泣きたい気分よ。でもどうにかして誤解を解《と》かないといけないわ！）

私はいまだ頭を下げ続けているセシリア様に向かって、真剣な目を向けた。

「何をおっしゃっているのでしょうか？　許すも何も、そんな問題ではありませんわ」

安心させるつもりが、表情は変わらない上、緊張で抑揚《よくよう》のないきつい言葉しか出てこない。みんなを更に萎縮《いしゅく》させてしまったようだ。

「ああ、レイチェル様、お許しください。彼女たちはまだ若いので、社交界のことをよく知らないのです。どうぞ、ご慈悲《じひ》を」

「ですから、私は怒ってなどいません」

「ええ、わかっておりますわ。全ては私たちの考えが至らないせいでございます。どうかお許しくださいませ」

私が発言すればするほどみんなが震え上がってしまった。

それからずいぶんと時間が経った。けれど、誰も発言しようとしない。

他のテーブルはとても楽しそうに会話をしているのに、私たちのテーブルだけは沈黙が続いて、まるでお葬式のよう。

（ここらで何か話をして、場を盛り上げなくてはいけないわ！　このままだとライアン様の奥様として失格だもの……！）

私は意を決して、なんの前振りもなく口を開いた。

「これはハプテル家に代々伝えられていることなのですけれど、あなたたちだけにお話ししますわね」

自分から会話を始めたのは初めての経験だ。心臓はバクバクと跳ねているし、手が汗でじっとりしてきた。

私がいきなり話し始めたのでみんな驚いているが、構わずに続ける。

「ハプテル家に三百年前からある絵画のお話なのですが、その絵は変化するのです。草原に三人の農夫がいる、なんの変哲もないものだったのですけれど……今では十人ほどになっていますの。なんでも、ハプテル家に害をなす者の魂《たましい》が、絵の中に取り込まれているらしいのです」

女性たちははじめはぎょっとしていたが、すぐに安心した表情に変わった。

きっと彼女たちも沈黙の重さに耐《た》えかねていたに違いない。奥方の一人が、ゆっくりと口を開いた。確か、ミリアム様というお名前だ。

「似たようなお話なら伺ったことがありますわ。お花の数が増えるとか人物画のしわが増えるとか……減ることは決してないのです。だから、本当は執事が描き足しているのですよね。初代当主様のご命令で現在の当主には内緒で、代々執事に受け継がれているらしいのです」

「へえ、そうなのですわね。ミリアム様はよくご存じですのね」

みんなが顔を緩めて感心する。いい雰囲気に変わってきたので、嬉しくなった。

私は更に奥様方をびっくりさせようと、話を続ける。

「でもミリアム様、それは不可能なのです。ハプテル家の絵画がかかっているのは、五メートルの高さの壁です。そこに手が届く人間は存在しませんもの。年に一回のお掃除ですら、大きな足場を組まないとできません。ですから、このお話は面白いのです」

私がそう言うと、再び場がピリリと凍りついた。なので、内心大慌《おおあわ》てでオチを続ける。

「そこでお父様が執事に問いただしたところ、どうやら天井《てんじょう》に隠し扉があり、そこから腕を伸ばして描いているそうなのです。更に執事は『私は農夫を書き足しているのではありません。豊穣《ほうじょう》を願ってオレンジの木を描き足しているのです』と言ったらしいわ。我が家の執事に絵心がなかったせいで、変な噂が広がってしまったのね。ふふふふふふ」

「……ひっ」

場を和《なご》ませるために笑ったのだけれど、それがいけなかったらしい。普通なら声を合わせて笑うところなのに、お化けの話でもしたあとのような雰囲気になってしまった。

（あぁ、どうしましょう。みんな青ざめているわ。表情が変わらないのだから笑っては駄目なのに、私ったら！　そうだわ、次はドレスの話題にしましょう。天気とドレスの話は外さないとエマが言っていたもの）

「セシリア様のドレスはとても素敵ですわね。特にそのドレープの感じがとてもエレガントだわ」

いきなり話題が変わったことで場の空気が少し妙になったが、数秒経過してからみんな笑顔になる。どうやらドレスの話は当たりだったようだ。はじめからこの話題でいけばよかった。

「ほ、本当にそうですわね。今日のために旦那様が特別に仕立ててくださったそうですの。よく似合っておいでだわ」

「ええ、本当に」

他の女性たちも、口々に褒《ほ》め始める。するとセシリア様は、はにかんだ笑みを浮かべた。

（ほっ、よかったわ。これで空気が変わったようね）

私はもっと場を盛り上げるべく、セシリア様のドレスについて知っていることを語った。

「王都にある王室御用達《ごようたし》の店、ケーウで仕立てられたのでしょう。これは最新のデザインで、これから王国で大流行するだろうといわれていますのよ。セシリア様は、本当に素敵な旦那様をお持ちなのね。とても羨《うらや》ましいわ」

（ふふ……古いドレスを、今このデザインに直している最中なのよ。いい奥様になるなら、流行はきっちり押さえておかないと駄目だもの）

すると、何故かセシリア様は真っ青になり、恐縮した表情になる。

また何か余計なことを言ってしまったのだろうか。

「あ……あの、レイチェル様。私のような身分の者がレイチェル様を差し置いて目立ってしまい、申し訳ありませんでした」

どうやら彼女は、私が当てこすりを言ったと思っているようだ。

貴族社会では、独身女性以外は目上の者より目立つドレスを着用することはタブーとされる。

けれどもそれはドレスの色のことであって、よほど奇抜なデザインでない限り目くじらを立てることはない。それに、私は彼女たちよりも立場が下なのだ。

全く問題ないにもかかわらず、彼女たちは萎縮《いしゅく》して震え上がっている。

当たり障《さわ》りのないことを話しているはずなのに、私が発言するとどうしてこうなってしまうのだろうか。

（あぁ、きっとこの無表情な顔と、緊張すると余計に単調になってしまう声が悪いのだわ……）

何をしても裏目にしか出ない。

指をほんの少し紅茶のカップに絡めただけで、みんなが反応して怯《おび》える。どうすればいいのかわからず、パニックになりそうになったとき、背後から声がした。

「レイチェル、君がこんな場に来るなんて初めてじゃないか」

「ジルニーア公爵！」

女性たちは一斉に席を立つと、深々と腰を落とす。

私も出遅れてしまったが、すぐに立ち上がってジルニーア公爵に礼をした。

「ジルニーア公爵、お久しぶりでございます」

「父上の宰相にはこの間お会いしたばかりだよ、レイチェル。彼は君が嫁に行ってしまったとずいぶん寂しがっていたなぁ。ははは」

狩猟会の主催者であり、王族に連なるジルニーア公爵はお父様の古い友人で、幼い頃から可愛がってもらっている。公爵は、穏やかに微笑みながら続けた。

「それと、レイチェル。私のことはいつも通りおじさまでいい。昔はそう呼んでくれていたじゃないか。それにしても、君は結婚しても相変わらずすごい美人だな。怖いくらいに変わらない。いや、ますます美しさに磨《みが》きがかかったようだ」

公爵ももちろん大切な方なのだけれど、今はそれよりも奥様方との交流のほうが大事だ。

「おじさま。今は彼女たちと大切なお話をしていますので、そんなお話でしたら今度ハプテル家でお会いしたときにお願いしますわ」

「ははっ、これは参ったな。わかったよ。では、またあとでな」

公爵は残念そうな顔をしたあと、笑って供の者とその場を離れた。

私と公爵のやり取りを聞いていた奥様方が、恐る恐る礼を解《と》く。そして互いの顔を見合わせた。

しばらくするとセシリア様が意を決したように、それでもずいぶんと小さい声で言う。

「……あの、レイチェル様は、あのジルニーア公爵ともお親しいのですか？」

「ええ、おじさまは私の洗礼式に立ち会ってくださった方です。私のミドルネームもおじさまがお決めになりましたわ」

その一言《ひとこと》が、奥様方の緊張を一気に高めてしまったようだ。私はその発言を後悔した。

ジルニーア公爵は宰相であるお父様と並んで、王国の権力を握っている方。私はそんな高貴な彼と交流があるのだが、今は関係ないのだ。慌《あわ》てて言葉を追加する。

「でも今の私は、ただのライアン様の妻です。お気を遣《つか》わないでくださいませ」

私がそう言うと、奥様方は揃《そろ》ってびくりと大きく震えた。

まるで彼女たちとの間に見えない壁があるようだ。泣きたくなってくる。

（やっぱり奥様方と親しくなるなんて、私には無理だったのだわ）

「用事を思い出しましたわ。少し席を外しますわね」

私はそう言い訳をして、その場を離れた。

ベリルやエマとなら普通に話せるのに、頑張ろうとすればするほど、上手《うま》くいかなくなる。自分の社交性のなさに、ほとほとうんざりした。

葉の緑と空の青のコントラストが美しい庭園を抜けて、人のいなさそうな場所へと移動する。曲がりくねった道を歩き生垣《いけがき》を過ぎて、開いていたテラスの扉から屋敷の中へ入った。

人気《ひとけ》のない廊下の先に誰もいない部屋があったので、そこに足を踏み入れる。庭に面した窓の近くで立ち止まると、大きなため息を一つついた。

「はぁぁぁ。ごめんなさい、ライアン様。私はライアン様のよき奥様にはなれそうにありません」

こんなに気分が沈んでいるのに、涙すら浮かばない。いくらライアン様が優しくて私のことを好みだと言ってくれても、社交ができない奥様なんて、騎士のお仕事にも支障が出るかもしれない。

（いつか私との結婚を後悔される日が来るのかしら……！　そんなの、絶対に嫌っ！）

しばらく自己嫌悪《じこけんお》に陥《おちい》っていると、女性の声が耳に飛びこんできた。少し開いた窓から、会話が風に乗って聞こえてくる。カーテンのせいで、向こうからは私の姿が見えないようだ。

「レイチェル様、やはり噂にたがわないお方でしたわね。アレクシア様のおっしゃっていた通りです」

（……！　もしかして私のことかしら……）

自分の名前を耳にしたので、はしたないとは思っても、つい聞き入ってしまう。

先ほど一緒に会話をしていた奥様方であることは、間違いない。でも私がいたときとは違って、みな饒舌《じょうぜつ》なようだ。

「ええ、とても気位《きぐらい》がお高くていらして、ご機嫌《きげん》を損《そこ》ねないようにするので精一杯でしたもの。きっとアレクシア様とライアン様の仲があまりによろしいので、嫉妬《しっと》なさっているのだわ。だから、わざと私たちの席に座って鬱憤《うっぷん》を晴らされたのよ。そうは思わない？　ミリアム様」

「あの絵画のお話だって、『自分にたてついたら絵の中に取り込まれるぞ』という脅《おど》しなのですわ。そしてオレンジの木にされて食べられてしまうのよ。あぁ、怖いわ」

「あの人間離れした顔で見つめられて、魂《たましい》を吸い取られるかと思いましたもの。それにライアン様がレイチェル様と結婚されたのだって、誰にも言えない深い事情があるとアレクシア様からお聞きしましたわ。もしそうだとしたらお気の毒ですわね」

「そうよ。レイチェル様と結婚される前、お二人は相思相愛《そうしそうあい》で結婚の約束までされていたそうよ。アレクシア様が涙ながらに語られていましたもの。あぁ、本当にお可哀想。こうやってほんの束《つか》の間《ま》、愛する人と一緒にいられるのね。まるで悲劇のオペラを見ているみたいですわ」

今聞いた会話がなかなか理解できない。

時間をかけて、ようやくその意味がわかった。あまりにショックで、息が止まる。

(ライアン様は私と結婚する前、アレクシア様とお付き合いなさっていたの!?　そして今でもお二人は愛し合っているの!?　……そんな！)

そう言われると、アレクシア様は他の騎士よりもライアン様とのほうが親しく思えた。

観劇のときも、さっき会話していたときも……。

でもそれよりも気にかかるのは、ライアン様が深い事情があって私と結婚したということ。一体どんな理由があったというのだろうか。

「……ライアン様は、本当は私のことがお好きではないのかしら……」

そう考えるとそんな気もしてくるし、そうではない気もしてくる。

私は何度も頭を横に振った。

(いいえ、だってライアン様は、私を愛していると毎日言ってくださるもの!)

でも、それは本心ではないのかもしれないのだ。

ライアン様に会うまで恋愛など全くしたことがないので、男女の心の機微《きび》はさっぱりわからない。ましてや彼の心の内を推《お》し量《はか》るなんて、私には不可能。

(でも、もし……もしライアン様がアレクシア様と愛し合っているのなら、私はライアン様のために身を引くべきなのかしら……あぁ、でもそんなことできないわ! だってもう私はライアン様なしでは生きていけないもの!)

頭の芯《しん》まで冷え切って、ガンガンと頭痛がしてきた。ぐちゃぐちゃに感情が混ざり合って、どうにもならない。

(……ライアン様は、その深い事情とやらで私と結婚したの? そしてそれを悟られないために、私のことを愛していると嘘をついていたの!?)

体の力が抜けてよろけてしまい、目の前の窓ガラスに手をつく。すると、窓ガラスに自分の姿が映っているのが見えた。

陶器《とうき》のように無機質な肌に、感情の浮かばない目や唇。

これほどショックを受けているのに、外見上はなんの変化もないただの人形。

気付けば、奥様方はどこかに移動したようだ。窓の向こうからは誰の声も聞こえなくなっていた。

森の奥に建つ屋敷の、静かな一室。

このままここにいては、心がどこまでも落ち込みそうだ。

そろそろ狩りに行った方たちが戻ってくる頃。もしかしてライアン様は、アレクシア様とずっと一緒なのかもしれない。

（でも、ここで落ち込んでいてもどうにもならないわ。彼女たちのところに戻って、どういうことなのか尋ねてみましょう。真剣にお願いすれば、教えてくれるはずだわ……きっと……）

気を取り直して彼女たちを探そうとしたとき、背後から聞き覚えのある嫌な声がした。

「あぁぁぁぁ、レイチェル。お久しぶりです。相変わらずなんという美しさだ……どんなに艶《あで》やかな薔薇《ばら》の花でさえも君の前では霞《かす》んでしまう」

「あなたは……ヴィーデル卿……！」

振り向くと、光沢《こうたく》のあるシルク生地の服を着た、金色の髪に細い目の男性――ヴィーデル卿が立っていた。

彼は整っているものの、印象に残らないほど薄い顔に笑みを張りつけ、近づいてくる。

彼とは社交界デビューしてすぐに出会い、その当初から苦手だった。

今年で三十五歳になるヴィーデル卿は、ずっとしつこく求愛してくるのだ。

国王の甥《おい》である自分こそが、『妖精の人形』にふさわしいのだと、公言してはばからなかった男性。私の外見とハプテル家の身分だけを気に入っているのが、態度で丸わかりだ。

私は彼のせいで男性不信をこじらせ、社交界に顔を出さなくなったといっても過言ではない。

彼はいきなり私の腰に手を回して引き寄せる。不快な香水の匂いが体にまとわりついてきた。

「まさか、レイチェルが急に結婚してしまうなんて。結婚式も、私が国を離れているときだったらしいではないですか。どれほど私が驚いたか君にわかりますか？　この世の終わりが来たのかと思いました」

「ヴィーデル卿。私は結婚した身ですので、もう少し離れてくださいませ」

心の中では動揺しながらも、いつもの無表情と氷のような声で言う。

するとヴィーデル卿は頬を上気させて恍惚《こうこつ》の表情を浮かべ、オペラ役者のように陶酔《とうすい》した声を出す。

「あぁ……あぁ……いいですね。その声にその表情。ゾクゾクしますよ……。レイチェルは一向に社交界に顔を出さないし、屋敷に伺っても、気分が優《すぐ》れないとかでずっと会えませんでした。でも狩猟会に来ると聞いて、楽しみに待っていたのですよ」

親しくしたいと思う人には距離を置かれ、苦手な人には何故かつきまとわれる。

ますます気分が悪くなるが、どうしたらこの場を逃れられるかわからない。

（私はもうライアン様の奥様なのよ。弱気になっていては駄目。きっちり断らないといけないわ）

思い直した私は、ありったけの勇気を振《ふ》り絞《しぼ》って、腰に回された手をピシャリと叩いた。

「申し訳ありませんが、人気《ひとけ》のない部屋に二人きりでいては、不貞《ふてい》を疑われますわ。私は先に失礼いたします」

ここまで言えばさすがにわかってくれるだろうと思ったのに、彼は私の手を握りしめた。

意外と力強い手に驚く。するとヴィーデル卿は厳しい表情で、私の顔を覗《のぞ》き込んだ。

「駄目ですよ、レイチェル。騎士なんて野蛮《やばん》な男は、君にふさわしくありません。しかも爵位もなく、王都の外れの小さな家で貧乏暮らしをしているそうではないですか。私ならレイチェルを豪勢な城に住まわせてあげることができます」

「ヴィーデル卿、手を離してくださいませ」

懇願《こんがん》したはずなのだけれど、実際には命令口調になる。するとヴィーデル卿は、更に息を荒くして身を震わせた。

「あぁあ……レイチェル。君の声は最高です。そっけないところも高潔でプライドが高いところも、本当に素晴らしい！　このまま私の屋敷に連れ帰りたいくらいだ」

恐ろしい言葉を聞かされ、背筋が凍る。

(他の人は人形の私を怖がって逃げていくのに、どうしてヴィーデル卿は逆に喜ぶのかしら。あぁ、どうしたらいいの？　うぅ、もう泣きそうだわ)

「絶対にお断りいたします。これ以上、一ミリたりとも私の傍に寄らないでくださいませ。不愉快《ふゆかい》です！」

「あぁ、あぁ……もう一度言ってください！」

冷たく言えば言うほど、ヴィーデル卿の情熱に火がつくようだ。

そしてついに、彼の腕の中に抱きしめられてしまう。毛虫が這《は》い上がるようなおぞましい感覚が、一気に全身を包んだ。

（助けてください、ライアン様っ！）

心の中で愛する旦那様を呼んだ瞬間、男性の太い声が聞こえた。

「レイチェル様、こんなところにおられたのですか。探しましたよ」

驚いて緩んだヴィーデル卿の腕からなんとか逃れる。そして私はその声の主にドレスを少し上げて挨拶《あいさつ》した。

「お久しぶりです、ワイルダー様」

人気《ひとけ》のない部屋に現れたのは、がっちりとした体格に騎士の服装をした男性、ワイルダー様だった。彼はライアン様の友人で、一度結婚式で紹介されたことがある。

それきりライアン様のご友人には、誰にも会わせてもらっていない。きっとまだ奥様として未熟なので、恥ずかしくて紹介できないのだろう。けれども、彼は私の助けに違いない。

ヴィーデル卿が、眉を顰《ひそ》めて彼を睨《にら》みつけた。

「いきなり部屋に入ってくるなど、無礼な。騎士の身分で、王族の血を引く私に指図《さしず》などしないでもらいたいですね。早くここから出ていってください」

（いやぁぁ、嫌だとはっきり言っているのに、どうしてこんなにしつこいのかしら……。

一刻も早く離れたいのにぃ！）

ワイルダー様はヴィーデル卿の脅《おど》しに一切怯《ひる》まない。

「申し訳ありません、ヴィーデル卿。ですが、ジルニーア公爵がレイチェル様をお探しですので」

狩猟会の主催者である公爵が探しているなら、これ以上強くは言えないだろう。ヴィーデル卿は苦虫を噛み潰《つぶ》したような顔をした。

「それならば、すぐに行かねばならぬでしょう。ではレイチェル、私がエスコートいたします」

ヴィーデル卿をはねつけるわけにはいかない。渋々《しぶしぶ》差し出された腕に手を絡めると、ヴィーデル卿はにやけた笑みを浮かべた。背筋がゾッとするが、もちろん顔には出ない。そうしてジルニーア公爵のいる場所に向かう。すぐ隣にワイルダー様がいることだけが救いだ。

ようやく二人きりの状態から解放されて、ホッとする。私はヴィーデル卿に気付かれないよう、ワイルダー様にお礼を言った。

目的地に着くと、大歓迎を受けた。ジルニーア公爵は私を探していたわけではなかったようだけれど、ヴィーデル卿は深く追及しなかった。

公爵のいるテーブルは小高い場所にあり、広大な庭園を一望できる。狩りから戻ってきた者たちが、獲物《えもの》を持って真っ先に通る場所だ。

高級なシルクで織られた天蓋《てんがい》の周りには、大勢の侍従が控えていた。私はそこで、上流貴族たちに交《ま》ざって紅茶をいただく。かといって私の社交スキルが急に上がったわけではないので、ずっと口をつぐんだままだ。隣でヴィーデル卿がずっと自慢話をしているのを聞き流していた。

そんなことよりも、さっき耳にしたことが頭から離れない。

(困ったわ。セシリア様たちに、ライアン様について詳しく聞こうと思っていたのに。ここにいたらできそうもないわ)

彼女たちのいるテーブルが遠くに見えるが、楽しく会話に興《きょう》じているようだ。私がいないだけで、こんなに違うのかと心が痛くなる。

しばらくすると、馬や犬とともに数人が森から戻ってきた。第二部隊の騎士たちだ。どうやら彼らは大きな鹿を数頭仕留めたよう。バートラム騎士隊長の策で鹿の群れを追いつめ、最後は隊長自《みずか》ら息の根を止めたらしい。

「バートラム騎士隊長、さすがですな。こんな短時間でこれほどの大物を仕留めるなんて」

はじめにジルニーア公爵が賞賛の言葉をかけると、他の招待客もバートラム隊長を絶賛する。

けれども私はライアン様のお姿を探すことに夢中で、それどころではなかった。

(あぁ、ライアン様がどこにもいらっしゃらないわ。どうしたのかしら……心配だわ)

不安になり始めた頃、一人の騎士が血相を変えてバートラム騎士隊長のもとにやってきた。何か耳打ちしているが、ここまでは聞こえない。

すると、騎士隊長が顔色を変えた。嫌な予感が胸を覆《おお》いつくす。

(もしかしてライアン様がっ!)

すると、どこからともなく彼の名を呼ぶ声が聞こえてきた。

「ライアン殿っ!」

声のしたほうを見ると、ライアン様が馬に乗って戻ってきていた。反射的に席を立つ。

ライアン様の腕の中には、真っ青な顔のアレクシア様がいる。枝に引っかけたのか、彼の服はところどころ穴があいていて血が滲《にじ》んでいた。一気に全身の血が引いていく。

(あぁ、どういうことなの!? お怪我《けが》は大丈夫なのかしら!)

ライアン様はアレクシア様を抱きかかえたまま、他の騎士の助けを借りて馬から下りた。

心配でどうしようもなくなっていると、ライアン様は私に気が付いたようだ。一瞬だけだったけれど、にっこりと微笑んでくれた。

そして、バートラム隊長のところまでアレクシア様を連れていく。

「安心してください、隊長。アレクシアにはかすり傷すらありませんから」

「お父様……ライアンが私を助けてくれたの。罠《わな》に怯《おび》えた馬がいきなり暴れて……彼が抱き上げてくれなかったら、きっと私、馬から振り落とされて大怪我《おおけが》をしていたわ」

アレクシア様は涙を流しながらバートラム隊長にそう言うと、ライアン様の胸に縋《すが》りついた。

森の中には、仕掛けたまま忘れ去られた熊用の罠《わな》が残っていることがある。それに足を取られそうになり馬が驚くことは、稀《まれ》にあるという。アレクシア様は運が悪かったのだろう。

「素晴らしいぞ、ライアン君！」

ジルニーア公爵が、手を叩いてライアン様の勇気を褒《ほ》め称《たた》えた。他の貴族たちもそれに続く。

「暴れ馬の背からお嬢さんを助けるなんて、普通では考えられない。しかも足場の悪い森の奥でなど。すごい身体能力だな。優秀な騎士といわれるだけはある」

私がいる場所からライアン様までは、五メートルほど。私が彼に駆け寄ったら、馬が私に怯《おび》えて挙動不審《きょどうふしん》になるに違いない。

もし今馬が興奮したら、暴れ馬の恐怖を味わったばかりのアレクシア様が、どれほど怖い思いをするかわからない。

(それにライアン様だって、お疲れに違いないもの。無事で戻ってきてくださっただけで充分です。私が我慢すればいいのよ。あぁあ、凛々《りり》しいお姿を見たらまた涙が出そうだわ……でも絶対に出ないのだけれど)

すぐにでも駆け寄りたいけれど、ぐっと耐《た》える。

一方のアレクシア様は、ライアン様の胸に縋《すが》りついたまま。怖い思いをしたのだから仕方ないと思いつつも、嫉妬《しっと》で心が押し潰《つぶ》されそうだ。以前ならまだしも、あんな噂をついさっき聞いたばかりなのだから。

切ない想いで二人の姿を見守っていると、ライアン様が私と目を合わせてくれた。

「レイチェル、僕のせいで心配かけてごめんね」

どんなに距離が離れていても、どんな喧騒《けんそう》の中でも、ライアン様の声なら聞こえる。

(あぁ、こんな状況なのに、私のことを思いやってくださるなんて……なんてお優しいの！)

胸の奥がジワリと熱くなる。すると、私の隣に座っていたヴィーデル卿がいきなり立ち上がった。そして、みんなに届く大声で話し始める。

「ライアン殿、さすがですな。可憐《かれん》な女性を守るなど騎士の鑑《かがみ》です。素晴らしい救出劇をレイチェルと楽しませてもらいましたよ。そういえばライアン殿は、その女性ととても親しいそうですね。いろいろと噂は耳にしておりますよ」

「褒《ほ》めていただいてありがとうございます。まさかヴィーデル卿が、レイチェルと一緒に狩猟会を楽しんでいらっしゃるとは思いませんでした」

ライアン様がヴィーデル卿に頭を下げて、礼を示す。

けれどもヴィーデル卿は挨拶《あいさつ》を返そうとせず、逆に偉そうに胸を張った。

「やはり、同じ身分の者同士が一緒にいるのが自然ですからね。レイチェルといることは私の喜びです」

ライアン様は、穏やかな笑みを浮かべたままヴィーデル卿に答える。

「それには同意いたしますよ、ヴィーデル卿。レイチェルと僕は魂《たましい》を分け合っていますからね。会った瞬間に互いに気付きました。運命ですね」

「ほ、ほう……」

ライアン様はヴィーデル卿と和《なご》やかに話しているが、私はそれどころではない。

ライアン様の服は、先ほどに増して血で汚れている。彼の痛みを思うと、居ても立ってもいられない。それに、ばい菌が傷口から入ってしまうかもしれない。

(早く手当てをしてあげたいわ……!)

私は慌《あわ》ててヴィーデル卿に言った。

「ヴィーデル卿、私はライアン様と医務室に向かいますわ。血のついた服を着たままでお話しするのは失礼にあたりますもの。ライアン様、アレクシア様を早く下ろしてあげてくださいませ」

すると、離れたところに座っている女性たちが、ひそひそと話し始める。

(あ、また冷たい言い方になってしまったかもしれないわ。向こうの女性たちが眉を顰《ひそ》めているもの……でもライアン様には、一刻も早く治療を受けていただきたいの)

「待ってください、レイチェル。ライアン殿は医務室に行けばいいですが、レイチェルはここに残ってもいいでしょう。これからも大きな獲物《えもの》を持ち帰ってくる者がいますよ。狩猟会の楽しみはこれからですから。ジルニーア公爵もそうお思いではありませんか?」

ヴィーデル卿が引き留めようとするが、もちろん私にとってライアン様が最優先。最愛の旦那様に何かあったら、生きていけない。頭の中には、今すぐ医師のところに行きたいという思いしかなかった。ジルニーア公爵の返事も待たずに、私は必死に言い募る。

「いいえ、私はライアン様の妻ですのでお医者様のところに付き添います。ライアン様、よろしいですね。みなさまの服が血で汚れたら大変ですから」

ライアン様はアレクシア様を下ろして、私の傍に来た。あまりに心配で、少し乱暴にライアン様の手を取る。その手が思ったよりも冷たかったので、不安が増してきた。

（あぁ、どうしましょう！　出血多量でライアン様が死んでしまうかもしれないわ！　いやぁ！）

そう思ったとき、私の手をライアン様が握り返した。そして子どもに語りかけるように、私の目を見てゆっくりと話し始める。

「レイチェル、僕の体を心配してくれてありがとう。服に血がついているから不安だったんだね。でも、ほとんどかすり傷だから大丈夫だよ」

彼の落ち着いた様子にホッと安堵《あんど》する。私の言動に眉を顰《ひそ》めていた女性たちも、その表情を緩めた。

ライアン様は私の手を取ったまま、ジルニーア公爵に深々と一礼する。それはとても優雅な仕草で、その場にいる者全てが見惚《みと》れた。

「僕をこよなく愛してくれる奥様がとても心配するので、一緒に医務室に向かいます。ジルニーア公爵、ここからレイチェルを連れ出す非礼をお許しください」

彼は堂々とした様で、私の失態まで軽い口調でフォローしてくれた。

ライアン様の機転に、公爵もすぐに合わせてくれる。

「いやはや熱にあてられてしまったな。だが、また必ず戻ってくると約束してくれよ。久しぶりに会ったのだ。もっとレイチェルの顔を見ていたいからな」

公爵がそう答えると、周囲に小さな笑いが巻き起こる。

私が凍らせてしまった周囲の空気が、あっという間に和《なご》やかになった。

新婚夫婦なのだからと、みんながあたたかく見送ってくれる。ちょうど獲物《えもの》を獲《と》ってきた方たちが続々と戻ってきたので、彼らの関心はそちらに移ったようだ。

私たちは手を繋《つな》いだまま屋敷に入り、医師にライアン様の怪我《けが》を診《み》てもらう。幸運なことにかすり傷ばかりなので、医師は消毒をして清潔な布をあてるだけでいいと言った。

（あぁよかったわ！　神様、ありがとうございます！）

それでも、消毒するたび痛みに顔を顰《しか》めるライアン様が可哀想で見ていられない。私のほうが倒れてしまいそうだ。

（そ、それでも私は目を背《そむ》けないわ。だって大事な旦那様ですもの！　痛みも苦しみも、全て分かち合うのが夫婦よ！）

すると、ライアン様が優しい言葉をかけてくれる。

「レイチェルは部屋の外で待っていて。僕は大丈夫だから……」

（いやですっ、たとえ気絶したとしても、ずっとライアン様のお傍にいたいです！）

「ライアン様がそうおっしゃるのなら、そうさせていただきますわ」

けれども、咄嗟《とっさ》に出た言葉は、心とは裏腹だった。

抑揚《よくよう》のない言葉と、感情のこもっていない一瞥《いちべつ》を投げ、私は心の内だけ泣く泣く部屋から出た。

それからずっと、私は廊下でライアン様は出てくるのを今か今かと待っている。けれども心配で、頭と体がどうにかなりそうだ。

（あぁ、大丈夫かしら、ライアン様……どうしてあそこで嫌だって言えなかったのかしら。私のバカバカ！）

後悔しながらやきもきして待っていると、ふとセシリア様が話していた例の噂を思い出す。

アレクシア様とライアン様は以前愛し合っていたのだろうか？

しかもその愛はまだ続いているのではないか？

もしそれが本当なら、ライアン様は健康的で人付き合いの得意な女性が好きだということだ。『人形』の私などは好みではないだろう。

だとしたら、冷たい『人形』に見えるように努力していた私は、彼を呆《あき》れさせるだけだったのかもしれない。

(さっきのそっけない言葉も、よくなかったのかもしれないわ。今までだって、私はライアン様にとても冷たかったもの。本当は、嫌だったのかもしれないわ……)

心がどんどん沈んでいく。

すると、廊下の角から当のアレクシア様が息を切らして現れた。先ほど着ていた汚れた乗馬服は脱いで、華やかなオレンジ色のドレスに着替えている。

生命力に溢《あふ》れた彼女は、まるで一輪のひまわりのよう。羨《うらや》ましくて思わず見惚《みと》れてしまった。

(本当にアレクシア様は素敵な女性ね。ライアン様が想いを寄せていてもおかしくないわ……でも、まだ噂が本当だと決まったわけじゃないのよ!)

そう思い、心にかかった靄《もや》を必死に振り払う。すると、アレクシア様に声をかけられた。

「レイチェル様、ライアンは大丈夫ですか?」

「今、部屋の中で治療中です。アレクシア様も大変な目に遭《あ》われたようで、散々でしたわね」

噂が気になって、いつにも増して冷たい言い方になってしまった。

「あの……レイチェル様はどうして医務室に入らないのでしょうか。ライアンが心配ではないのですか？」

「心配……？」

彼女の言葉で、今はそれどころではなかったことを思い出す。

（あぁ、私ったらなんて自分勝手なの！　噂に嫉妬《しっと》して……ライアン様は今、消毒の痛みに耐《た》えていらっしゃるのよ！　できることなら代わって差し上げたいわ……ライアン様ぁ）

私は全身を硬直させた。するとアレクシア様は訝《いぶか》しげな、それでいて責めるような目をする。

「……ハプテル家の方に、こんなことを言っては失礼かもしれませんが、レイチェル様は本当にライアンを愛しているのですか？　観劇のときも彼に冷たくなさっていたし、先ほどもライアンは私を助けて怪我《けが》をしたのに、彼のほうを責めておられましたわ」

「ええ……」

（あぁ、ライアン様。大丈夫かしら……）

ライアン様のお体が気になって、空返事をしてしまう。

アレクシア様の様子がおかしいような気もするが、今この瞬間も、最愛の旦那様が痛い思いをしているのだ。ドレスを握りしめた手が細かく震えるのを、止めることができない。

そのとき、閉ざされていた医務室の扉が開いて、ライアン様の顔が覗《のぞ》く。

「ライアンさ……」

「ライアン！　ごめんなさい、私のせいでこんな怪我《けが》を！」

アレクシア様が私よりも一瞬早く、ライアン様に駆け寄った。

彼女はライアン様の両腕を掴《つか》んで引き寄せ、怪我《けが》の様子を確認しているようだ。そして、安堵《あんど》のため息をついた。

「はぁっ、よかったわ。ライアン」

「大丈夫だよ、かすり傷ばかりだからね。それよりレイチェルは大丈夫だった？　苦手な血を見せてしまったみたいで、ごめんね」

ライアン様がアレクシア様の肩越しに、すまないという視線を送ってくれる。

とにかく元気そうな姿を見て安心した。

（あぁ、神様。ありがとうございます！）

「そうですわね。でも思ったよりは平気でしたわ」

なのに緊張すると、いつもの塩対応になってしまう。するとライアン様はアレクシア様の手を解《ほど》いて、私のほうに歩いてきた。彼はじっと熱い目で私を見つめる。

（ま、まさか、こんなところでキス!?　そ、それはさすがに駄目ですぅ）

ライアン様は私の腰を抱くと、ぐいっと引き寄せた。逞《たくま》しい両腕で、きつく抱きしめられる。もう夢見心地《ゆめみごこち》を通り越して、気を失いそうだ。

（きゃぁぁぁ！　ライアン様に抱きしめられてしまいましたぁ！）

心臓が天井《てんじょう》まで跳ね上がる。彼が私の耳元で囁《ささや》いた。

「大丈夫だよ。レイチェルが僕を心配してくれているのはわかっているから。ごめんね、僕の不注意で怪我《けが》をして、君を不安にさせてしまった。本当にごめん、レイチェル。僕の失態だ」

（あぁ、ライアン様ぁ……）

最愛の旦那様の胸に抱かれて、心の中がぼうっとしてくる。けれども恥ずかしくて、どうしても抱き返すことができない。

背中に回した手をぶらぶらさせていると、ライアン様のすぐ隣に立っているアレクシア様とばっちり目が合った。

（そういえば、アレクシア様がいらしたのだわっ！）

パニックになって、ライアン様の体を押し返してしまう。

ドンッという音とともにライアン様が体をのけぞらせ、小さな呻《うめ》き声を上げた。

「……っつ！」

ちょうど手が傷に当たってしまったみたいだ。

一気に心の隅々まで青ざめたが、ライアン様はすぐに笑顔を見せる。

「大丈夫だよ、レイチェル。人前なのに構わず抱きついてごめんね。君の顔を見ると安心して気が抜けてしまったみたいだ。はは」

お優しいライアン様は、すぐに私の行動をフォローしてくれる。

けれども、もうすでに私の心はズタボロ。お怪我《けが》をされている旦那様を突き飛ばしてしまうなんて、奥様失格だ。なのに、表面だけは人形のまま……ライアン様に謝ることすらできない。

いつもならば、ライアン様のお好きな冷たい反応ができてよかったと思う。けれどもあの噂を耳にした以上、冷たい反応のままでいいのかと不安が増してきた。

(あぁ、私は一体どうしたらいいのかしら……ライアン様)

無言でぐるぐる悩んでいると、ライアン様はアレクシア様のほうを見た。

「アレクシア、君はもう行ったほうがいい。バートラム隊長が心配なさっているからね。僕にはレイチェルがついているから大丈夫だよ」

「え……ええ。わかったわ、ライアン」

そう言うとアレクシア様は私に会釈《えしゃく》をして、バートラム隊長のもとへ戻っていった。

愛するライアン様と廊下に二人きり。何を言ったらいいのかわからないが、さっきの失態はなんとしても弁解しておきたい。最大級の勇気を振《ふ》り絞《しぼ》る。

「さっ、さっきはアレクシア様がいらっしゃったので、驚いて突き飛ばしてしまいましたわ。申し訳ありません。お怪我《けが》は大丈夫でしょうか？」

するとライアン様は、満面の笑みを見せてくれた。

「さっき、僕は君に大丈夫だって言ったよね。だから、何も心配しなくていいよ。僕の大切な奥様」

銀の髪が揺れて、エメラルドグリーンの瞳が煌《きら》めいた。そのお姿を見た瞬間、私の不安は吹き飛んでしまった。心臓が早鐘《はやがね》を打って、胸の奥がきゅぅぅんとときめく。

（うわあぁぁ、これが私の旦那様なのよぉ！　みんなの前で自慢して叫びたくなっちゃう！）

朝からずっと一緒にいたのに、今このときにお傍にいられることが、こんなにも幸せだ。

かすかにライアン様の匂いがして、鼓動が激しさを増していく。

すると、ライアン様が笑みを更に深める。

「……ずいぶんあの人と親しいんだね。知らなかったよ」

（……？　よくわからないけれど、アレクシア様のことを言っているのかしら？）

突拍子のない問いに首を傾げるが、きっと彼女のことだろう。

「ええ。話していてとても気持ちのいい方です」

「……僕がいない間、ずっと一緒にいたんだよね」

彼はそう言って、一瞬なんだか含みのある顔をした。心なしか声もいつもより低い気がする。

でも、ライアン様の手当てが終わるまで、アレクシア様と一緒に廊下にいたことは確かだ。

「まあ、そうですね」

「確かに顔も広いし有能だよね。今まで結婚していないことが不思議なくらいだ。もしかしてレイチェルも、もったいないと思っているんじゃない？」

私はやっと、ライアン様の態度がおかしいことに気が付いた。そういえば、彼は私の前で他の女性の話などしたことがないのに、何故かアレクシア様のことを褒《ほ》めちぎっている。

（や、やっぱりライアン様にとってアレクシア様は特別なのかしら……まさか……）

胸の奥がズキンと痛むが、無理やり押し殺した。まだ事実だと決まったわけではない。

「た、確かに素敵な方だというのは認めますわ。それに、結婚していらっしゃらないのはもったいないですわね。どなたでも喜んですぐに縁談を受けるでしょうに」

私が動揺を見せないように慌《あわ》てて答えると、ライアン様は更に妙な表情をする。

「うん、でも僕たちは結婚しているから、残念だけど他の人とはもう結婚できないよ」

まるで、アレクシア様と結婚できなかったことを悔《く》やんでいるような口ぶり。だとしたら、あまりにショックで言葉にならない。

するとライアン様が私の手を取り、私の顔を覗《のぞ》き込んだ。

すぐ傍に彼のお顔があると、緊張しすぎて考えがまとまらない。

「なんですの？」

「レイチェルが社交に参加するのはいいけど、今日みたいに僕と離れてしまう場には来てほしくないな。目を離している間、心配だからね。例えば、他の人と必要以上に仲良くするとか……」

（きっと、ライアン様は私がアレクシア様とお話しすることをよく思っていないのだわ。普段なら、こんな心の狭いようなことを言う方じゃないもの。ということは、やっぱりライアン様にとってアレクシア様は特別なのね）

最愛の旦那様の心に別の女性がいると考えるだけで、心臓が止まりそうだ。

「わかりましたわ」

私の心の中は真っ青で、平坦な言葉を返すだけで精一杯だった。

そんなとき、大勢の人が近づいてくる足音がして、いきなり大きな声が聞こえる。

「ライアン様！　無事でしたか！」

「アレクシア様を助けて怪我《けが》をされたと聞きましたが、お体はっ！」

どうやらライアン様の後輩騎士たちらしい。みな彼を心配しているようだ。

彼らは挨拶《あいさつ》もそこそこに、ライアン様を取り囲んだ。ライアン様は柔和《にゅうわ》な微笑みを浮かべる。

「みんなありがとう。でも僕は大丈夫だよ」

騎士たちはホッとしたようだった。それに、私は心の中で感動する。

(ライアン様ったら、こんなに後輩に慕《した》われているのね。さすがだわ)

これほど後輩騎士たちに尊敬されている騎士は他にいないだろう。それは、やはり彼が優しくて慈悲《じひ》深いからだ。

(あぁ、やっぱり私。ライアン様が大好きだわ)

私はライアン様への愛情を再確認する。

彼らはライアン様の背後に立つ私に気付くと、一斉に表情を固くして頬を赤らめた。

「あっ！　すみません、レイチェル様もいらっしゃったのですね。ご挨拶《あいさつ》が遅れてしまい申し訳ありません！　ほらっ、みんな謝れ！」

彼らは恐縮して体を固くし、一歩後ずさる。私に話しかける人は、いつも同様の反応をする。怒っていないのに、何故か謝罪されてしまうのだ。

するとライアン様が彼らを順番に見て、満面の笑みを浮かべた。

「レイチェルは君たちを取って食ったりしないよ。だからそんなに緊張しないでくれないか。レイチェルも困っているみたいだ」

「そ、そうですか？　自分はこんなに美しい女性を見たことがありませんので、どうしても緊張してしまって」

同意だといわんばかりに、後輩の騎士たちが揃《そろ》ってうなずいた。

（駄目だわ！　ライアン様の奥様として、何か場を和《なご》ませることを言わないと！）

そう考えているとライアン様が私と騎士達の間に立ちはだかった。彼の背中以外に何も見えなくなる。

「さぁ、もうみんないいだろう。これ以上はレイチェルも困っているようだから」

ライアン様の言葉で、みんなで会場に戻ることになった。

その途中で、他の騎士には気付かれないよう、ライアン様はこっそり私の頬にキスをした。それから私と視線を合わせて、「内緒《ないしょ》だよ」とにっこり微笑んでくれた。

ライアン様のあたたかい愛情に、心の中で泣いてしまう。

(ライアン様……本当に私を愛してくださっているのですよね……でもあの噂は、本当なのでしょうか？　そのお優しい笑顔を信じてもいいのでしょうか？)

そんな疑問をぶつけることなど叶わず、私は彼の背中を見つめることしかできなかった。

5　心のすれ違いは夫婦の危機です

狩猟会の翌日。

またいつもの日常が始まったが、私の心の中には不安が重く圧《の》しかかっていた。

ライアン様が傍にいれば忘れてしまえるけれど、彼がお仕事に行ってしまうと、たちまちアレクシア様との噂が気になって仕方がなくなる。

「あぁ、駄目だわ。全然心が晴れないの。きっと私、アレクシア様への嫉妬《しっと》でおかしくなってしまったのだわ」

普段通りに掃除を終えた私は、いつものようにライアン様のワードローブの匂いを嗅《か》いでいた。なのに心は落ち込んだまま、気が付けばため息が漏れてしまう。

「はぁー」

それを見ていたベリルが、心配そうに励ましてくれる。

「奥様、大丈夫ですよ。心配なさらずとも、旦那様は奥様をそれは深く愛しておいでです」

私はベリルの声を聞きながら、仕立て屋から届いたばかりのライアン様のシャツを大らった。

これは少しずつ貯めたお金で、ようやくあつらえたもの。

襟《えり》のデザインも袖《そで》の始末の仕方も、布の種類に至るまで、全て私好みに仕立ててもらった。

これを着たライアン様のお姿をあれほど待ち焦《こ》がれたのに、ちっとも心が晴れない。

大好きな彼のことを想うと、すぐにアレクシア様の顔も浮かんできてしまう。

そして苦しいほどの嫉妬《しっと》を味わうのだ。そのあとに、そんな醜《みにく》い自分を責めるという悪循環。

「あぁ、もしかして私はライアン様に離縁されてしまうのかしら……そ、そんなこと言っちゃ駄目よ、レイチェル。……そしたらライアン様に二度と会えなくなるわ。あっ、これも駄目っ」

自分で言った言葉で、更に傷ついてしまう。ライアン様のいない生活なんて、もう考えられない。

あの日、野盗から助けてくれたライアン様。

あのとき彼の姿を一目《ひとめ》見てから、私の心はずっとライアン様に囚《とら》われているのだ。

ずっと悩んでいる私を見かねて、ベリルが提案してくれる。

「奥様、そんなに気になるのでしたら、アレクシア様に直接お聞きしてはいかがでしょうか」

「駄目よ。もし彼女が肯定したら、多分その場で心臓が止まってしまうわ。嫉妬《しっと》って命がけなのね。恋愛すら初めてだから、嫉妬《しっと》がこんなに恐ろしいものだなんて、ちっとも知らなかった」

私がそう言うとエマが大きなため息をついた。

「奥様は旦那様と、恋愛期間なしですぐに結婚なさいましたから、仕方がないですね。でも、そう難しく考えなくてもいいのではないでしょうか。実際、旦那様は大勢の女性の中から奥様を選んで結婚なさったのですし」

そうは言うが、エマは何もわかっていない。

私はライアン様を心の底から愛しているだけでなく、彼の幸せを一番に考えているのだ。

もしなんらかの事情があって無理やり私と結婚させられたのならば、本当に愛する人と結婚してほしいと思っている。

（その場合は、私とはお別れすることになるのでしょうけど……あぁ、そんなの辛《つら》すぎるわっ！）

あまりにもショックで、目の前が暗くなってきた。

「お、奥様っ！　しっかりなさってください‼」

ベリルとエマが大きな声で叫んでいるが、まるで海の底にいるように遠くで聞こえる。

いつの間にか、私は床に倒れていたようだ。

「あぁ、奥様！　よかったです！　いきなり呼吸をなさらなくなったので驚きました！」

どうやら私は息をすることを忘れていたらしい。

ライアン様と結婚したばかりの頃はよくあった。でもそれは、ライアン様が近くにいて異常に興奮してしまったのが原因だった。

「だ、大丈夫よ。ベリルにエマ。心配かけてごめんなさい」

「奥様……」

二人が不安そうに私を見る。彼女たちを心配させないように、ぎこちなく笑った。もちろん心の中でだけだったが。

(ライアン様、レイチェルはどうしたらいいのでしょうか……？)

そんな不安を抱《かか》えながら、数日が過ぎた。

噂が気になって、夜もなかなか寝つけない。けれど、眠たい目をこすりながらも、私は屋敷の掃除には一切手を抜かない。

「さぁ、エマ、ベリル。今日は玄関ホールを掃除しましょう。埃《ほこり》を掃《はら》って拭《ふ》き掃除をして……そろそろお花も替えなきゃいけないから、庭に咲いたお花を切ってきましょう。そうしたらお昼ね」

愛する旦那様をお迎えする玄関なのだ。ピカピカに磨《みが》いて、お仕事で疲れた体を少しでも癒《いや》してあげたい。一通り掃除を終えたら、ライアン様の好きなお花を飾る。

私の旦那様は強くて逞《たくま》しい騎士だというのに、意外と小さくて可憐《かれん》な花が好みだ。だから、いつもそんな花を私にプレゼントしてくれる。

彼の好みは私と全く同じ。そんな風に共通点を見つけて、心の中でむふふと萌《も》え喜んでいるのだ。

けれども今は悩みのせいで、あまり萌《も》えられない。庭に咲いていた素朴《そぼく》な青色のネモフィラに、白くて可憐《かれん》なカスミソウを合わせる。少し物足りないので、切った枝を挿《さ》してボリュームを増した。そんな私を見て、エマが感心したようにつぶやく。

「ずいぶんお花の腕が上がりましたね。旦那様がこの間褒《ほ》めておいででしたよ。それは奥様が生けたのだと、私がどれほど言いたかったかわかりますか？　奥様に口止めされていますので、口を閉じるのに必死でした」

エマに褒《ほ》められて、暗い気持ちが少しだけ浮上した。

「本当？　嬉しいわ、エマ。お花のことをもっと勉強して、ライアン様のお好きなお花だけでお庭をいっぱいにしたいわ。あ、でも絶対にライアン様には秘密でお願いね」

「本当に奥様は旦那様を愛していらっしゃるのですね。でしたら、今日くらいは愛していると素直にお伝えしたらいかがですか？　まだ一回のデレもできていらっしゃらないのですよね。ふぅ」

呆《あき》れ顔のまま、ベリルが大きくため息をついた。その言葉にハッとする。

（今までデレを見せてはいけないと思っていたけれど、『人形好き』じゃないなら、挑戦してみてもいいかもしれないわ。ライアン様の様子を見ながら、ほんの少しデレてみせるのよ。すごく難しいけれど、一度だけならなんとかなるかもしれない）

私は心に決めた。いつまでも落ち込んでいるわけにはいかない。

もし噂が真実だったとしても、私の気持ちはずっと同じ。ライアン様だけを一生愛している。

未来がどうなるかわからないけれど、私の本当の想いを一度くらいは伝えたい。

（今日、ライアン様がお帰りになったら『愛しています』とお伝えしましょう！　その勢いで噂についても聞けばいいわ。誠実なライアン様ならきっと正直に答えてくれるはず。頑張るのよ、レイチェル！）

ジリリリリリ！

決意を新たにしたとき、突然玄関のチャイムが鳴った。話すのに夢中になっていて、馬車が近づく音に気が付かなかったようだ。

大慌《おおあわ》てでエマが玄関の扉に走り、私はベリルと一緒に廊下の角に隠れた。エマが私たちに聞こえるよう、少々大きな声を出してくれる。

「アレクシア・バートラム様ですね。お約束はないですけれど、奥様にお会いになりたいと。では応接間でお待ちください。奥様にお伝えいたします」

その言葉に耳を疑う。

（ア、アレクシア様が⁉　どうしてここに）

私は彼女とそんなに親しくない。王立劇場で軽い挨拶《あいさつ》を交《か》わしたのと、狩猟会で話しただけだ。

エマが案内する女性を凝視《ぎょうし》するが、どう見ても本物のアレクシア様だった。

「奥様、こんなところでじっとなさっていないで、早くドレスにお着替えを！」

「わ、私、アレクシア様にお会いしたくないわ。あまりに突然でなんの話題も考えていないし、心の準備が……それに、どうして彼女は私に会いに来たのかしら。理由がわからないわ」

不安を通り越して、心の中で泣きそうになる。なのに、ベリルは断固として譲らない。

「奥様、せっかくお越しくださっているのに、お帰しすることはできません。なんとしてもお会いしてください。それがライアン様の奥様としての務めです」

「で、でも……」

言っていることは正論だし、奥様の務めとまで言われてはどうしようもない。

そして、私はいいことを思いついた。

(そうだわ！　侍女として、アレクシア様がここにいらした目的を探ればいいのよ！)

用件さえわかれば心の準備もできる。あらかじめ、ベリルやエマとも対応を相談できるので一石二鳥《いっせきにちょう》だ。

私はさっそく作戦を話して、ベリルの侍女の服を借りることにする。はじめは渋《しぶ》っていたが、私がどうしてもと言うと最後には折れてくれた。

「わかりました。でも、あとで必ず奥様としてお会いしてくださいよ」

私は無表情のまま、何度も首を縦に振る。

侍女の服だけでは心もとないと、ベリルはレンズが牛乳瓶の底のような老眼鏡を出してくれた。縁《ふち》も太いので、顔の半分以上を隠すことができる。

そうして私は今、侍女としてアレクシア様の隣に立っている。

自分で紅茶を淹れるのは慣れているので、侍女のふりをするには全く困らない。

アレクシア様のカップに紅茶を注《そそ》ぐと、ほんのりと湯気が立ち上った。一瞬で眼鏡《めがね》が曇《くも》って何も見えなくなる。

「アレクシア様、奥様は今支度《したく》なさっているので、少々お待ちくださいませ」

用件を聞き出したいが、どう切り出していいかわからない。

そもそも侍女の身分で客人に話しかけるなどもってのほか。無礼だと叱《しか》られるのがオチだろう。

（いい案だと思って張り切っていたのに、私ったらバカバカバカ！）

「あの、あなた……この家に勤めて長いの？　屋敷でのライアンとレイチェル様はどうなのかしら」

テンパっていると、運のいいことにアレクシア様のほうから話しかけてきてくれた。

この好機に飛びつき、なけなしの虚勢《きょせい》を張る。

「はい！　旦那様も奥様も仲睦《なかむつ》まじくていらっしゃいます。寝室は別になさっていますが、ライアン様はいつも奥様を愛されて慈《いつく》しんでいらっしゃいます」

いつもの抑揚《よくよう》のない声だけれど、仕事を全《まっと》うする侍女として上手《うま》くはまっている。

しっかり伝えることができて、私はホッとした。一方のアレクシア様は浮かない表情だ。

「そう、寝室は別なのね……じゃあ逆に、レイチェル様はライアンに愛してるとおっしゃったことはあるのかしら？」

寝室は別だと言わないほうがよかったと後悔した。次の会話で挽回《ばんかい》しようと、慎重に考える。

（そういえばベリルが、私のことをツンデレと言っていたわ。私とライアン様の仲がとてもいいことを、ここで強く言っておかないと）

「それは聞いたことはありません。でも奥様はツンデレです。そして旦那様はツンデレ女性が堪《たま》らなくお好きですので、問題ないのではないでしょうか？」

その答えにアレクシア様は眉を顰《ひそ》めた。私の答えがおかしかったのだろうか。

彼女は少しの間口をつぐんでいたが、しばらくして深刻な表情になる。

「ということは、一度もないのね。変なことを聞いてごめんなさい。でもお二人を見ていると、レイチェル様はライアンを愛していらっしゃらないようだったわ。あなたはそう思ったことはないかしら？」

彼女の質問に、私は驚くことしかできない。

（私がライアン様を愛していない？　あぁ、どうしてそう思うのかしら……）

「どういう意味でしょうか？」

　動揺しながら尋ねるが、口調は相変わらず平坦だ。アレクシア様は、それを主人を詮《せん》索《さく》する客に憤《いきどお》りを抱《いだ》いたと解釈したようだ。急に笑顔になると、朗《ほが》らかに言った。

「あっ、ごめんなさい。私の勘違いかもしれないわ。今私が言ったことは忘れてちょうだい。私はレイチェル様のことも大好きなの。だからお友達になりたくて、今日伺わせてもらったのよ。この紅茶、美味《おい》しいわ。本当にありがとう」

　アレクシア様はそう言うと、侍女に扮《ふん》している私に頭を下げた。

　なんて素直で正直な人なのだろう。

　しかも彼女は『人形』と呼ばれ避けられている私とお友達になりに、わざわざ屋敷を訪ねてくださったのだ。天国に行ったような心地《ここち》になる。

（ようやく私にも友人と呼べる方ができるのかしら。嬉しい）

　ちょうどエマがお茶菓子を持って現れたので、上手《うま》く応接間から抜けることができた。急いで自室に駆け込んで、ベリルに侍女の服と眼鏡《めがね》を返す。

　するとベリルが心配そうな顔を見せた。

「アレクシア様がどうしてここにいらっしゃったのか、理由をお聞きしましたか?」

「ええ、もちろんよ。聞いて驚かないでね。アレクシア様は私とお友達になりたいのですって、うふふ」

ベリルはあからさまに安堵《あんど》のため息をつくと、笑いながら言った。

「よかったですね、奥様。アレクシア様は朗《ほが》らかで、誰とでも仲良くできる方らしいですから」

それを聞いて私は更に嬉しくなる。人形のような私と仲良くなろうとした女性は、これまで何人かいた。けれどやっぱり上手《うま》くお話ができず、すぐに離れていってしまった。

私に友達ができる！　期待に胸を膨《ふく》らませていると、ずいぶん時間が経っていたようだ。

「奥様、そろそろアレクシア様のところに行かれませんと」

ベリルの急《せ》かす声で我に返った。これ以上アレクシア様を待たせるわけにはいかない。

私は急いで上質なドレスに着替えて、応接間に向かう。

アレクシア様は、私の顔を見るなり恐縮して立ち上がった。すでに紅茶は飲み終えたようだ。

「レイチェル様、申し訳ありません。お約束もしていないのに突然来てしまいました」

ずいぶん待たせてしまったのに、全く怒ってない。アレクシア様は、やはり優しい女性なのだろう。

「いいえ、気にしていませんわ」

するとと彼女は緊張を解《と》いて、大輪のダリアのような笑みを浮かべた。本当に表情がくるくる変わって愛らしい。

「あ、あの。レイチェル様と少しお話がしたくて……ご迷惑でしたか……？」

「そんなことはありませんわ」

いつもの抑揚《よくよう》のない声で返事をするが、彼女が気にする様子はない。

（あぁ、よかった。本当にアレクシア様なら大丈夫なのかもしれないわ）

嬉しい予感に胸を弾《はず》ませる。

彼女は騎士団のことや社交界の出来事などを、面白おかしく話し始めた。初めて耳にすることばかりで、とても興味深い。

それに騎士団でのライアン様の様子をお聞きできるのは、とても嬉しい。

（もし歳の近い女性の友人がいたら、こんな感じなのかしら……なんて楽しいの！）

心がほんのりとあたたかくなる。もちろん外見は無表情の人形のまま。上手《うま》く受け答えもできていないのに、アレクシア様は他の人のように私を怖がらないようだ。

「ふふふふふふふふふふ」

思わず不気味な笑い声を漏らしてしまう。すると、アレクシア様は話をやめて私を見つめた。そうして言いにくそうに口を開く。

「……あ、あのぅ。話は変わりますけれど、レイチェル様はライアンのどこを好きになったのですか？　そんなにお美しいのですから、他の男性からも結婚を申し込まれたでしょう。例えば……ヴィーデル卿とか」

（ライアン様は全てが素敵です。どこか一つなんて決められません。魅惑的な緑の瞳に、真夜中の蝶《ちょう》のように軽やかな銀髪。あ、もちろん外見だけではなくて内面も、とーってもお優しいですし……結局はライアン様がライアン様であればそれでいいのです。それに他の男性なんて全く論外ですもの。うふふっ）

アレクシア様の質問に、ライアン様のお姿を思い返して心の中で萌《も》えながら答える。

「特に際立《きわだ》って好きなところはありませんわ。それに男性は別にどうでもよかったのですもの。ヴィーデル卿は苦手な方です」

するとアレクシア様は眉間にしわを寄せて、質問を重ねた。

「じゃあ、どうしてレイチェル様はライアンと結婚なさったのですか？」

（そんなの決まっているわ。彼なしの人生なんて考えられないほど愛してしまったから。彼がこの世からいなくなったら、私は死んでしまうわ。この世で最愛の旦那様だもの）

どうして彼女がそんなことを聞くのかわからず、私は首を傾げて口を開いた。

「ライアン様がいないと、私が困ってしまうからです」

するとアレクシア様は目を見開いた。口に手を当てたまま、椅子から立ち上がる。その拍子に彼女の膝《ひざ》が当たってテーブルが揺れ、カップがカチリと音を立てた。彼女は厳しい面差《おもざ》しで言う。

「レイチェル様は、ライアンのことなど愛していないのですね。やっぱり噂は本当だったのだわ。他の男性の求愛が面倒になられて、誰でもいいから結婚したのだと。あぁ、そうしてライアンは、仲間の騎士を助けるために自分を犠牲《ぎせい》にしたのです」

「どういう意味ですの？」

自分を犠牲《ぎせい》という言葉に、一瞬で全身が凍りついた。なのに私の表情筋はびくともしない。

それを見たアレクシア様は、私が冷静に受け止めていると解釈したのだろう。彼女は急に立ち上がった無礼を謝罪すると、もう一度椅子に座った。それから彼女は私の反応を注意深く窺《うかが》いながら、騎士団と貴族院の微妙な関係を説明し始めた。

王国民の安全を一番に考え、産業や通商などは二の次の騎士団。一方で、王国の利益のみを優先する貴族院。武力を誇る騎士団と財力を握っている貴族院は、歴史上よく対立したが、私とライアン様が出会った頃は国を二分するまでに関係がこじれていたという。

「当時、我が国の北の国境から、隣国の兵士たちが攻め入ってきました。ライアンはそこで苦戦している仲間の騎士を救うため、貴族院で権力を誇るあなたのお父様に援助を求めたのです。あのときは西で国民の暴動も起きていて、物資が乏《とぼ》しかった。貴族院は流通ルートを確保していましたから、おかげでたくさんの命が救われました。けれど宰相は、代わりにライアンとレイチェル様の結婚を要求されました。彼はそれを呑んだのです」

アレクシア様の話はあまりにも唐突で、すぐには信じられない。

貴族院と騎士団の対立は知っていたが、そんなことがあったとは知らなかった。

野盗から助けてもらったとき、ライアン様が私に一目惚《ひとめぼ》れをした。その数日後には伯爵家に来てプロポーズしてくれた。

それが私の知る全てだった。

(でも、そういえば私……ライアン様に出会った日、生まれて初めて恋に落ちてしまったと両親や兄に浮かれて話していたわ。私を溺愛《できあい》するお父様のこと。それを聞いて彼に結婚を迫《せま》ったとしても、ちっともおかしくない……)

確かにその状況ならば、ライアン様はその申し出を断れなかっただろう。彼はあまりにも優しく忠義に満ちた男性だから……仲間の騎士が、無駄死にしていくのを見捨てられなかった。

だとすればセシリア様の言っていた噂とも、つじつまが合う。

驚きの真実に、指先を一ミリも動かせない。それでもやはり私は人形のように無表情のままだ。

そのまま固まっていると、アレクシア様が床に跪《ひざまず》いた。

「お願いします、レイチェル様。ライアンを解放してあげてくださいませ。こんな結婚、お二人とも幸せになれないことはわかっていますわ。レイチェル様は、面倒でない男性であれば誰でもよかったのですよね？」

「…………」

呆然として何も言い返せない。黙ったままでいると、アレクシア様は更に言い募る。

「たとえ偽《いつわ》りで結ばれたとしても、ライアンが幸せならそれでいいと自分に言い聞かせてきました。でも、彼をあんな風に惨《みじ》めに扱うのでしたら、どうか私に返してくださいませ。レイチェル様にお会いするまで、私たちはとても愛し合っていたのですから」

アレクシア様がまるで神に祈るように両手の指を絡め、懇願《こんがん》する。

『妖精の人形』という表現もそうだけれど、人はよく、私を神格化する。

でも、本当の私は傷つきやすくて繊細《せんさい》で……どこにでもいる女性と変わりない。心は誰よりも乙女で、今だってどうしたらいいかわからなくて戸惑《とまど》っているだけ。

それなのに頬は凍ったまま動かないし、唇も真一文字に結ばれたまま。涙を流すアレクシア様を冷たく見つめることしかできない。

（あぁ、あの噂は本当だったのですね。あまりにショックで頭が回らないわ。私はどうすればいいの？　ライアン様……）

泣きたいのは私のほうなのに、瞼《まぶた》は熱くならないし、涙も一滴も浮かばない。

でもこれだけはわかっている。

ライアン様の幸せが私の望み。

それが人形の私の、ライアン様への愛の伝え方なのだ。

「そうですか。もしそれが真実なら、私はライアン様と離縁しますわ」

私はいつも以上に表情を動かさず、これ以上ないほど抑揚《よくよう》のない声を出した。

ライアン様と離縁するなど、考えるだけで頭の中が真っ白になって息が苦しくなる。

けれども彼の幸せのためならば、なんでもできる。

すると、怒《いか》りを押し殺すように震えた、アレクシア様の声が聞こえてきた。

「そ、そんな簡単に……あなたにとって、彼はそんなにあっさりと捨てられる存在なのですね。なら、どうして彼と結婚なんてっ！」

私が反論する前に、アレクシア様は一気にまくしたてる。

「レイチェル様には人の心がわからないのですね！　ライアンは仲間の騎士の命を守るために結婚を決めたのです。ハプテル伯爵の嫌がらせで、こんな小さな屋敷に住まわされて！　私は知っています。レイチェル様は結婚されてからも、ほとんどの時間をご実家の伯爵家で過ごされていると聞きましたわ！　ライアンはいつだって、屋敷で一人きりなのだと！　今日だって私の訪問を聞いて、急いでハプテル伯爵家から来られたのでしょう！　ううぅ」

アレクシア様は跪《ひざまず》いたまま、顔をくしゃくしゃにして大粒の涙を流した。

でもそれは全くの誤解だ。

私もライアン様もこのお屋敷が気に入っているし、ここでの暮らしにとても満足している。

私が伯爵家でずっと過ごしているというのは、きっと週に二度、伯爵家に戻るというお父様との約束のせいで、誤解しているのだろう。ハプテル家の豪華な馬車は目立ちすぎるから。

会うのが遅くなったのは侍女に扮《ふん》していたからであって、伯爵家から急いで戻ってきたせいではないのに。

「アレクシア様……」

「嫌です！　言い訳なんか聞きたくないです！」

なんとか誤解を解《と》こうとするが、興奮した彼女は聞く耳を持たない。

感情を露《あら》わにした彼女はみっともなくて滑稽《こっけい》で……私には、それがとても美しく見えた。

（私にはやろうとしても不可能だもの。あぁ、できることなら私だって、ライアン様を愛していると……一度でいいからこんな風に泣いて叫んでみたかったわ）

そう考えながら、泣き崩れるアレクシア様をぼんやりと見ていた。

彼女はそんな私の様子に、何を言っても無駄だと判断したらしい。勢いよく立ち上がると、軽蔑《けいべつ》のこもった一瞥《いちべつ》を投げた。

「レイチェル様は『妖精の人形』と呼ばれるお方。人形には私やライアンの感情なんて理解できないのでしょうね。無駄なお時間を使わせてしまって申し訳ありません。失礼いたします」

アレクシア様は震える声でそう言うと、逃げるように部屋を飛び出していった。

馬車に乗り込む彼女を見送っているのだろう。ベリルとエマの慌《あわ》てた声が、扉の向こうから聞こえてくる。

ライアン様の奥様として、私もお見送りに行こうと思うが、足が動かない。

さっきのアレクシア様とのやり取りを聞いていたのか、先に戻ってきたベリルが心配そうに言う。

「奥様……」

そのあと部屋に来たエマも不安げだ。二人を安心させなければと、私は口を開いた。

「あぁ、ベリルにエマ。アレクシア様は無事にお帰りになられたのかしら？　本当は私がライアン様の奥様としてお見送りしなきゃいけないのに、私ったら駄目ね」

私の表情が全く読めないので、二人ともどう反応したらいいのか計《はか》りかねているよう。

何も言わず心配そうな目を向ける。私は静かに、落ち着いた口調で話しかけた。

「アレクシア様は、私とお友達になりに来てくださったのではなかったわ。私、今からお父様とお兄様のところに行きます。馬車を用意してくれるかしら？」

「……奥様！　旦那様はレイチェル様を本当に大切に思っておいでです。それだけは信じてあげてくださいませ！」

何か勘違いしたようでエマが慌《あわ》てている。私は安心させるように彼女の手を取った。

「大丈夫よ。お父様にアレクシア様の言ったことが本当のことなのか確認するだけ。それにどうせ、今日は伯爵家に行く日だもの。少し早く行くだけよ。必ず帰ってくるから心配しないで」

準備を整えてから、私はベリルとエマを屋敷に残して馬車に乗り込んだ。

（あぁでも、もし真実だとしたら……私、ライアン様と離縁しなければならない……）

想像するだけで、これまでにないほど心臓が打ち鳴らされる。

（お願いっ！　どうか間違いだと言ってください……お父様……）

私は痛みを堪《こら》えるため、胸にあてた手をぎゅっと握りしめた。

屋敷から数分で、ハプテル伯爵家に辿《たど》り着いた。執事とともに、私は大広間に向かう。

メルビスお兄様は、予定していた時間よりも早く現れた私に驚いた。お父様は王城で仕事をしていて、私が来る予定だった時刻には戻るつもりだという。

お父様がいないのは残念だが、きっとお兄様も事情は知っているだろう。私がアレクシア様に言われたことをそのまま尋ねると、お兄様は顔を真っ赤にして否定した。

「そんなことがあるわけがない。こんなに可愛い妹と結婚できるなんて、ライアン君は世界一の幸せ者だ。兄でなければ私自身がレイチェルと結婚したかったくらいだ。彼が強制されて結婚したなんて、断じてあるはずがない！」

「そうですか、メルビスお兄様。ではお父様が宰相としての権限を使って、私に結婚を申し込めとライアン様におっしゃったわけではないのですね」

ホッとして念を押すと、何故かメルビスお兄様は私から目を逸《そ》らした。

そうして、大事《おおごと》ではないといわんばかりに、ぞんざいに答える。

「あぁ……。それは……あったかもしれん。でも強制ではないし、どちらかといえば、レイチェルへの求婚を許可するといったものだ。どんな男も人間離れして美しいお前に懸想《けそう》していた。ライアン君もそれを聞いて、相当嬉しかっただろう。……あぁ、レイチェル。今日もお前は超絶美しい。我が妹ながら惚《ほ》れ惚《ほ》れするな」

メルビスお兄様の話で、私は更に混乱した。

（そんな言い方をしたのなら、脅迫《きょうはく》に聞こえた可能性もあるわ。もしライアン様が私を愛してなかったとしても、結婚を申し込む以外の選択肢はなくなるもの）

彼らは私を過大評価している。誰もが私と結婚したがっているわけがないのに。でも、うっとりと私を見るメルビスお兄様を、責める気にはなれない。きっとお父様もお兄様も、肉親として必要以上に私を愛しすぎているだけ。

ライアン様と出会ったあの日。家に戻った私が、「これは一生に一度の初恋で、彼は絵本から出てきた『運命の騎士』だ」と騒いだのがいけなかったのだ。

思わず天を仰《あお》いだとき、足音が聞こえた。私の来訪を知ったお母様が、小走りに駆けつけたのだ。

「レイチェル、今日は早かったですのね。あぁ、よく顔を見せてちょうだい。来てくれて嬉しいわ。三日前に別れてからずっとあなたのことを考えていたのよ」

お母様の後ろを、お父様が汗を拭《ふ》きながら大股で歩いてくる。

心は泣き叫びたいほどぐちゃぐちゃなのに、外見はいつも通りの人形。だから、誰も私の心の変化に気が付いていないようだ。みんな私に会えて本当に嬉しそうにしている。

自分たちのしたことで私が傷ついたと知ったら、きっととても落ち込むだろう。

（大切な家族に、そんな思いをさせたくないわ……ライアン様に愛する女性がいたということは、秘密にしておきましょう）

感情を隠すのは得意だ。私はいつものように楽しく四人でお茶をした。

それでも、頭の中は混乱したままだ。私は一縷《いちる》の望みにかけることにした。

（まだ、ライアン様が私のことを愛していないとは限らないわ。はじめは強制だったとしても、今は愛が芽生《めば》えているかもしれない。だって私を愛しているって言うライアン様のお顔は、ちっとも嘘をついているようには見えないんだもの）

それを確かめるには、直接尋ねるしかない。どうせ駆け引きなどできないのだから。

私は覚悟を決めた。

◇　◇　◇

狩猟会から戻ってからというもの、なんだかレイチェルの様子がおかしい。

表情がないので見抜きにくいが、僕にはわかる。愛する奥様のことは、ほんの些細《ささい》な変化でも気付くもの。でもさすがの僕も、彼女が何に悩んでいるのかまではわからない。

（もしかしてあのとき、ヴィーデル卿と何かあったのか？　いや、そんなはずはない）

そうならないために、ワイルダーにレイチェルの様子を見守るよう頼んでおいたのだから。

彼の妻は現在三人目の子を妊娠中だ。その上、真面目すぎる男だから、レイチェルの魅力に惑《まど》わされないだろうと踏んで、彼を選んだ。

もちろん、レイチェルを疑っているわけではない。彼女が心から僕を愛していることには確信がある。酔っ払いさえすれば、あれほどわかりやすい女性はこの世にいないからだ。

先日、それとなくワインを飲むように勧《すす》めて、本心を聞き出そうとしたが失敗に終わった。

どれほど待っても、レイチェルは僕の寝室には来なかったのだ。

それほど深く悩んでいるのだろうか。

（もしかして、ヴィーデル卿に無理やりキスでもされたんじゃないだろうな……!? それならば、あいつを八《や》つ裂《ざ》きにして殺してやるっ！）

「ライアンっ！　参った！　もうやめてくれっ！」

気が付くと、目の前では一人の騎士が尻餅《しりもち》をついて、両手を上げていた。

そういえば今は、剣を使った模擬戦《もぎせん》の最中。相手の騎士はすでに剣を取り落として負けを認めていたのに、僕は彼に向かって剣を突きつけていたらしい。彼の頬に剣先が当たって、うっすらと血が滲《にじ》んでいた。

「……はっ！」

考えるのに夢中になりすぎて、いつものように力を抜くのを怠《おこた》った。相手は僕よりも格上の先輩騎士だ。わだかまりを作るとまずい。すぐに笑顔を作ってフォローする。

「足を取られて転んでしまわれたところを狙うなんて、僕は騎士失格ですね。申し訳ありません。先輩に勝てると思い、功を焦《あせ》ってしまいました」

（危なかった。レイチェルのこととなると、僕はつい冷静でなくなってしまう）

今日は訓練に集中できないので、早めに切り上げて屋敷に戻ることにした。今日はレイチェルがハプテル伯爵家へ行く日。だがこの時間なら、すでに家に帰っているに違いない。

僕は途中で花屋に寄った。レイチェルは見た目があんな感じなので、高級な薔薇《ばら》やダリア、大ぶりの百合を贈られることが多かったらしい。でも僕は知っている。

実はレイチェルがマーガレットやカスミソウなど、小ぶりの花が大好きだということを。

僕自身は全く花に興味はない。だが、レイチェルがあの人形の仮面の下で喜んでいる姿を眺めるのは気分がいい。

僕は両手いっぱいのマーガレットの花束を買った。華美な装飾は一切なしで包んでくれと、花屋の主人に頼む。それを抱《かか》えて、意気揚々《いきようよう》と家路を急いだ。

レイチェルの顔が見られると思うだけで浮かれてしまうのは、どうにかしないといけない。

（この間も僕のためにブラウニーを焼いてくれたみたいだ。手袋で誤魔化《ごまか》していたけど、手に怪我《けが》をしてまで作ってくれるなんて……）

「……ふっ」

耳に白い小麦粉をつけたレイチェルの姿を思い出し、つい一人で笑ってしまう。

口にしたブラウニーは甘すぎたし、焦《こ》げた香りがした。

(でも、あれほど美味《おい》しいブラウニーを食べたのは生まれて初めてだった)

レイチェルは、僕に幸福を届けてくれる女性だ。あの硬い表情の裏で、僕のことをあれこれ思い悩んでいるのだと想像すると、胸の奥がぞわぞわして堪《たま》らなく気分が高揚する。

けれど、屋敷で出迎えてくれた侍女の言葉が僕の心を沈ませた。

「奥様は、まだ伯爵家からお戻りになっていません」

それに追い打ちをかけるように、今日の昼頃、アレクシアの来訪があったことを聞く。

嫌な予感がする。

(アレクシア……彼女は一体どんな目的でレイチェルに会いにきたんだろう？　もしかしてそのせいで、レイチェルの帰りがいつもより遅いのか？)

アレクシアがレイチェルに言いそうなことを思い浮かべてみる。

彼女の好意は、以前からわかっていた。そして、彼女はまだ僕のことを諦《あきら》めていないようだ。

(もしかして、僕と別れろとレイチェルに詰め寄ったのか？)

これまでのアレクシアの態度を考えてみると、あり得なくはない。

（あぁ、もしレイチェルが僕と別れると言い出したらどうしよう。それどころか伯爵家に行ったまま、もうここに戻ってこない可能性すら考えられる）

そうすればあのハプテル家は、絶対に僕をレイチェルに近づけないようにするだろう。ずっと、彼らは彼女に男が寄ってこないよう牽制《けんせい》していた。だから彼女はあの人間離れした美貌《びぼう》を持ちながら、今まで悪い虫が一つもつかなかったのだ。

キスすら僕が初めてだった！

（……駄目だ！　僕としたことが考えに集中できない！）

やきもきしていると、屋敷の玄関に馬車が停《と》まった。

（レイチェルだ！）

急いで花を抱《かか》えて玄関に迎えに出る。もちろんいつもの爽《さわ》やかな好青年の仮面は忘れない。

「レイチェル、お帰りなさい。ハプテル伯爵家は楽しかった？　これは僕の愛する奥様にプレゼントだよ」

抱《かか》えきれないほどのマーガレットの花束を見せると、レイチェルがやっと僕と目を合わせてくれた。彼女はゆっくりとそれを受け取る。

レイチェルは、相変わらず絶世の美女だ。しっとりとした長い睫毛《まつげ》は夜空の星のように煌《きら》めいていて、一瞬で魂《たましい》を奪われる。

きっと花束を見て感動しているのだろう。表情は人形のように硬いままだが、僕はレイチェルの感情の起伏《きふく》を感じ取ることができる。

僕が微笑むと、彼女は視線を逸《そ》らした。そして平坦な口調で言い放つ。

「こんなにお花を買ってきて……花瓶に入りませんわ。どこかで花売りの少年がたくさん泣いていたのですか？」

冷たい言い方をするけれど、心の中では後悔しているのだ。

そういうところも全部可愛らしくて、思いきり抱きしめて、その柔らかな肌に頬ずりしたくなる。僕はその衝動を抑えた。

「はは、違うよ。僕からレイチェルへのプレゼントだ。今日はなんの日かわかってる？」

「私が知るわけがありませんでしょう」

「君と結婚式を挙げてからちょうど今日で百日目だ。僕はあの日の感動を、すぐに思い出せるよ。愛する女性と初めて結ばれた日だからね」

僕がそう言うと、レイチェルが何もない場所でつまずいた。

「きゃあっ！」

僕は彼女の腰を抱いて支える。彼女は両手いっぱいに花を抱《かか》えていたので、危《あや》うくその美しい顔を扉に打ちつけるところだった。普通なら咄嗟《とっさ》に花を離して手をつくだろうが、彼女はそうしない。僕からもらった花が大切だからだ。

そういう健気《けなげ》でいじらしい女性なのだ。

(なんて可愛らしいんだ。あぁ、今も僕に腰を抱かれて、照れているに違いない)

彼女の心の内を想像するだけで、居ても立ってもいられなくなる。わざと彼女に顔を近づけて、ふぅっと耳に息を吹きかけた。案の定、腰がビクリと動く。

僕は、思わず笑い出しそうになるのを堪《こら》えなければいけなかった。

「大丈夫？　レイチェル。疲れているのかな？」

「気になさらないでくださいませ。ただの立ちくらみですから」

(立ちくらみは立ち上がったときに起こるものだよ。本当にレイチェルは可愛いなぁ)

レイチェルと結婚することができて僕は本当に幸せ者だと、改めて噛みしめる。

でも、いつもと違って、彼女はどこかよそよそしい気がする。

(やはり何かを隠しているんだな。こうなったら、なんとしてもワインを飲ませて理由を聞き出すしかないようだね)

それから僕は、彼女といつも通りの夜を過ごし、僕の寝室に二人きりになった。

レイチェルを長椅子に座らせて、その隣に腰を下ろす。

すでに策は練《ね》ってある。

ワクワクと浮かれながら、レイチェルにワインの入ったグラスを渡した。

薄いネグリジェを身につけた彼女の体の線が、月明かりにぼうっと浮かんでいる。その完璧なスタイルと美貌《びぼう》に息を呑んだ。

「レイチェル。今夜は記念の日だ。だから一緒に乾杯しよう」

レイチェルは相変わらずの無表情で、グラスを受け取った。

本当は嬉しいくせに、上手《うま》く感情を表せない不器用な彼女を見ると、愛《いと》おしさが募る。

（あぁ、この瞳が生涯僕だけを映せばいいのに……）

そんなことを思いながらグラスを合わせると、彼女はグラスを取り落とした。寝室の床に、ワイングラスの欠片《かけら》が飛び散り、赤いワインの染《し》みが広がる。

「あっ！」

僕が怒ると思ったのだろう。いつもの無表情が更に怖いほど固まった。

息すらしていないように見えて、まるで本物の『妖精の人形』のようだ。

（きっと彼女は動揺しているから、落ち着かせてあげないと）

僕はレイチェルの前に跪《ひざまず》いて、彼女を守る騎士のようにその手を取った。そして僕のグラスを代わりに渡す。

「危ないから、レイチェルは触らないで。もう遅い時刻だから、ベリルとエマは寝ているかもしれないね。起こすのは可哀想だから、僕が片づけるよ」

こんな風に誰かを気遣《きづか》うのは慣れている。昔から僕はこうやって、誠実で純真な青年を演じてきたから。そのほうがこの世の中で生きやすいことはわかっていた。

だが、レイチェルに対する気遣《きづか》いは全く別物だ。本心から彼女をいたわってあげたい。

「大丈夫、レイチェル。僕がワインをグラスに注ぎすぎたんだ。ごめんね」

「箒《ほうき》と塵取《ちりと》りは一階の角の収納にありますわ。雑巾《ぞうきん》は緑の刺繍《ししゅう》がついているものをお使いくださいませ」

彼女が相変わらずの無表情でつぶやいたので、僕は思わず苦笑した。

(そんな風に言ったら、君が僕に内緒《ないしょ》で屋敷の掃除をしていることがばれてしまうよ。普通の奥様はそんなものの場所など知らないからね。本当に可愛いな。惚《ほ》れ惚《ぼ》れしてしまうよ)

「わかった。すぐに取ってくるからレイチェルはそのまま動かないでね」

僕はそう言って、悶《もだ》える内心を押し隠しながら、寝室を離れた。

レイチェルは、僕とは違って本当に純真で無垢《むく》な女性だ。

絶対に汚《けが》してはいけない聖域《せいいき》のようなもの。大切にして、死ぬまで慈《いつく》しみたい。

自分の中にこんな激しい感情があったなんて、レイチェルに会って初めて知った。

「愛してる、レイチェル」

想いが心から溢《あふ》れて、僕は小さくつぶやいた。

◇　◇　◇

(あぁ、どうしましょう！　ライアン様と結ばれて百日目の記念の乾杯なのに、ワイングラスを落としてしまったわ。ライアン様は怒っていないかしら……)

ライアン様はいつも通りの笑顔で掃除道具を探しに行ったが、やっぱり不安だ。

だというのに、ライアン様の寝室はやはりいい匂いがして、浮かれてしまう。

毎日、心を込めて念入りに掃除している部屋。慣れているはずなのに、どうしてこんな気持ちになるのだろうか。

(浮かれては駄目よ！　今夜はライアン様に、真実を聞かなくてはいけないのだから！)

そう思っても、つい隣にあるクッションに目がいく。

さっきまでライアン様がもたれていた……そのクッションに。

ライアン様の背中の形を残しているそれは、きっとまだあたたかいに違いない。

(ちょ、ちょっとだけ匂っては駄目かしら……？　ほんの少しだけ……。きっとライアン様の香りがして、少しは不安がましになりそうだもの)

ワインを右手に持ったまま、私はクッションにそうっと顔を近づけた。

太陽の匂いの中に、かすかに石鹸《せっけん》の香りと大好きな旦那様の匂いが混ざっている。

心の奥があたたかくなって、幸福感で全身が満たされた。

(ふわあぁ、いい匂い……大好きです、ライアン様！　今夜こそはライアン様に愛していると伝えて、お父様が強制したから私と結婚したのか聞いてみましょう。あぁ……なんていい香りなのかしら……ふぁぁぁ)

ふと水音が聞こえて、意識が引き戻される。

はっとして体を起こすと、手に持ったグラスが傾いてワインが床に零れていた。クッションの匂いを嗅《か》ぐのに夢中で、気付かなかったのだ。もうグラスの中身はほとんど残っていない。

「あぁ、どうしましょう！　せっかくライアン様が注《そそ》いでくださったワインなのに！」

そうつぶやくと同時に、ライアン様が掃除道具を手に戻ってきた。

最初に落としたワインの上だったので、彼は私がまた零したことには気が付いていないようだ。手際よくガラスの破片を片づけワインを拭《ふ》き取ると、ライアン様は私に言った。

「もうそんなに飲んだんだね。ふふ、今日のワインは特別に買ってきたアルコール度数の高いワインだから、すぐに気持ちよくなるよ。どう？　体がフワフワしてきたんじゃない？」

嬉しそうなライアン様に、零してしまったとは到底言えない。

とにかく首を縦に振って同意した。そして、同時に決意する。

（駄目よ駄目よ、レイチェル！　ライアン様に愛しているってお伝えして、真実を聞かないと！　引き延ばせば引き延ばすほど言いづらくなるのは、今までで実証済みだわ！）

私は勇気を振《ふ》り絞《しぼ》り、精一杯のデレを披露《ひろう》する。

「ライアン様っ！」

あまりに緊張したので、単調だけれども、すごく大きな声になってしまった。

ライアン様が目を丸くしている。

「どうしたの？　レイチェル。もうお酒が回ってしまったの？」

「私はライアン様を心から愛していますわ！」

ライアン様の質問には答えず、一息《ひといき》で言い切る。

（やった！　やったわ！　ようやく言えたわ！）

初めてライアン様に愛を伝えることができたのだ。

でも、すぐに俯《うつむ》いて目を閉じる。なんとか言葉を絞《しぼ》り出したのはいいが、ライアン様の反応が怖くて顔をまともに見られない。心臓が口から飛び出しそうだ。

（あぁ、でもこれで満足していたら駄目よ！　ライアン様のお気持ちを聞かないといけないわ。強制されて私と結婚したのかどうかも！　アレクシア様とのことだって！）

そう考えていると、いつもより低いライアン様の声が聞こえた。

「うん、知っているよ。でもレイチェルは最近、僕に隠しごとをしているよね。さぁ、一体何に悩んでいるのか白状して。僕はね、ずいぶんと君に怒っているんだ」

「………………え？」

形容しがたい言葉の圧力に、瞼《まぶた》を開けられなくなる。あれほど緊張した告白に、こんなネガティブな反応が返ってくるとは思ってもみなかった。

（喜んでくれないのかしら？　それになんだか、ライアン様の様子がいつもと違うわ。心なしか話し方も乱暴だし）

「何も答えない気なのかい？　だったら自分から言いたくなるようにしてあげる」

そう言うと、ライアン様は私の体を突然抱き上げて、ベッドに放り投げた。マットレスが揺れてベッドがきしんだ音を立てる。

「ライアン様⁉」

痛くもなんともないが、こんなに乱暴なライアン様は初めてだ。

（ど、どうしたのかしら。ライアン様、これは新しいぷれいなのですか？）

反射的にベッドの反対側に這《は》うようにして身を寄せると、ライアン様が背中から腕を回して、私を抱《かか》え込んだ。いつの間にか彼の指がネグリジェの下に潜《もぐ》り込んでいる。

その指先は迷いもせずにパンティーの下の秘所にまで辿《たど》り着き、敏感な蕾《つぼみ》を指でつまんだ。

「や、おやめくださ……！」

背中にびりりと電気が走ったような感覚があって、言葉が途切れる。なのにライアン様はその手を緩めない。それどころか何度もこすり上げた。

時間をかけてゆっくりと愛《め》でるような、いつもの愛撫《あいぶ》とは全く違う。

（もしかして、ライアン様を怒らせてしまったのでしょうか？　でもどうして……!?）

わけがわからないまま、私はライアン様の愛撫《あいぶ》を受け入れた。背後から抱きしめられているので、彼の様子はわからない。

けれども次第に激しさを増す彼の息遣《いきづか》いだけが、官能に侵《おか》されているのを知らせてくれる。

彼の指先は蕾《つぼみ》にとどまらず、膣の中に侵入してきた。数本の指の腹を、繰《く》り返し膣壁に擦《こす》りつけられる。

次第に下半身が痺《しび》れてきて、瞬《また》く間に官能の雫《しずく》が股の間に集まってきた。

唐突に、ライアン様が声を出す。

「レイチェル。もしかしてあの日、ヴィーデル卿と何かあった？　無理やりキスされたとか。それで悩んでいるの？」

（ライアン様、どうして今そんなことをお聞きになるのでしょうか……？）

声が出せそうにないので、私は首を横に二回振って否定する。

快感に浮かされ、ライアン様の質問に集中できない。

彼は全ての指を使って私の蜜壺を愛撫《あいぶ》しながら、更に問う。

「だったら、どうして狩猟会から戻ってきてから君の様子がおかしいのかな。……じゃあ、レイチェルの悩みはやっぱりアレクシアか。今日、彼女が君を訪ねてきたと聞いたよ。もしかして、狩猟会のときにも同じことを言われたのかな。僕を愛しているから別れろとでも泣かれたの？」

その台詞《せりふ》に心臓が凍りついた。かすかな声が口から漏れる。

「――あ」

それで答えを察したらしいライアン様は、小さな笑い声を零した。

「ふっ、そうか。本当に鬱陶《うっとう》しい女だな」

思ってもみない言葉が聞こえ、耳を疑う。しかも彼の声も、今まで聞いたことがないほど冷たい。

（ライアン様がこんな乱暴な言葉をお使いになるなんて……鬱陶《うっとう》しいって私のことかしら、それともアレクシア様……？　いいえ、違うわ。だって、アレクシア様はライアン様ととても親しいもの。鬱陶《うっとう》しいならば、狩猟会で彼女を助けないはず。きっと、私のことを言っているのだわ）

あまりにショックで声が出せない。心臓がズキンと痛みを放った。

そんな私に構わず、ライアン様の手は私の下着の中に入ったまま。一向に愛撫《あいぶ》をやめる気配はなく、一層体中が痺《しび》れてきて動けなくなる。

ライアン様に悦楽《えつらく》を教えられた体は敏感で、どんな些細《ささい》な刺激でも拾ってしまう。心はぐちゃぐちゃなのに……体は素直にライアン様に反応してしまうのだ。

（あっ、はぁっ……んっ！）

もう少しで達しそうになったとき、ライアン様が指を止めた。

全身の高ぶった波が引いていき、行き場のないもどかしさだけが残る。まるで勢いを増した高潮が、さぁっと引いていくように……

ライアン様は人形の私を満足そうに眺めると、再び指を動かし始めた。そうしてまた達しそうになったときに指を止める。

それが三回繰《く》り返されたとき、ようやく彼がわざと焦《じ》らしているということに気が付いた。

「ライアン様……どうして」

抗議の声を上げると、彼はとても楽しそうに笑った。

「なんなの、レイチェル。僕にしてほしいことがあるなら、はっきり言ってくれないとわからないよ。ヴィーデル卿とは、本当に何もなかったんだよね」

ライアン様はそう言いながら、再び蕾《つぼみ》を巧《たく》みに攻め始める。そして何度達しそうになっても、決してイかせてくれない。もどかしさでおかしくなりそうだ。

（きっと、私に怒っているのだわ。まだアレクシア様を愛しているのね）

絶望に覆《おお》われた心とは反対に、体は更に敏感になっていた。

いつもは感じていてもあまり濡れないのに、今はライアン様の指が動くたび淫猥な水音がする。

くちゅりくちゅりという音が、寝室に響いた。私が羞恥《しゅうち》を募らせると、愛液の音はより激しさを増していくのだ。

なのに、ライアン様が私をイかせてくれる気配は全くない。それどころか私の反応を見て、楽しんでいるようだ。

「あ、ライアン様……もうなんでもいいからイかせてください」

恥を忍《しの》んで声を絞《しぼ》り出すと、ライアン様は笑い声を上げた。

「ははっ、わかったよ。でもどうせなら、僕が中にいるときにしてほしいな。だからまだ我慢して。できるよね、レイチェル」

そう言うと、ライアン様は背後から私の腰を掴《つか》んで持ち上げた。まるで犬のような格好をさせられて、恥ずかしさが倍増する。

こんな風に背中を向けたままで抱かれるのは初めてだ。私の顔も見たくないと思うほど、怒っているのだろう。

きっとこれはライアン様なりの抵抗。胸の奥がズキンと痛む。

次の瞬間、脚の間を割って、いきなりライアン様の硬い剛直が挿入された。こんな風に乱暴に挿入されたのも初めて。

けれども充分に濡らされた膣は、その熱い高ぶりを簡単に受け入れた。

ぬるっとした感触とともに、今まで感じたことのない快感が、波のように押し寄せる。

（…………っ！　ふぁっ！）

ライアン様が桃色の吐息を零す。

「は……あぁ、いいよ。レイチェル……」

その悩ましい声に、全身の細胞が悦《よろこ》んだ。

そして、何度も激しい挿入が繰《く》り返される。濡れそぼった蜜口が、そのたびにぐちゅりと音を立てた。

私はシーツを握りしめて、揺さぶられる体を必死で支える。

脳を震わせるような快楽に浸《ひた》りながらも、身が凍るような切なさに心を曇《くも》らせた。

(あぁ、ライアン様。ごめんなさい。私の存在があなたを苦しめていたのね。あなたと愛する女性との間を引き裂《さ》いてしまったのだわ)

ライアン様とアレクシア様は恋人同士だったのだ。なのにお父様とお兄様が、仲間の騎士を救うことと引き換えに私との結婚を強制した。

今日アレクシア様が屋敷に来たと知って、やるせない気持ちがよみがえったのだろう。

もしかして彼女への愛を再確認したのかもしれない。

(ごめんなさい、ライアン様……あぁ、心はこんなに苦しいのに涙さえ出ないなんて……)

次第にライアン様の動きが激しくなっていき、頭が真っ白になってきた。

ベッドがきしんで壊れた楽器のような音を出す。汗ばんだ肌が合わさる音と悦楽《えつらく》の吐息も重なって、淫猥な協奏曲を奏でた。

「レイチェルっ！」

ライアン様が私の名を叫んだとき、私たちは同時に達したようだ。

瞬時に押し寄せた波が、泡を伴《ともな》って弾《はじ》けた。

（あぁっ！　んっ！）

私は背を反《そ》らして、汗ばんだ髪が張りつく腰をビクビクッと跳ねさせる。

その余韻《よいん》を噛みしめたあと、ベッドに倒れ込むようにうつ伏せになった。

ライアン様は隣に横たわると私の肩を抱き、自分のほうに引き寄せる。

しばらくそのままでいたのだけれど、彼はふと思いついたように私に顔を向けた。それからいつもと変わらない、穏やかで優しい声で言う。

「今夜はあまり声を出さなかったね。表情も硬かったし。きっとアレクシアのせいで疲れたんだろう。もう寝よう」

彼は枕元の灯《あか》りを消そうとするが、問題はまだ何も解決していない。

このままでは駄目だと、私は心を震わせながらも勇気を振《ふ》り絞《しぼ》った。

「ライアン様、アレクシア様のことはどうなさるおつもりなのですか？」

私の質問に、ライアン様は見たことのない笑みを浮かべた。まるで何か企《たくら》んでいるような……そんな表情。

「大丈夫。アレクシアはしばらく隣国へ行かせるつもりだから。レイチェルの心配事はすぐに消えるよ」

その言葉に更に衝撃を受ける。

(そ、そんな！　もしかしてライアン様はアレクシア様と一緒に、隣国に駆け落ちされるおつもりなのでしょうか！)

私たちの結婚で、対立していた騎士団と貴族院の距離は近づいた。

もしライアン様が私と離縁してアレクシア様と一緒になろうとすれば、以前より双方の関係が悪化することは間違いない。

その場合、駆け落ちするしかお二人が一緒になる道は残っていないだろう。

政治がよくわからない私にも、簡単に想像できる。

「僕も狩猟会の日から散々君に悩まされて疲れてしまった。もう寝ることにするよ……おやすみ、レイチェル」

しばらくすると耳元でライアン様の柔らかい寝息が聞こえてくる。私を抱きしめたまま眠ってしまったようだ。

(ライアン様……狩猟会のときから私のことで悩んでいたのね。ということは、やっぱ

りあのときから、アレクシア様を忘れられないご自分の気持ちに気が付いていたのだわ）

ライアン様は、アレクシア様をまだ愛しているのだ。

ならば最愛の旦那様のために私ができることは、何も言わずに身を引くことしかないだろう。

想像するだけでも身が切られるように辛《つら》いが、これは前から決めていたこと。ライアン様がアレクシア様を愛しているならば、何を犠牲《ぎせい》にしてでもそれを後押ししてあげるのだと。

（でも、王国やライアン様にご迷惑をかけないよう離縁するには、どうしたらいいのかしら……あぁ、頭の中が真っ白で何も考えられないわ）

私から離縁をお願いしたら、お父様とお兄様がライアン様を責めることは目に見えている。

彼らは、私がライアン様をどれほど愛しているか知っているから。

（だったらもう……これしか道はないわ。私がいなくなればきっとみんなが幸せになれる。苦しいけれど、ライアン様のためにしてあげられることは、こんなことくらいしかないもの）

私はそっと彼のほうを向いた。ライアン様はぐっすり眠っているようで、息をするたびに銀色の長い睫毛《まつげ》がわずかに揺れている。

丸いラインのおでこに、流れるような曲線を描く鼻筋。唇がほんの少しピンクがかっているところも大好きだ。

最後に、最愛の旦那様のお顔を目に焼きつけておきたい。

その一心で、瞼《まぶた》に力を込めてライアン様の寝顔を見つめる。

（これが見納めになるのね。だったら今夜はずっと寝ないで眺めていましょう……）

ライアン様の手の上に、そっと自分の手を添えた。いつもと変わらずあたたかくて、泣きそうなほどホッとする。

愛する旦那様がこの世に存在しているだけで、私は幸せなのだ。

「ライアン様はアレクシア様とお幸せになってください。レイチェルはこの世から消えます」

私は小さな声でつぶやいた。

瞼《まぶた》の裏に焼きつけるように彼を見ていると、何故だか頬があたたかい。

不思議に思って手をあててみると、指先に透明な液体がついていた。それが何か気が付くのに、しばらく時間がかかった。

（このあたたかいもの……これが涙なの……？）

ライアン様との結婚が決まったときですら出なかった涙が、皮肉にもいまここで流れたのだ。

「愛していますわ、ライアン様」

ぼんやりと月明かりが照らす部屋の中。私は、ずっとライアン様の寝顔を見ていた。

朝なんか永遠に来なければいい。そう強く願いながら……

6　旦那様の幸せが一番です

来ないでほしいと思っても朝は来るもの。

悲しいことに、朝日がうっすらと寝室に差し込んできた。

あれからずっとライアン様の寝顔を見ているけれど、全く飽《あ》きない。

それどころか愛《いと》しさが増して、切なくて苦しくて心臓が張り裂《さ》けそうだ。

(あぁ、大好きです。ライアン様……)

いつもなら彼が目覚める前に自室に戻るのだけれど、今日はしない。

ライアン様を一晩中眺めていたので、髪がはねていることも涎《よだれ》が垂れていることもないはずだから。

(目が覚めたとき、一番におはようと言って差し上げたいわ)

それからあまり時間が経たないうちに、ライアン様が目を覚ました。銀の睫毛《まつげ》が上下に動いたあと、エメラルドグリーンの瞳が現れる。

彼は目の前に私がいることに驚いたのか、目を大きく見開いて飛び起きた。

「どうしたの、レイチェル！　どうしてまだ僕のベッドに!?」

シーツが彼の体から滑《すべ》り落ちて、ほどよく筋肉のついた上半身が見えた。不覚にもドキリとしてしまう。

「おはようございます。ライアン様」

これが最後の朝の挨拶《あいさつ》。

そう考えると、胸の奥が絞《しぼ》られるように痛くなる。そして再び、彼への愛を募らせるのだ。

（あぁ、なんて格好いいのかしら。やっぱり私、ライアン様が大好き）

もっとお顔を見ていたかったけれど、照れくさくて目を逸《そ》らしてしまう。

彼が眠っているときなら大丈夫なのに、起きているときはとても難しい。

ライアン様はいつも通り、爽《さわ》やかな笑みを浮かべた。

「おはよう、レイチェル。早起きだね、よく眠れた？」

「ええ、いつも通りに」

はちきれんばかりの切なさを押し隠し、ライアン様に背を向け立ち上がる。そして自室へ続く扉へ向かった。

ドアの取っ手に指をかけると、背中からライアン様の爽《さわ》やかな声が追いかけてくる。

「レイチェル。なんだか様子がおかしいけど、何かあった？」

心がビクリと震える。私はいつもより平坦な声を装《よそお》い、ライアン様に言った。

「大丈夫です、どうしてそんなことを聞くのですか」

「アレクシアが君に言ったことを気にしているなら、心配しなくていい。彼女は魅力的な女性だけど、僕が愛しているのはレイチェル、いつだって君だよ」

（アレクシア様は魅力的な女性……鬱陶《うっとう》しい女というのは、やっぱり私のことだったのね。そんな優しい嘘までついて、ライアン様は自分を犠牲《ぎせい》にされるつもりなのだわ）

心憂《こころう》さで胸がいっぱいになって、一瞬だけ振り返る。

シーツを腰までかけた彼は、男性の色気があってとても素敵だ。

どきりとして、やはり彼を愛しているのだと思い知らされる。

（両親やお兄様でさえ気付かない心の変化を、ライアン様だけは気付いてくださる。それだけで充分だわ）

だから、あとは彼の幸せだけを祈るのだ。

「ええ、わかっています。では着替えてきますすね」

いつもの調子で答えると、私は扉を閉めた。

まだ朝早いので、ベリルとエマは眠っているだろう。私は机に向かい、手紙をしたためることにする。

　私がいなくなったあと、この屋敷は変わってしまうだろうか……？

（いいえ、そんなことはないわ。きっとほとぼりが冷めてから、アレクシア様がライアン様とここに住むのよ。あの方は社交的だし、私よりもライアン様のいい奥様になるはずだもの）

　ライアン様の隣に、私ではない女性が並ぶことを考えるだけで胸がひりつく。

　今使っているこの机も椅子も、このペン一つまで、アレクシア様のものになるのだ。

（辛《つら》いけど、ライアン様がお幸せになるのなら、どんなことだって我慢できるわ）

　これからレイチェル・ブルテニアはこの世から消える。

　そうしたら、この絶望的な気持ちも、一緒に消えてしまうのだろうか。

　手紙を書き上げると、私はそれらを底の浅い手紙箱に入れた。

　それからベリルを呼んで、いつも通り着替えを手伝ってもらう。

　今日は時間をかけて念入りに化粧をして、とっておきのドレスを身につけた。

　ライアン様には、私の一番美しい瞬間を覚えていてほしい。ベリルがそんな私を見て冷やかすように笑う。

「うふふ、そんなに張り切られて、今日こそはライアン様に愛しているとお伝えするのですか？」

百回のツンに一回のデレ。

それならば昨夜、もうすでに成功している。勇気を出して愛していると伝えたのだ。

(でも、ライアン様はそれほど喜んでくださらなかった。そうよね、私とは強制されて結婚したのだもの)

けれど、ベリルにそう説明するわけにはいかない。私が今からすることがわかってしまうかもしれないから。

私は無表情のまま、平坦な口調で答えた。

「そうできたら、いいわね」

普段と変わらない朝のダイニングルームで、最後の朝食をライアン様といただく。

彼は私がこっそり仕立てさせたシャツを着て、騎士の上着を羽織っている。エマが気を利《き》かせて勧《すす》めてくれたのだろう。

襟元《えりもと》にグレーの線が入ったシャツ。その襟《えり》のフォルムも完璧で、それを身につけたライアン様は、私の想像の数倍も素敵だった。

絵本の『運命の騎士』そのもののお姿に、私は眩暈《めまい》がしそうなほど萌《も》えてしまう。

(もう、こんなライアン様のお姿を見ることはできなくなるのね)

すると、ライアン様は爽《さわ》やかな笑みを浮かべた。

「レイチェル。来週、一週間ほど休暇を取るつもりなんだ。どこか誰もいない場所で、ゆっくり二人きりで過ごそう」

彼の優しさに、胸がじーんと熱くなる。

(きっとライアン様は、そのあとにアレクシア様と駆け落ちをなさるおつもりなのだわ。だからその前に、一緒に過ごすお時間をくださったのね)

「私はご一緒できるかどうかわかりませんわよ」

正直に答えたのだけれど、計《はか》らずもいつもの受け答えになってしまった。もう人形のふりをする必要はないのに……皮肉なものだ。

ライアン様はにっこり微笑むと、優雅な動作で席を立つ。

(仕事に向かわれるのね。本当にもう最後だわ。二度とライアン様のお姿を見ることはない)

心臓がねじれるように痛む。

彼は私のところまで颯爽《さっそう》と歩いてきて、頬にキスを落とした。

「愛しているよ、レイチェル。僕の大事な奥様。じゃあ、仕事に行ってくるね」

「行ってらっしゃいませ、ライアン様」

心の中で号泣しながら、最後の別れの挨拶《あいさつ》を胸に刻《きざ》む。別れ際のライアン様の背中は、とても大きく感じられた。

もうライアン様は行ってしまったというのに、閉じた扉からずっと目を離せない。

何分もじっと扉を見つめたままの私に、ベリルが呆《あき》れた声を出す。

「せっかくお洒落《しゃれ》なさったのに、また愛しているとお伝えできなかったのですね」

私は一呼吸置いて答えた。

「――そうね。本当に私って駄目な奥様だわ」

いつもより落ち込んでいることが伝わってしまったのだろうか。ベリルが慌《あわ》ててフォローする。

「そ、そんなことは絶対にありません。奥様は本当に頑張っておいでです！　私とエマは奥様のことを応援していますから！」

エマも、何度も大きくうなずいた。

「ふふ、そう言ってくれてありがとう、ベリル。それに、エマもいつもありがとう。二人にはとても感謝しているのよ。じゃあ私、掃除用の服に着替えてくるわね」

自室に戻ると、いつもの廉価《れんか》なドレスに着替える。でも今日は掃除をするためではない。

（そうだわ、彼女たちにも何か残しておきましょう。真珠のペンダントなんかいいかも

しれないわ。それを見て、時々私のことを思い出してほしいもの。私には、もう必要ないものだし）

私はベリルとエマにあげるものを選んで袋に入れ、それぞれに彼女たちの名を書いた。そして手紙箱と一緒に、ライアン様の寝室の机の上に置く。

もう私がこの屋敷に戻ることはない。

このドレスなら、町に出ても目立たないだろう。顔をショールで隠せば、誰も私だとは気付かないはず。

私は数日分の下着と服を、鞄《かばん》の中に詰め込んだ。

最後にもう一度ライアン様の部屋に行き、最愛の旦那様の匂いを嗅《か》ぐ。

かなり迷ったのだけれど、他にも必要だと思ったものを鞄《かばん》の中にしまった。

覚悟を決めてから、そっとライアン様の寝室をあとにする。

こっそり階段を下りる途中、部屋を掃除しているベリルとエマの会話が聞こえた。エマが明るい口調で語る。

「奥様、遅いですね。また旦那様の部屋でシーツの匂いでも嗅《か》いでおられるのでしょうか？」

ベリルはため息をつきつつ、それに答える。

「そうですね、この間は旦那様のパジャマを着て、じっと立っていらっしゃいました。見かけがああですから、とても奇妙な光景で……。でも『まるで旦那様に抱きしめられているようなの』って惚気《のろけ》られたら、何も言えなくなってしまいましたけど」

「毎日当てられてしまいますね。おかげで私も早く結婚したくなってきました」

「少し放っておいてあげましょう。うちの奥様は本当に旦那様を愛しておられますからね。ふふ」

そう言って、二人で笑い合っている。

(恥ずかしくて耳をふさぎたい内容だけれど、そういえばそんなこともあったわね。今となればいい思い出だわ)

そっと扉の隙間《すきま》から二人の姿を盗み見て、聞こえないくらい小さな声で別れの挨拶《あいさつ》をする。

「ベリル、エマ。今までありがとう。二人と一緒にお掃除ができて本当に楽しかったわ」

そうして私は裏口を抜けると、屋敷の門をくぐった。

ライアン様の屋敷は王都の隅にある。玄関を出て三十分ほど歩くと、そこはもう小さな町だ。

多少の現金は持ってきているし、今の私は何もできない貴族令嬢でもない。節約生活のおかげで、庶民の暮らしにはずいぶん詳しくなっている。

(誰かに騙《だま》されることはないはずよ。多分……)

庶民は乗合い馬車なる便利なものを使うと聞いた。なんとか乗り場を探し出し、乗車券を売っている小屋を見つけた。

そこには、無精《ぶしょう》ひげを生《は》やした中年男性が座っている。私だとわかってはいけないので、慎重に話しかけた。

「ここから一番遠い町に行く馬車はどれですか?」

「あぁ、それなら国境沿いの、ハームウェーまでの馬車がある。あと一時間ほどで出るよ。片道三十ギニーだが、いいかい?」

彼はショールを目深《まぶか》に被《かぶ》った私を訝《いぶか》しんだようだけれど、現金を見ると快《こころよ》く乗車券を渡してくれた。私はぴったり三十ギニー分の硬貨を渡す。

(よかったわ。この馬車に乗れば、ライアン様には私の居場所がわからないはず。お父様やお母様、メルビスお兄様には申し訳ないけれど、もう私にはこれしか道はありません。ごめんなさい)

私は停留所の長椅子に腰かけて待つことにした。

時刻は朝の九時。出発までまだ時間はある。

通りでは、まだ幼い子どもたちが大勢遊んでいる。みんなで集まってとても楽しそうだ。その隙間《すきま》を、大きな荷物を持った人たちや馬車がひっきりなしに通り過ぎていく。王都の中心部へ向かっているのだろう。

どこかにバイオリン弾きがいるのか、軽やかな音楽がかすかに聞こえてきた。

町の様子をぼんやりと眺めていると、一人の子どもがボールを追いかけて走っていく姿が見えた。そのすぐ傍まで馬車が迫《せま》っているが、馭者《ぎょしゃ》は気が付いていないようだ。

(このままでは馬車に轢《ひ》かれてしまうわ！)

思わずその場で立ち上がって叫ぶ。

「駄目、止まってっ！」

けれども石畳《いしだたみ》を走る車輪の音に掻《か》き消されて、私の声は誰にも届かない。

(このままじゃ危ない！)

体が自然に動き、子どもと馬車の間に躍《おど》り出た。そうして思い切り両手を広げる。

頭に巻きつけたショールが外れて、地面へひらひら落ちていく。

はっと気付くと、目の前には馬の大きな蹄《ひづめ》があった！

(もう避《よ》けられないっ！)

咄嗟《とっさ》に子どもを抱《かか》え込んだ。次の瞬間、頭に強い衝撃を感じて目の前が暗転する。子どもの泣き声が聞こえるが、それもすぐに小さくなり、消えてなくなった。

最後に思い浮かぶのは、やはりライアン様の笑顔。

（私、馬に蹴《け》られて死ぬのかしら……あぁ、それならよかったわ。ライアン様は問題なく私と離縁できるもの。……愛していますわ。ライアン様。心から……あなただけを）

そうして、私の意識は暗黒色に染まった。

◇◇◇

僕の愛する奥様、レイチェルの様子がおかしい。

朝、僕よりも先に起きたのに自室に向かわなかったこともそうだ。

数日前からおかしかったが、今朝《けさ》はそれに輪をかけて不審だった。二人きりで旅行に行こうと誘ったのも、それが理由だ。

騎士団は今忙しい時期だが、僕にとってレイチェルは仕事よりも何よりも一番大切だから。

黙々と思考しながら騎士団の会議室に入ると、女性の声が聞こえた。

「おはよう、ライアン。偶然ね」

アレクシアが、また騎士団に顔を出していた。父であるバートラム隊長に用があるというが、そんな浅はかな嘘はすぐにわかる。

レイチェルと結婚する前からあからさまにアプローチされていたが、僕はそれをのらりくらりとかわしていた。それもこれも、彼女が直属の上司の娘だから。

アレクシアが僕と昔恋仲だったという噂を流していることは、僕の耳にも入っている。

(これ以上大事な奥様を悩ませるのならば、容赦《ようしゃ》しない。僕はかなり頭にきているんだ。アレクシア、君は一線を越えてしまった)

昨夜レイチェルにも言ったが、アレクシアには隣国へでも行ってもらおう。

レイチェルは酔っていたから、僕の言葉はもう忘れているはず。突然アレクシアの姿が消えても、僕のせいだとは露《つゆ》ほども思わないだろう。

バートラム隊長に気付かれないように策を練《ね》るのは困難だが、これ以上彼女の自由にはさせない。

僕は怒《いか》りを抑え、表面上は和《なご》やかに話しかける。

「アレクシア、昨日レイチェルに会ったんだって？　彼女に何か言った？」

「え、あ……」

アレクシアは顔を赤くさせて口ごもると、僕を人気《ひとけ》のない場所に連れ出す。そして僕の手を取り、潤《うる》んだ目で見上げた。頬には一筋の涙が伝っている。

彼女は僕の胸に縋《すが》りつき、甘えた声で弁解を始めた。

「ごめんなさい。あなたが宰相と取引をして結婚させられたって、お父様が話しているのを聞いたの。それで、居ても立ってもいられなくなって。今まで黙っていたけれど、私ライアンが好き！　だから、誰かの犠牲《ぎせい》になっているあなたをこれ以上見たくないわ！」

それを聞いて、僕は奥歯を噛みしめた。

（宰相との取引。あれは宰相と僕以外は、ハプテル伯爵と騎士団幹部しか知らないはず。まさかそんなことまで言ってしまったとは。道理でレイチェルの様子がおかしいはずだ。アレクシアが盗み聞きをしていたなんて、計算外だった！）

アレクシアへの嫌悪《けんお》が募るが、なんとか爽《さわ》やかな好青年を装《よそお》う。

「それは困るな。それは機密漏洩《ろうえい》だよ。最悪、バートラム隊長は罰せられるかもしれないね」

「え……？」

思いもよらぬ言葉に驚いたのだろう。彼女は涙をすぐに引っ込め、目を大きく見開いた。僕は、さも残念そうにアレクシアに告げる。

「あの北の国境の戦いは、隠密作戦《おんみつ》だったんだ。公《おおやけ》にはされていない。だから、宰相にしか助けを求められなかったんだけど……まさか隊長が娘に話してしまうなんて、これは重大な職務違反だよ。騎士団幹部だから罷免《ひめん》はないにせよ、降格処分はあり得る」

「な、何を言っているのライアン。私はお父様が他の隊長と話しているのをこっそり聞いただけで、私に話したわけじゃ……それに私、そのことはレイチェル様とあなたにしか話していないもの！」

　アレクシアは顔を青くして取り繕《つくろ》う。

（誤魔化《ごまか》すのに必死だな。でも、そのレイチェルに話したことが、僕にとっては一番の問題なのだけれどね）

　僕はこれ以上ないほど爽《さわ》やかに笑った。

　人間怒《いか》りを極《きわ》めると、表情は穏やかになるのだと知った。

「そんなことは関係ない。僕はね、アレクシア。今の状態を、ことのほか気に入っているんだ」

「ライアン、な、なんだか今のあなた怖いわ。どうしたの……？　少し落ち着いたらどうかしら」

　僕の変貌《へんぼう》が信じられないのだろう。彼女はぎこちなく笑った。けれど、僕は容赦《ようしゃ》せずに言う。

「レイチェルは君と違って本当に素晴らしい女性だよ。僕が誰かの犠牲《ぎせい》になっているとしたら、アレクシア、君だ。直属の上司の娘だからと無駄な時間を費《つい》やしたけど、もう近づかないでくれるかな？」

「ラ、ライアン……」

まさか自分のほうが邪魔者だとは思わなかったのだろう。青ざめた顔が更に白くなった。

だが情《なさ》けはかけずに、完璧に叩きのめしておく。でないと、彼女はまた僕の大切なレイチェルを傷つけるかもしれない。

「僕はね、君みたいな天真爛漫《てんしんらんまん》を装《よそお》った厚顔無恥《こうがんむち》な女性が一番嫌いなんだ」

「……っ！」

アレクシアは耳まで真っ赤にして、今まで見たこともない怒《いか》りの形相《ぎょうそう》になった。

そうして何も言わずに踵《きびす》を返し、あっという間に行ってしまった。

おそらく父親のところに泣きつくのだろう。僕は大きなため息をつく。

「バートラム隊長とぎくしゃくするのは困るけど、レイチェルが最優先だからね。さぁ、これからどうするかな……」

僕はそうつぶやいてから、壁にもたれる。そして、レイチェルのことを思っていた。

そう、僕が彼女と初めて会ったときのことを。


——あれは忘れもしない、新緑が芽吹き出した、春のはじめ。

人通りの少ない川沿いの道を、ワイルダーと馬を並べていると、遠くから悲鳴が聞こえた。

声が聞こえるほうに向かうと、そこにあったのは一目《ひとめ》で高位の貴族のものだとわかる豪華な装飾の馬車と、馬に乗った野盗の群れ。すぐ近くの道には、数人が血を流して倒れていた。

護衛らしき男が野盗と争っている中、別の野盗が馬車の中から怯《おび》え切った女性を引きずり出す。それほど間を置かずに、もう一人の女性が馬車から姿を現した。

それがレイチェルだった。

見たこともないほどの美貌《びぼう》の女性。

彼女は血まみれの剣を持つ荒々しい野盗にも決して怯《おび》えず、堂々と対峙《たいじ》している。

よく見ると、彼女は背中に侍女を庇《かば》っていた。

「さっさと私を連れていきなさい。でも彼女を殺せば、私も命を絶《た》ちますわよ」

緊迫した状況には全く似つかわしくない、平坦な口調と淡々とした態度。彼女には取り乱した様子はない。

それを見て、僕は彼女がハプテル伯爵令嬢だとわかった。

(これが、あの噂の『妖精の人形』……レイチェル・ハプテル伯爵令嬢か。確かに想像以上に美しい。そうだ、ここで宰相に恩を売っておくのも悪くないな。格好よく敵を倒して、深窓《しんそう》の令嬢を救出しておこう)

僕は穏やかで誠実な騎士の仮面を被《かぶ》り、颯爽《さっそう》と彼女を野盗から奪う。

そして僕の力を彼女に見せつけるよう、数人の野盗を同時に切りつけた。急所を的確に狙われた奴らは、地面に倒れ込む。

あとから来たワイルダーが、馬車の傍に残された侍女を救出した。どうやら侍女は気絶してしまったらしい。

そのまま馬を走らせ続けていると、レイチェルは腕の中で、僕をじっと見つめている。絶世の美女といわれる彼女でも、爽《さわ》やかな好青年の仮面には惑《まど》わされるようだ。

僕は心の中でほくそ笑んだ。

(僕を好きにならせるのは無理でも、多少なりとも恩義を感じて、父親に礼をしろと進言してくれればそれでいい。宰相の権力ならいろんなことができるからね)

僕とワイルダーで野盗を全滅させたあと、僕たちはレイチェルと侍女を連れて近くの診療所に駆け込む。そこは町の診療所で、たくさんの町民が診察の順番を待っていた。王国民にとって騎士は特別な存在。僕たちの姿を見るなり、最優先で診療所の奥へ通される。

けれども、レイチェルが意識のない侍女を先に診《み》てくれと頑《かたく》なに言い張ったため、僕らは町民で溢《あふ》れ返る待合室で待つことになった。

窮屈《きゅうくつ》な場所で待つのは苦痛だったが、ハプテル家の娘の言うことには逆らえない。

しばらくして、診察が終わったらしい老女が、杖をついて僕たちの前を横切った。足元がおぼつかないので、危なっかしくて見るに耐《た》えない。

僕はさっと立ち上がって老女の手を引き、外で待っている馬車まで連れていった。

僕は常に年寄りと子どもには親切にするよう心がけている。簡単に僕の評価が上がるからだ。

いつもの癖《くせ》で体が自然に動いたが、レイチェルが隣に座っていたことを思い出して後悔する。

(甘やかされた深窓《しんそう》の令嬢だ。彼女を放っておいたことを怒っているかもしれない)

慌《あわ》てて待合室に戻ると、子どもが大声を上げて泣いていた。膝《ひざ》に怪我《けが》をしているようだ。その隣で、母親らしき女性が子どもを泣きやませようと焦《あせ》っている。

けれど子どもは泣きやまない。それどころか、更に大声を上げた。

(困ったな。子どもは嫌いなんだ。あぁ、頭が痛くなってきたよ)

ふと、僕はポケットの中に飴《あめ》が入っていることを思い出す。

「この飴《あめ》はね、舐《な》めると強くなる魔法の飴《あめ》なんだよ」

適当なことを言って飴《あめ》を渡すと、すぐに子どもは笑顔になった。ようやく頭痛から解放されて安堵《あんど》し、礼を言う母親に爽《さわ》やかな笑みを振りまく。

周囲の人が手を叩いて僕を称賛する中、レイチェルの表情は人形のように硬いままで、何を考えているのか想像もつかない。

それにぞっとする。僕はレイチェルへの興味をあっという間に失った。

(いくら絶世の美女でも、さすがに僕の好みじゃないな。さっさと宰相に恩を売って家に帰ろう)

退屈な待ち時間を過ごし、ようやく医師から彼女の侍女の無事が告げられる。彼女はワイルダーが見ていてくれることになった。

そのあとレイチェルが医師の診察を受けたが、かすり傷一つないと言われた。

もうあんな騒がしい待合室はごめんだ。宰相の迎えが来るまで、僕たちは診療所の一室で待たせてもらう。するとレイチェルがようやくその口を開いた。

「助けていただいてありがとうございました。もう駄目かと思いましたわ」

表情のない顔に抑揚《よくよう》のない声。本当に礼を感じているのか怪しいほどそっけない。

僕は適当に返事をすると、別のことに考えを巡らせた。

（そういえば、今北の国境で物資不足が問題になっている。溺愛《できあい》する娘を助けたことで、どこまで宰相の助力を引き出せるだろうか……）

「……喉《のど》が渇《かわ》きましたわ。ここにあるカップに入ったジュースをいただいていいでしょうか？」

考えごとに夢中になっていたので、レイチェルへの返事がおろそかになる。

ぼんやりとうなずいておいたが、次の言葉を聞いて彼女の間違いに気付いた。

「このジュース、なんだか変な味がしますのね。初めて飲むジュースです」

「……!?」

そういえば、自分で飲むためにワインを頼んでおいたのだ。

僕のワインは陶器《とうき》のカップに、レイチェルのジュースはその隣にあるグラスに入っている。

なのにレイチェルは陶器《とうき》のカップを手に、はぁっと熱い息をついた。

どうやら彼女はワインをジュースだと思って一気に飲み干してしまったらしい。

はじめは焦《あせ》ったが、レイチェルも大人の女性だ。

多少のお酒なら問題ないだろうと、気分を落ち着かせて彼女の間違いを指摘する。

「レイチェル様。それはジュースではなくてワインです」

「ワイン？　ということは、お酒ですの？　生まれて初めて飲みますわ。お母様が、お酒は体に悪いとおっしゃっていましたもの。でも、結構美味《おい》しいものですのね」

どんな箱入り娘だ。どうやらこれがお酒デビューらしい。

(困ったな。小一時間もしないうちに宰相が彼女を迎えに来るだろう。おそらくハプテル伯爵も一緒に。そのときに僕がお酒を飲ませたと思われては困る。彼らの彼女への溺《でき》愛《あい》ぶりは社交界でも有名だ。まずいことになった)

僕は慌《あわ》ててレイチェルの肩を抱いて様子を窺《うかが》う。

すると彼女は穴があきそうなほど僕をじーっと見つめてから、顔をゆっくりとほころばせた。

まるで人形に命が吹き込まれたように……硬い表情にゆっくりと感情が注《そそ》ぎ込まれていく。

桃色の唇は弓のように弧《こ》を描き、金色の睫《まつ》毛《げ》に縁取られた目尻は緩やかに下がった。

陶器《とうき》のような白い肌は、生命力の溢《あふ》れる朱色に染まる。彼女はにっこりと満面の笑みを浮かべた。

その急激な変化に驚く。

「レイチェル様……？　あの……」

しばらくすると笑顔で僕を見つめていたレイチェルが、一気に顔を歪《ゆが》めた。

「ふっ……うぅ」

甘ったるいが、それでいて愛らしい声が紡がれる。泣きそうなのか、その声は少し震えていた。

「こ、怖かったです……。私のためにたくさんの方がお怪我《けが》をされて……ご家族にどうお詫《わ》びをしたらいいか。せめて侍女だけでもと思って必死に頑張ったのです。あぁ、あなたが助けに来てくださってよかったわ」

レイチェルは大粒の涙を目尻に溜《た》め、肩を小刻《こきざ》みに揺らしていた。どうやら瞬《まばた》きをして涙を流さないように踏ん張っているらしい。

僕は、彼女の言葉に感銘《かんめい》を受けた。

（……なんて純粋な心を持った、可憐《かれん》な女性なんだ！）

護衛とその家族のことまで気遣《きづか》える貴族令嬢など見たことがない。それに彼女の仕草はまるで小動物のようで、僕の理想そのものだ。

レイチェルはその人形の顔の下に、溢《あふ》れんばかりの感情を隠していたのだ。

彼女は泣くまいと目に力を入れて唇をぎゅっと噛みしめた。そしてゆっくりと息を吸って、おずおずと僕の顔を見上げる。

「でも、私が泣くわけにはいきませんわ。……それに、私はとても悪い女性なのです。護衛の方が痛みに苦しんでいるのに、ライアン様を見ると胸がドキドキしてしまいますの。私、あなたを一目《ひとめ》見たときから恋に落ちてしまったのです。ごめんなさい。ご迷惑ですよね」

その瞬間、胸の奥をこじ開けられたような衝撃を受ける。まさか僕が恋に落ちた瞬間、彼女も僕に惚《ほ》れていたと聞かされるなんて、思いもよらなかった。

（なんてことだ！　これほど可愛い生きものを今まで見たことがない！）

心臓が音を立てて、体中が熱くなる。

レイチェルは照れながら、白魚《しらうお》のような指を僕の頬にそっと当てた。

「頬が赤くなっていますわ。あぁ、でも、私の気持ちは煩《わずら》わしいですよね。だって私は努力しても笑えませんし、上手にお話もできません。私なんかといても、ちっとも楽しくありませんから」

急に悲しそうに睫毛《まつげ》を伏せる。くるくると表情を変えるレイチェルは、驚くほど可愛らしくて目を奪われた。この一瞬で、僕は全てを持っていかれたといっても過言ではない。

「でも私、ライアン様を好きになってしまったのです。申し訳ありません……」

(参ったな……こんなの反則すぎる……)

上流貴族であるハプテル伯爵家の令嬢に生まれ、人間離れした美貌《びぼう》を持つレイチェル。思い通りにならないことはないはずなのに、彼女がこんなコンプレックスを抱《かか》えていたとは想像していなかった。

(こんなにも愛らしい女性が、この世に存在するなんて。彼女が……彼女がほしい！)

僕はレイチェルの顎《あご》に手を添えた。そして逸《はや》る心を抑えて気持ちを伝える。

「僕もレイチェル様が好きです。でも、僕はただの騎士。しかも男爵家の三男なので、爵位も期待できません。レイチェル様とは身分が違いすぎます」

するとレイチェルの顔がぱあぁぁっと明るくなった。

その変化はまさに素晴らしく、僕の心臓をこれでもかというほど揺さぶる。

「そんなの……関係ありません。だって、私はそのままのライアン様を好きになったのですもの。先ほども、足の悪いおばあさんの手を引いてあげていましたよね？　それに、泣いている子どもに飴《あめ》を渡していらっしゃいました。その子のお母さんはとても感謝していましたわ」

恋の熱に浮かされたようにレイチェルが語る。

けれどもそれは仮面をつけた僕。本当の僕は打算的でエゴイストだ。

そんな腹黒い僕と純粋な彼女では、とても釣り合わないような気がした。けれどもそんな感情を一気に振り払う。

(でも……この『妖精の人形』が手に入るならそれでいい。およそ王国中の貴族が欲《ほっ》してやまないほど、美しいレイチェル様。あぁ、まさか君がこんなに魅力的だなんて知らなかったよ)

情熱が溢《あふ》れて、彼女にキスしようと顔を近づける。するとレイチェルがぽっと顔を赤らめた。

そして、唇を少し開けたり閉じたりして困っている。そんなレイチェルを見ていると、僕まで緊張してきた。

今までキスくらい何度もしてきた。それはただの粘膜の接触に過ぎない。

なのに、キスをする前からこんなに緊張するのは初めてだ。

ドキドキと心臓が高鳴って、彼女の顎《あご》に添えた手が震える。

(この僕がなんとした醜態《しゅうたい》だ!)

やっと唇が重なったとき、全身が痺《しび》れるような満足感で埋《う》め尽くされた。きっとレイチェルもそうだろう。

ほんの少し触《ふ》れただけのキス。それだけなのに、こんなにも互いの気持ちが通じ合う。

（あぁ、愛している。レイチェル様）

そうっと唇を離すと、レイチェルが残念そうに顔を歪《ゆが》ませた。その顔も愛らしくてドキリとする。

「あなたが好きです、レイチェル様」

僕がそう言うと、彼女はふにゃりと貴族令嬢らしからぬ気の抜けた微笑みを見せた。

堪《たま》らず、もう一度キスをする。

次は上手《うま》くできたようだ。僕の恋の熱が彼女に伝わったのか、レイチェルの頬が次第に赤みを帯びてくる。

くちゅりくちゅり。

何度もキスを繰《く》り返していると、レイチェルの息遣《いきづか》いがおかしいことに気が付いた。

慌《あわ》てて唇を離して様子を窺《うかが》う。

「大丈夫ですか、レイチェル様。やっぱり、あのときに頭でも打ったのではっ……！」

両手を彼女の頬に添えて瞳を覗《のぞ》き込むと、彼女は恥ずかしそうに目を細めて逸《そ》らした。

そして小さな声でつぶやく。

「ご、ごめんなさい。どこで息をしていいかわからなくて……は、初めてなの。でもライアン様、呆《あき》れないでください。もっと練習して、今度は上手《うま》くできるようにしますから……」

（まさかキスさえ僕が初めてだなんて！　そんなっ！　もう二十歳は過ぎているはずなのに、嘘だろう！）

そう思うと、男の独占欲が満たされていく。

しかも、息ができなくて困っているレイチェルを見ているのは、とても楽しかった。

僕は笑い声を上げたいのを必死で我慢する。

「そうですね。でも、練習は僕とだけでお願いします。それに、レイチェル様に呆《あき》れるなんてことは絶対にありません。僕はそのままのあなたが大好きですから」

するとレイチェルは視線を戻して、はにかむように笑った。心臓がぎゅーっと絞《しぼ》られる。

「私もです。ライアン様……大好きです。でもなんだかまだ息が苦しくて……」

多分、ワインが回ってきたのだろう。

彼女の飲んだワインはカップ一杯。どうやら異常にお酒に弱い体質らしい。

「大丈夫ですよ。このまま眠ってください。僕が傍にいますから」

レイチェルは安心したのか、あっという間に僕の腕の中で眠りにつく。僕はレイチェルを抱き上げると、ベッドに横たえた。

この部屋は消毒用のアルコールの匂いが充満している。それならレイチェルがワインを飲んでしまったことは気付かないだろう。

それにレイチェルがハプテル家で目覚める頃には、だいぶ酒も抜けているはず。

ホッとしながら彼女の寝顔を眺めると、更に愛《いと》しさが増す。

だらしなく唇を開けて眠っている絶世の美女は、僕の好みど真ん中だ。自分にこんな趣味があるとは知らなかった。

(どんなことをしても彼女を手に入れてみせる。必要なら爵位だってもぎ取ってやる。もうレイチェル様以外の女性は考えられない!)

そう決意したのだが……レイチェルを助けた翌日。

僕は彼女の父である宰相と兄であるハプテル伯爵に呼び出された。

そして、レイチェルに求婚する許可を与えると上から目線で言われ、それに伴《ともな》う莫大《ばくだい》な額の財産供与の申し出もあった。

彼女ならば、高位貴族からの結婚の申し込みが山ほどあるはず。

どうして僕にお金を与えてまで、結婚を勧《すす》められるのかわからなかった。

「とにかく考えさせてください」と言って、その場は保留にした。宰相らは不満そうだったが、僕は慎重な男だ。

その後、ハプテル伯爵に「喜べ、レイチェルと話をさせてやる」と言われてもう一度呼び出され、レイチェルと二人きりで話すことになった。

彼女に再会してその謎が解ける。

いかんせん人形のように無表情な上、口下手《くちべた》なので理解するのに時間がかかったが、なんと僕は彼女の初恋の相手だったらしい。

それともう一つわかったのが、彼女はお酒を飲んだときの記憶を全てなくしているということだ。

ということは、僕たちが想いを通わせたことも覚えていないのだろう。だが、彼女が忘れていても、僕は彼女を手に入れると決めているのだ。

僕は後日、改めて宰相と会い、財産は辞退する旨を伝えた。

でないと、彼らは新婚生活にまで口を出すだろう。僕はレイチェルと穏やかな家庭を築きたいんだ。

その代わりに、北の国境で苦戦している騎士たちへの全面的な援助を頼んだ。

そして数日後、レイチェルにプロポーズした。

答えは「そうですか。わかりましたわ。では、よろしくお願いいたします」とそっけないものだったが、僕は彼女の本当の気持ちを知っている。

結果として貴族院と騎士団の対立が弱まり、僕はレイチェルと無事結婚もできて一石《いっせき》二鳥《にちょう》となったのだった。

それがほんの五か月ほど前のこと。

あの事件がなければ、レイチェルと一緒に暮らしていなかった。

彼女との甘やかな思い出に浸《ひた》っていると、ワイルダーが僕のところにやってきた。ずいぶん息が上がっている。

「ライアン！　こんなところにいたのか。探したぞ！　大変だ、レイチェル様が……」

「レイチェルに何があった！」

レイチェルという名前に、全身の細胞が一気に覚醒《かくせい》する。

動揺のあまり、思わずワイルダーの襟首《えりくび》を掴《つか》んでいた。彼は息苦しそうに青い顔で答える。

「レ、レイチェル様が王都の端にあるニールの町で、馬車に轢《ひ》かれたらしい。なんでも飛び出した子どもを助けようと……おいっ、待てっ！　ライアン！」

その瞬間に、僕は走り出していた。

彼女の居場所もわからないのに、ニールの町に向かって馬を全速力で駆けさせる。

(馬車に轢《ひ》かれただって？　レイチェルはハプテル家以外には滅多《めった》に外出しないはず。どうしてニールの町なんかに……！　あぁ、なんでもいい。レイチェル、とにかく無事でいてくれ！)

限界まで馬を走らせると、二十分ほどで町に着いた。診療所を片っ端から当たって、レイチェルを探す。三軒目でようやく彼女のいるところを突き止めた。

診療所の中に入って看護師に話を聞くと、彼女は軽傷だったらしい。

それを聞いて、凍りついた体に熱が戻ってくる。僕はその場で頭を抱《かか》えてため息をついた。大粒の汗が肌の上を流れる。

「はぁ、よかった。レイチェル……で、彼女は今どこに？」

ホッとして息を整えていると、看護師の一人が言いにくそうに口を開いた。

一歩遅く、すでに彼女はハプテル伯爵家に連れていかれたのだという。

盛り上がっていた気分が、一気に落ち込んだ。

レイチェルが先ほどまでいたという診察室には、頭にガーゼをつけた子どもと母親がいた。僕がレイチェルの夫だと知ると、子どもと揃《そろ》って深々と頭を下げる。

「奥様が助けてくださらなかったら、この子は馬車に轢《ひ》かれて死んでいました。本当にありがとうございます。一歩間違えばご自分の命も危なかったでしょうに……。心から感謝していますとお伝えください」

あのレイチェルならやりかねない。

(彼女ほど優しくて、思いやりのある女性はいないのだから……)

事故で頭を打ったレイチェルは気絶していたので、礼を言えなかったのだという。ということは、意識のないまま、彼女をハプテル伯爵が引き取っていったのか。

(あぁ、レイチェル。意識がないなんて、心配だ……)

僕は医者と看護師に礼を言うと、ハプテル家に向かうべく診療所を出た。

すると看護師が僕を追いかけてきて、レイチェルの持ちものだという鞄《かばん》を手渡してくれる。あまりに粗末だったので、今まで気が付かなかったらしい。

鞄《かばん》を開けて中を見ると、ハームウェー行きの片道乗車券と着替えの服が入っていた。

奥にはレイチェルが大切にしている絵本まである。

(ということは……レイチェルは僕に黙って家出をしようとしたんだ)

唇を噛んで、痛いほど手を握りしめる。

「レイチェル。君は僕から逃げようとしたんだね。あれほど愛していると伝えたのに……

もしかして、まだアレクシアとのことを心配しているのか」

行き場のない怒《いか》りと絶望感に包まれる。

善良で純粋なレイチェルのことだ。アレクシアの話を聞いて、僕が無理やりレイチェルと結婚させられたと思って、身を引こうとしたのだろう。

(そんな簡単に諦《あきら》められるほど、僕は彼女にとって軽い存在なのか! 僕なら、たとえレイチェルが地獄に落ちたとしても、絶対に傍を離れないのに!)

でも、レイチェルは本当に心の清らかな女性だ。僕のような自己中心的な男とは違う。愛する人の幸せを願って身を引くことができる、無垢《むく》な魂《たましい》の持ち主なのだ。そう思うと胸が苦しくなる。

「あぁ……早く君の顔が見たいよ……レイチェル」

僕はそうつぶやくと、ハプテル伯爵家に向けて馬を走らせた。

7　乙女な人形奥様は記憶喪失です

目を開けると見知らぬ天井《てんじょう》があった。

日が落ち始めているようで、カーテンの隙間《すきま》から西日が差し込んでいる。

ここはどこなのだろう。

なんだか頭の中がぼんやりしている。でも、この天井《てんじょう》の模様《もよう》には見覚えがある。

（あぁ、そうだわ。ここは私の部屋……どうしてすぐにわからなかったのかしら）

顔を横に向けると、ベッドの脇《わき》にはお父様とお母様、お兄様が勢ぞろいで、涙を流しながら私を見ていた。私はいつものように抑揚《よくよう》のない声でつぶやく。

「……お父様にお母様。お兄様までどうしたのですか？」

体を起こすと、後頭部がズキンと痛んだ。触《ふ》れてみると腫《は》れているようだ。どこかで打ったのだろうか？

「あぁっ、目が覚めたのね！　私の大事な娘、レイチェル。よかったわ、大した怪我《けが》がなくて……」

「体を張って子どもを助けたそうだな。さすがは天使の心を持つ私の妹。だが、自分の身を危《あや》うくするのはやめてくれないか。お前の事故の知らせを受けたときは、心臓が止まりそうだったぞ！　くぅぅうっ！」

「そうだぞレイチェル！　あぁ、年寄りを驚かせないでくれ。お前を失ったら私はどうやって生きていけばいいのだっ！」

私の体を心配して、大袈裟《おおげさ》に泣いたり叫んだりする両親と兄を見て、逆に冷静になる。

そして自分に起こったことを、ゆっくりと思い返してみた。

彼らは私が子どもを助けて事故に遭《あ》ったと言うが、そんな記憶はない。でも、頭に覚えのないたんこぶができているということは、きっと事実なのだろう。

「心配をかけてごめんなさい。事故の記憶がないのだけれど、一体何があったのでしょうか？」

私が聞くと、お兄様が悲愴《ひそう》な顔で答えてくれる。

「あぁ、覚えていなくとも無理はない。レイチェルは馬車に轢《ひ》かれそうになったのだから」

そして彼らは、私に事の経緯を説明してくれた。

どうやら私はニールという町で、馬車に轢《ひ》かれかけた子どもを助けようとしたらしい。

たんこぶは、助けた子どもの頭にぶつかったときにできたのだという。

目撃者の話によると、馬が私と目が合うなり突然挙動不審《きょどうふしん》になって前脚を大きく上げ、進むのを拒否したそうだ。あれほど何かに怯《おび》えた馬を見たのは初めてだとも、語っていたらしい。

助けた子どもは、無事に母親のもとに帰ったという。

(私が動物に嫌われることが功を奏したのね。よかったわ)

主治医に診《み》てもらうと、数日は安静にしたほうがいいと言われた。確かに、全身がだるくてすごく眠い。まるで、昨夜は一睡もしなかったかのようだ。

「では、もう少し寝ますね。お父様たちは、心配なさらないでください。私は大丈夫ですから」

そう言って眠ろうとすると、部屋の扉をノックする音が聞こえた。

やってきたのは執事で、ライアン様という方の来訪を告げる。聞いたことのない名前だ。

「どなたか知りませんが、今は疲れているので寝かせてください。丁重にお断りして、お帰りになってもらってくださいね」

そう言ってシーツの中に潜《もぐ》り込むと、お父様たちが揃《そろ》って目を丸くする。

メルビスお兄様が青い顔で私を見て、震える声で言った。

「レイチェル……あれほど毎日、耳にタコができるほど聞かされた、あのライアン君が来たんだぞ」

「そ、そうよ。レイチェル。ようやく『運命の騎士』に会えたのだと騒いでいたじゃない」

お母様に続いて、お父様もぶんぶんと首を縦に振っている。

「お前曰《いわ》く、『人生のつがいである最愛の旦那様』が迎えに来たのだ。なのに、どうして彼に会わずに眠るんだ……？」

「……？」

彼らの言っている意味がさっぱりわからない。横たえた体をもう一度起こす。

さっきから誰のことを話しているのだろうか？

「私は結婚もしていないのに、旦那様だなんて……どうかされたのですか？」

主治医が血相を変えて私の手を取った。眼球を見て、両手両足の感覚や機能を一通り調べたあと、うなずきながら大きく息をつく。

「レイチェル様、今は何月ですか？」

「もちろん一月ですよね」

その言葉に、みなが一斉に息を呑んだ。

張り詰めた空気の中、私だけが取り残される。難しい顔をした主治医が、残念そうにつぶやく。

「これは……頭部打撲による記憶障害ですな。おそらくここ七か月ほどの記憶がありません」

それを聞いて、お兄様は勢いよく天を仰《あお》いだ。

「っ！　あぁ、なんてことだ。だからレイチェルはライアン君のことも忘れているのか！」

「むぅ、そうだな。レイチェルが彼と知り合ったのは三月のはじめだ。存在すら忘れているのだろう。……それで最愛の娘の記憶は戻るのか？」

お父様が世界の終わりのような顔をして言うと、主治医は汗を拭《ふ》きながら必死に説明する。

「一時的なものと思われますが、記憶が戻るまでどれくらい時間がかかるかはわかりませんな。すぐに思い出すこともあれば、三年ほどかかることもあります。それに、一生思い出さない事例も……」

私は彼らの話にはさっぱりついていけない。

記憶を失っていると言われても、にわかには信じがたい。昨日までのことは全て明瞭《めいりょう》に記憶しているのだ。夕食のメニューも、食卓で何を話したかも。

「そんなことはありませんわ。昨日は雪が降っていました。私が作った雪だるまがまだ外に見えるはずです」

私はお母様が止めるのも聞かずにベッドから出た。そしてカーテンを開けて窓の外を見る。

裸のはずの木々には緑が生い茂っていて、花壇《かだん》いっぱいに咲いているひまわりは、鮮《あざ》やかな黄色をしている。

（じゃあ、記憶喪失は本当のこと……ということは、私に旦那様がいることも事実なのっ⁉ そんな！）

心臓が止まりそうなほど驚いたけれど、私は無表情でベッドに戻り、その端に腰かける。そして、お父様たちにその男性のことを詳しく教えてもらった。

聞くところによると、私はその男性と出会った瞬間に激しい恋に落ちて、驚くほどの短期間で結婚したらしい。

と言われても、今の私にとっては全く知らない人だ。顔を見ることさえ躊躇《ちゅうちょ》してしまう。

けれども外見上は極《きわ》めて冷静に答えた。

「お父様。今日のところはその方には帰ってもらってください」

私の気持ちを汲《く》んでくれたお父様は、悲しい顔をしながらもそれを執事に伝えた。私の旦那様だという男性は何度か食い下がったようだけれど、最後には納得して帰ったという。

（今日はたくさんのことがあって疲れたわ。もうこのまま眠ってしまいましょう）

お母様は心配しすぎて、私の寝室にベッドを運ばせた。今日は私の隣で寝るそうだ。

お父様は主治医以外の医師を数人手配して、寝ずの待機をさせるらしい。

（本当に過保護なんだから。……でも、私に旦那様がいたなんて、一体どんな方だったのかしら……想像もできないわ。上手《うま》く人とお話しすることさえできないのに……）

旦那様の顔を想像しているうちに……私は眠っていた。

◇◇◇

――レイチェルが記憶を失っている。

その事実を知ったとき、僕は絶望の底に突き落とされた。彼女が失った記憶はここ七か月間のもの。僕のことは欠片《かけら》も覚えていないらしい。

ハプテル家の執事に追い返され屋敷に戻ると、ベリルとエマが迎えてくれた。

二人はレイチェルが屋敷にいないことに気が付いて、ずっと近所を探していた。その後、しばらくして事故の知らせを受けたのだという。

一人で伯爵家から戻ってきた僕を見て、二人は不安そうにしている。

僕がレイチェルの状態を説明すると、揃《そろ》って顔面蒼白《そうはく》になった。

「大丈夫だよ。ちょっと頭を打って記憶をなくしているだけらしいから。レイチェルのことだから、すぐに思い出すよ」

僕が力強く言うと、ほんの少し彼女たちの不安は解《ほど》けたようだ。

でも、僕は自分の弱さに気付く。そう言ったのは彼女たちを励ますためではなく、願望を語っただけ。医者は一生思い出さない可能性もあると言っていたようだ。

僕は侍女たちに微笑んだあと、夕食も取らずに一人で自室にこもる。

そこで、机の上に手紙箱があるのを見つけた。どうやら、レイチェルが置いていったらしい。

（こんなものまで用意して家出するなんて……レイチェルのことだから、相当悩んだんだろうね……。早く僕が気付くべきだった……）

箱の中身を見ると、手紙は実に八通もあった。レイチェルの両親と兄へ。それと屋敷の使用人宛てにそれぞれ書いたようだ。

そして当然、僕宛ての手紙もある。

持ってみると、他の人への手紙よりもずいぶん薄い。それを開けると、あったのは数滴の涙の染《し》みと、ほんの一文。

ライアン様、お幸せになってください。

「……レイチェル……」

その字を見て、胸の奥が絞《しぼ》られるように痛む。

……レイチェルは、この手紙を書くときに泣いたのだ。

彼女はお酒を飲んだとき以外は、一度も涙を流したことはない。そんな彼女が、泣くほど僕の幸せを祈った。

その事実に、胸が、全身が熱くなる。

「あぁ、レイチェル。君はそんなにも僕を愛していたんだ」

僕から離れることを選ぶくらい、レイチェルは僕を強く深く愛してくれていた。

「レイチェル……レイチェル……」

彼女の名を呼ぶたびに、喪失感が体を駆け巡る。僕は、このまま最愛の奥様を失ってしまうのだろうか……

「……嫌だ……絶対に嫌だ！」

忘れられたのなら、また一からやり直せばいい。僕にはレイチェルしかいないし、レイチェルにも僕しかいない。

彼女を取り戻そう。策略を巡らせるのは僕の得意分野だ。

僕は拳《こぶし》を握りしめた。

ふと、レイチェルが持って出たという鞄《かばん》が目に入る。何気なくその中を見ると、彼女の服ではないものが入っていることに気が付いた。

それは、僕の着古したシャツ。

「……馬鹿だな、レイチェルは。僕のシャツを持っていこうとしたんだ」

鞄《かばん》の底には、僕の愛用していたペンやハンカチまで入っていた。

思わず笑ってしまう。

「ははっ、レイチェルのことだから、何を持っていくかすごく迷ったんだろうな」

顔は人形のままで、心の中では僕のことを必死に考えながら鞄《かばん》に詰めたのだろう。そんな姿を想像するだけで顔がにやけてくる。

「あぁ、レイチェル。僕は絶対に君を逃がさない。大好きだよ、レイチェル。鎖《くさり》に繋《つな》いでもここに連れて帰る」

彼女が、僕のワードローブの匂いを密《ひそ》かに嗅《か》いでいることは知っている。

僕はレイチェルの真似をして、鞄《かばん》の中の彼女の服を手に取り、抱きしめた。石鹸《せっけん》の香りとほのかに甘い木蓮《もくれん》の匂い。レイチェルの匂いだ。不安だった心が落ち着いていく。

「レイチェル、早く本物の君を抱きしめたいよ……」

そうしてレイチェルのいない夜が、静かに更《ふ》けていった。

◇◇◇

記憶を失ったらしい次の日の朝、私はゆっくりと目を覚ました。

ここがハプテル家の寝室であることに安心して、もう一度瞼《まぶた》を閉じる。

すると、昨日あった出来事が、順番に浮かんできた。

目を覚ましたら、七か月もの日々が過ぎていたこと。

その空白の時間に、まさかの旦那様がいたこと。

――次に思い浮かんだのは、抱《かか》えきれないほどのマーガレットの花束。

もっと考えなくてはいけないことがあるはずなのに、何故か脳内がマーガレットで埋《う》め尽くされてしまう。その花束の向こうには誰かがいるようだ。

ちらりと、銀色の髪が花と花の隙間《すきま》から覗《のぞ》く。

（あっ！『リシュラン王国と救国の騎士』の絵本の騎士様だわ！）

私が騎士に近づいていくと、彼の顔がはっきりと映し出される。

目の覚めるような銀色の長い髪に、神秘的なエメラルドグリーンの瞳。すらっとした体躯《たいく》には、黒色の騎士服がとても似合っている。まるで絵本から飛び出してきたような人。

（ふわぁぁぁぁ……素敵ぃ。うふふ）

思わず心をだらけさせて――私は叫んだ。

「ラ、ライアン様！」

一瞬で全てを思い出してしまった。主治医はすぐに記憶が戻ることもあると言っていたが、本当だったらしい。

「わ！　私、せっかく愛する旦那様が迎えに来てくださったのに、追い返すなんて……なんてことっ！」

真顔でも心は真っ青で、おろおろと取り乱す。

（この私が最愛のライアン様を一瞬でも忘れるなんて！　もしかして嫌われてしまったかしら……！　いやぁぁぁ）

とにかく一刻も早くライアン様にお会いしたい。

今すぐお屋敷に戻ろうとベッドから飛び下りる。すぐ隣でお母様が眠っている姿が見えた。

すると、すぅっと全身の力が抜けてしまう。

ライアン様とアレクシア様のことを思い出したからだ。

（……そういえば私、ライアン様のために身を引こうと決心したのだったわ。だったら今の状況は好都合なのじゃないかしら）

私の記憶喪失のせいで離縁になれば、お父様はライアン様を責めないに違いない。それどころか、こちらの過失なので彼を支援してくれるかもしれない。

私はベッドの上に再び腰かけた。

（このまま、ライアン様を思い出せないふりをすればいいのよ。そうすれば、家出しなくても問題は解決するもの）

そう考えると胸が大きくズキンと痛んだ。

一度別れを覚悟したはずなのに、やっぱり絶望的な気持ちになる。

しばらく胸の痛みを堪《こら》えていると、目を覚ましたお母様が慌《あわ》てて駆け寄ってきた。隣に座って私の肩を抱き、気遣《きづか》ってくれる。

私が大丈夫だと伝えると、お母様はホッとした顔をした。そして私を勇気づけるように肩を抱いた手に力を込める。

「よかったわ、レイチェル。大丈夫よ、ライアン様のことならすぐに思い出すに違いないわ。だって、あの方はあなたの『運命の騎士』なのですもの」

私の『運命の騎士』。それは『リシュラン王国と救国の騎士』の中に出てくる騎士のこと。そういえば、その絵本も家出するときに持って出たのだった。どこにあるのか、あとで聞こう。

そう思いながら、私はお母様に答える。

「お母様、私の『運命の騎士』は絵本の中の人物です。ライア……いえ、彼とは関係ないのではないでしょうか」

私は途中で言葉を変えた。今の私には、ライアン様の名前を口にするだけでも辛《つら》すぎるから。

お母様は意味深な笑みを零した。それから私の手を取って優しく撫《な》でながら、ゆっくり話す。

「これはあなたにも、誰にも言ったことがないのだけれど……昔、レイチェルはライアン様に会っているのよ。もうずいぶんと昔に……」

「どういうことですか？　お母様」

思わずすぐに聞き返してしまう。記憶を取り戻したことがバレたかもしれないと思ったけれど、声の調子を変えなかったおかげで、お母様は気付かなかったらしい。

もちろん表情は動かない。自分が人形でよかった。

内心ホッとしていると、お母様は優しく語り始めた。

「レイチェルがまだ二歳の頃ね。だからライアン様は六歳かしら。あの日はジルニーア公爵家で園遊会があったの。ほんの少し目を離した隙《すき》に、あなたったら林檎《りんご》を喉《のど》に詰まらせてしまったのよ。でも、あの頃からあなたは泣きも喚《わめ》きもしなかったでしょう？　だから誰も気が付かなかったの」

「そうしたら、ライアン様が助けてくださったのでしょうか？」

「うふふ、ええそうよ。まだ小さい男の子があなたを後ろから抱きしめて、胸のあたりを押したのよ。そしたら林檎《りんご》が口から飛び出してきたわ。まさか六歳の子にそんなことができるなんて信じられなかった。きっと、あの頃から優秀だったのね」

（まさか、そんな昔からライアン様に助けられていたなんて……ああ、その頃のライアン様も見てみたかったです。六歳でも、きっとすごく凛々《りり》しかったに違いないですもの）

想像の中のライアン様にぽうっとしている私に、お母様はにこやかに笑った。

「そのあと、あなたったら無表情のまま、その男の子の手をどうしても離さなくて……

そうしたら、レイチェルがいきなりその子にキスをしたの。銀色の髪に緑の瞳。今思えば、あの男の子はライアンと名乗っていたと思うの。あのときから、あなたはライアン様が好きだったのね」

お父様やお兄様が知ると大騒ぎするに違いないと、お母様は誰にも話さなかったらしい。

確かに、溺愛《できあい》する娘のファーストキスを奪われたと知ったら、その少年がどうなるかは明らかだ。

「……でもどうして、彼が私の『運命の騎士』だと思ったのですか？」

私がそう問うと、お母様はきょとんと首を傾げる。

「レイチェルが自分でそう言い始めたのよ。あの子にそっくりな騎士が出てくる絵本を見つけてから、ずっと繰《く》り返し読まされたわ。あなたは『この絵本に出てくる「運命の騎士」と結婚する』と言って、お父様やメルビスを落ち込ませていたわね。ふふふ」

そんなことは全く記憶になかった。

銀の髪に緑の瞳を持つ騎士。

『運命の騎士』にそっくりだったから、ライアン様を好きになったのだと思っていた。

けれど本当はその逆だったなんて……

（私はライアン様を好きになったから、絵本の中の騎士様を好きになったのね……）

「ライアン……様……」

思わずその名をつぶやく。彼に全身を包まれるように、愛情で満たされた。

「さぁ、だから心配しないでライアン様のもとにお帰りなさい。今は駄目でも、すぐに思い出すはずですもの。それに、あなたはきっとまたライアン様に恋をするはずよ。だって、彼はあなたの『運命の騎士』なのだから」

「お母様……」

（でも、ライアン様が愛する女性は私ではないの。他の女性なのよ。私は身を引くしかないのよ）

私は無表情のままで俯《うつむ》いた。

悔《くや》しいのか悲しいのか自分でもわからない。いろいろな感情がないまぜになって私を苦しめる。

でも、ライアン様の幸せだけが私の望み。それだけは今でも変わらない。

優しい母の言葉に、私はぎゅっと唇を噛みしめることしかできなかった。

私の記憶喪失が発覚してから数日が経った。

お父様は王国中から集めた数えきれないほどの名医に私を診《み》せた。

その結果、ただの記憶喪失で、それ以外は問題ないと全員のお墨《すみ》つきを得た。お父様はお兄様と抱き合って歓喜し、お母様はその場で泣き崩れた。

私はというと、相変わらずの溺愛《できあい》ぶりに、感情のない顔から更に感情が消えていった。

私が喜ぶ前に、彼らが先に大喜びするからだ。

(私が人形になったのは、間違いなくお父様たちのせいです……)

私は小さくため息をつくと、彼らに告げる。

「大丈夫です。たかが七か月分の記憶がないだけですもの。大したことではありません」

「おお、そうだな。お前が無事だったんだからそれでいい」

お父様は私の手を取って大事そうに頰ずりをした。

するとメルビスお兄様が面白くないとばかりに眉根を寄せ、お父様から私の手を奪い取って撫《な》でる。お父様はムッとしてお兄様を睨《にら》みつけた。

そんな彼らを横目に、お母様は泣き腫《は》らした目を伏せる。

「でも、レイチェルには一番大切なライアン様の記憶がないのよ。あぁ、なんて可哀想なのでしょうか」

そう言うお母様に、メルビスお兄様が大声で反論した。

「そんなのはどうでもいいじゃないか。記憶がないなら仕方がない。また伯爵家で暮らすんだろう？　まさかライアン君のもとに戻るつもりじゃないだろうな」

「メルビスお兄様、それは無理です。顔も見たこともない男性と一緒に暮らせませんもの。私は男性が苦手だと知っていますよね」

自分で言ったのに胸が痛む。

本当はライアン様のもとに帰りたい。でも、私は一生、記憶を失ったふりをし続けなくてはいけないのだ。彼への愛情を口にすることすらできない。

「いいよ、好きなだけ伯爵家にいればいい。あぁ、レイチェルが戻ってくるなんて夢のようだ。お前のいない屋敷はとても寂しかった。これからもずっとここで過ごせばいい」

お父様が涙ぐんで顔をほころばせた。また一緒に暮らせることが、よほど嬉しいらしい。

狂喜乱舞《きょうきらんぶ》している二人とは対照的に、お母様はまだ憂《うれ》い顔だ。

「レイチェルがライアン様と出会った日、『私はライアン様を愛しています。彼以外に考えられません。この気持ちを諦《あきら》めろとおっしゃるなら、お父様もお兄様も大嫌いになります』と言ったのよ。なのに、そのライアン様のことを全部忘れてしまうなんて……」

私のわがままで、お母様を悲しませているのが心苦しい。

けれど、その気持ちを払うように、首を横に振った。

（いいえ、これが一番いい選択なのよ。ライアン様の幸せが大切だもの）

私はぐっと堪《こら》えて、心にもない言葉を紡ぐ。

「とにかくライアン様……という方にはお会いしたくありません。今後、いらしても断っていただけますか。その方は気の毒ですけれど、本当に何も覚えていないの」

お父様が複雑そうな表情で、ひげを撫《な》でながらうなずく。けれども、本心はとても嬉しそうだ。

「仕方がないな。ライアン君には諦《あきら》めてもらうしかない。こうなった以上、離縁しか道はないだろう。もちろん彼には充分な慰謝料を用意するから、お前は心配するな。うむうむ」

その言葉にお母様が反論する。

「そんな、あなた！　もしもレイチェルの記憶が戻ったらどうするのですか！」

「記憶が戻ったら戻ったで、またそのときに考えたらいい。誰だか知らん男と暮らさせるほうが酷《ひど》いだろう。レイチェルの身になって考えてみろ。どれほど心細いだろうか……あぁ、レイチェル。私の最愛の娘よ！」

お父様は私を抱きしめて涙した。メルビスお兄様がそれに賛同するようにうなずくと、お母様も納得したようだ。

それから彼らはいつもの笑顔に戻って、もう何も言わなかった。

私のことで一喜一憂《いっきいちゆう》する家族を尻目に、心の中でずっと考える。

(ライアン様のお顔を見てしまうと決心が鈍《にぶ》りそうだわ。このまま会わずに離縁しましょう。そうしたら、ライアン様も駆け落ちなんかしなくても、愛するアレクシア様と結婚できるもの。あぁ、ライアン様。お幸せに……レイチェルは心の中で、ライアン様を死ぬまで愛し続けます)

窓から外を見ると、もう夏が過ぎようとしているのがわかる。強い日差しが濃《こ》い緑の葉に反射して、思わず目を細めた。

そんな風景を見ていると、ライアン様と結婚していた日々がまるで夢だったように思える。

こんなときですら涙を流せない自分を、これほど嫌だと感じたことはなかった。

悲しみが胸の奥に溜《た》まったまま、行く先を見失っているようだ。

「ライアン様……」

想いを確認するように、私は愛《いと》しい彼の名をつぶやいた。

◇　◇　◇

「すまないが、レイチェルのことは諦《あきら》めてほしい」

ハプテル伯爵家の応接間で、宰相にそう言われて僕は全身を凍らせた。

あの事故からもう一週間。

毎日、仕事に行く前と終わってからの二度ハプテル家に顔を出すが、まだレイチェルには会わせてもらえない。

彼女の記憶は依然《いぜん》として戻らず、僕には会いたくないと言い続けているようだ。

そして今日、宰相から呼び出された。離縁についての話だと予想はしていたが、いざ耳にすると情《なさ》けないほどうろたえた。

（レイチェルと別れるなんてできない！）

僕は拳《こぶし》を強く握りしめた。宰相は応接間で悠然《ゆうぜん》とソファーに座っている。彼が漂《ただよ》わせる威圧感は半端ではない。さすがは、貴族院を牛耳《ぎゅうじ》る宰相だ。

「宰相。せめて一度でいいからレイチェルに会わせてください！」

「すまない、私も辛《つら》いのだ。だがレイチェルが嫌だというのだから仕方がない」

言葉は優しいが、僕の意見などどうでもいいと思っているのがありありとわかる。

彼は「これは決定事項だ」と、繰《く》り返しているだけなのだ。でも、認めるわけにはいかない。

「しかし……宰相っ！」

僕は今までになく強い声を出した。宰相は、厳しい面差《おもざ》しで僕を見つめる。

「ライアン君。こんなことは言いたくないが、事故に遭《あ》ったとき、どうしてレイチェルはニールの町にいたのだ？　しかも、侍女も連れずに一人で。服も大層みすぼらしかったらしいではないか。娘の人並み外れた美貌《びぼう》がなければ、ハプテル伯爵令嬢だと誰も気付かなかっただろう」

何も言い返せない。僕は口を真一文字に閉じて宰相を見た。

彼も目を逸《そ》らさずに僕をじろりと見ると、はっきり言う。

「とにかくレイチェルが記憶を取り戻すまでは、君の家に帰すわけにはいかない。こちら側の事情で離縁するのだから、慰謝料はきちんと払おう。君がレイチェルを愛しているなら、この書類にサインしてくれないか」

渡された書類には、王都のかなり広い範囲の土地と建物を譲ると書いてある。更に、提示された慰謝料の額は、騎士の生涯年収を遥かに超えていた。

（こんなもので……こんなものでレイチェルを諦《あきら》めるなんてできやしない）

怒《いか》りでどうにかなりそうだ。

「……サインはしません。僕はレイチェルを絶対に諦《あきら》めません」

僕は込み上げてくる焦燥感《しょうそうかん》と憤《いきどお》りをかろうじて堪《こら》え、はっきりと答えた。たとえ名門ハプテル家を敵に回したとしても構わない。

すると宰相は憤懣《ふんまん》やるかたないという顔をして、肘掛《ひじか》けに肘《ひじ》をついた。

「……こう言ってはなんだが、ハプテル家の力を使えば、君を戦地の最前線に送ることだってできる。ライアン君、君はまだ若い。命は惜《お》しいだろう」

（くっ！　体《てい》のいい脅《おど》しだ。宰相はどうしても僕とレイチェルを別れさせたいんだ。考えろ……どうにかしてレイチェルにもう一度会うチャンスを手に入れるんだ）

そのために、彼にとって最悪の結末を予想させよう。そうすれば次の交渉が楽に進むはずだ。

「レイチェルがいないなら、この世になんの価値もありません。そうおっしゃるなら、僕はレイチェルをさらって逃げますよ。騎士団随一《ずいいち》の腕を試してみますか？」

腰の剣に手をかけて、殺気を隠さずに宰相の目を見据《みす》える。

彼ならば僕の覚悟に気が付くはずだ。半分ははったりだが、半分は本気だ。

「き、君は私を脅《おど》す気なのか！　そんなことをして、レイチェルが君のことを思い出すわけではなかろうに！」

宰相は立ち上がって声を荒らげる。

（はじめに僕を脅《おど》したのは宰相のほうなのに、どの口がそんなことを言うのか）

でも確かに、無理やり彼女を連れ出しても、事態がよくなるとは限らない。彼女は記憶を失っているのだ。レイチェルに拒絶されたら、もう二度と立ち直れないだろう。

僕は一度冷静に考えたあと、殺気を引っ込めた。

「失礼いたしました。慰謝料はいりません。その代わりに僕の願いを聞いてください。そうしたら、レイチェルと離縁いたします」

「なんだ。言ってみろ」

「一日だけでいい。レイチェルを僕たちの屋敷に戻してください」

僕がそう言うと、宰相は大きく首を横に振った。

「駄目だ、論外だ。レイチェルは君に会いたくないと言っているのだぞ」

話にならないとばかりに突っぱねられるが、僕は身を乗り出す。ここが正念場《しょうねんば》だ。

「夜が来るまでで構いません。夕食の時間までにはレイチェルを伯爵家に送り届けます。それでどうですか？」

僕と彼女の結婚が身分違いのものであったとしても、慣例として女性側から一方的に離縁することはできない。

僕が認めなければ離縁はできないことを、宰相は充分わかっているはずだ。だからこそ、きっとこの提案を受け入れるはず。

不安を押し隠しつつも、僕は絶対に宰相から目を逸《そ》らさなかった。僕の本気が伝わったのか、宰相が息を吐いて目を伏せる。

「わかった。だが夕食の時間までだ。そのあとレイチェルが君に会うことは二度とない。それでいいな」

「もちろんです、宰相。聞き入れていただき、ありがとうございます」

僕は心の底からホッとして伯爵家をあとにした。

僕と会ったからといって、彼女が記憶を取り戻すかどうかはわからない。

でもレイチェルは出会った日、僕に言った。

僕を一目《ひとめ》見たときから恋に落ちてしまった、と……

ならばもう一度彼女の愛を得ることも可能かもしれない。

(これほど不確実な賭《か》けに出るのは初めてだ。しかも勝算はほとんどない。だが今は、その望みにかけるしかない!!)

もう後戻りはできない。これは一《いち》か八《ばち》かの大勝負だ。

レイチェルがいなくなってからずっと、何かが欠けているような気がする。

「レイチェル……君がいなくなってから毎日が本当に寂しいよ。レイチェル……」

思わず零れたのは、これまでにないほど弱気な声だった。

◇◇◇

私が記憶を失ってからすでに十日《とおか》が経つ。

ということは、もう十日《とおか》もライアン様のお顔を見ていないということだ。記憶の中のライアン様を思い返しては、ため息をつく毎日。

朝起きて侍女に着替えを手伝ってもらい、家族と一緒に朝食をいただいて、テラスで読書する。

その他の時間は庭を散歩するか、教会に寄付するためのハンカチに刺繍《ししゅう》をするかだ。

私の周りにあるものは、贅《ぜい》の限りを尽くした装飾品ばかり。ハンカチや小物に至るまで、選び抜かれた最高級のものが揃《そろ》っている。ドレスは誰もが羨《うらや》むほどの豪華さ。部屋は常に美しく整っている。文句のつけようもない贅沢《ぜいたく》な生活だ。

子どもの頃からずっと続けてきた生活なのに、どうしても落ち着かない。ライアン様と結婚して半年ほどしか経っていないのに、あの暮らしが恋しくて堪《たま》らなくなる。

床や手すりを見るとむずむずするし、箒《ほうき》や雑巾《ぞうきん》の感触が懐かしい。

(こうして何もしないで過ごす一日が、どれほど意味のないものか。今はわかるわ)

ふと自室の花瓶を見ると、豪華な薔薇《ばら》が花瓶いっぱいに生けてある。ついこの間までは、可愛らしいマーガレットの花だった。でも、それはもう枯れてしまったらしい。

私が記憶を失ってからというもの、ライアン様は屋敷に来るたび、必ずマーガレットの花を一輪持ってきてくれていた。

でも、彼はぱったりと屋敷に顔を見せなくなった。そして間もなく、お父様から離縁が決まったと告げられたのだ。

胸の奥が切ない気持ちでいっぱいになる。

(やっぱりアレクシア様のところに行かれたのだわ。私と結婚したのは仲間の騎士を救うため。それだけだったのよ)

胸の奥がつきんと音を立てて、痛みを放つ。私は胸に手を当て、悲しみを堪《こら》えながらつぶやいた。

「ライアン様、愛しています。お幸せになってくださいませ」

ライアン様のために彼から離れると決めたのに、心はどんどん沈んでいく。

でも、その理由もわかっている。

（だって……ここにはライアン様がいらっしゃらないもの）

いつか、彼のいない生活に慣れる日は来るのだろうか……

私は、痛いほどにぎゅっと手を握りしめた。


私が伯爵家で過ごすようになってから二週間後、ベリルが伯爵家を訪ねてきた。

自室で彼女をもてなすと、彼女は沈痛《ちんつう》な面持《おもも》ちで切り出す。

「奥様は、もうお屋敷にはお戻りにはならないのでしょうか？」

私は記憶喪失のふりをして首を横に振った。

「ごめんなさい。顔も知らない男性と、夫婦として一緒に暮らすなんてできません。それよりあの、あの方は……お元気なのでしょうか？　私のせいで離縁になってしまって、もちろん責任は感じているのよ」

それとなくライアン様の近況を尋ねる。ベリルは暗い顔のまま、寂しそうな声を出した。

「……旦那様はずいぶんお疲れのようです。奥様のいないお屋敷に一人でいるのがお辛《つら》いのか、ここ半月ほどは騎士団からお戻りになるのが深夜になっております。お可哀想に」

「そう……」

きっと彼は、騎士団でアレクシア様との愛情を深めているに違いない。

細胞の一つ一つが悲しみに侵《おか》されるように、切なさが全身を駆け巡った。

(愛する人が離れていくことがこんなに辛《つら》いなんて……もしかしてライアン様も、アレクシア様と引き裂《さ》かれたときはこんな気分だったのかしら)

心が絶望で満ちたとき、ベリルが何かを決意したように口を開いた。

「お願いします。奥様、一度でいいですから旦那様とお会いしていただけませんか？　そうすればきっと奥様の記憶だって戻ると思うのです！」

本当はライアン様に会いたいが、一度でも顔を見たらきっと離れられなくなる。

私が離縁は嫌だといえば、彼はその通りにするしかないだろう。私の後ろには、絶大な権力を握るお父様とお兄様がいるのだから。

はじめからライアン様がこの結婚を断ることができなかったように……

(あぁ、ライアン様のお顔を見ることができたら、どんなに幸せかしら。でも駄目。決心が鈍《にぶ》ってしまうもの)

「ベリル、私はもうあの方にお会いするつもりはありません」

私がそう答えると、ベリルは一層顔を曇《くも》らせた。

「わかりました。でも、私もエマも奥様の記憶がお戻りになるまで、あのお屋敷でお待ちしています」

「ありがとう、ベリル……でも、もし私の記憶が戻らなくても、こうして時々は伯爵家に顔を出してちょうだいね」

私がそう言うと、ベリルは顔を赤らめてうなずいた。泣きたいのを我慢しているようだ。瞼《まぶた》や顎《あご》が細かく震えている。

よく見ると、彼女の顔はやつれて、目の下には隈《くま》もあった。

（ベリルにまで嘘をつくのは心が痛むわ。彼女はいつだって私の味方だったもの。……ベリルには本当のことを言ってもいいのかも。きっと、私の気持ちをわかってくれるわ。ああ、でも……）

しばらく迷ったが、私は意を決して告白することにした。

「あの……ベリル！　私、本当は――」

「あぁぁぁ、レイチェル！」

そのとき突然扉が開いて、甲高《かんだか》い男性の声がした。

そこにいたのはヴィーデル卿だった。紫の薔薇《ばら》の花束を抱《かか》えている。

その後ろで我が家の執事が慌《あわ》てていた。おそらく執事が止めるのも聞かずに、無理やり入ってきたのだろう。私は冷たい目で彼を見た。

「ヴィーデル卿、またあなたですか」

「レイチェル、なんて可哀想に！　あの爵位もないただの騎士のせいで事故に遭《あ》ったとは。しかも記憶までなくすなんて、なんという悲劇！　やはり、あなたは私と結婚すればよかったのです」

ヴィーデル卿は花束をベリルに押しつけると、跪《ひざまず》いて私の手を取る。

背筋にぞくりと悪寒《おかん》が走った。

彼はにたりと笑い、嬉しそうに続ける。

「あのライアンとかいう男のことも忘れてしまったようで。離縁するのだと伯爵からお聞きしましたよ。なので、今日はレイチェルに結婚を申し込みに参りました」

私は握られた手を乱暴に振りほどいてから、彼に背を向けた。

「申し訳ありませんが、まだ離縁は成立しておりませんので、私はあの方の妻です。ですから、結婚の誓いを冒涜《ぼうとく》する物言いは慎《つつし》んでいただきたいわ。それに、今は来客中です。勝手に部屋に入ってこられては困ります」

「……はっ、来客中などと。まさかこのくたびれた侍女のことを言っているのですか？　この女と王族の血を引く私、どちらに価値があると思っているのでしょう」

ヴィーデル卿が蔑《さげす》むようにベリルを見る。

(なんて男なのでしょう!)

私はカッとなって声に力を込める。

「ベリルは私をずっと支えてくれる大切な侍女。彼女を馬鹿にすることは許しません。すぐにここから退出してくださいませ」

厳しい声を出したのに、ヴィーデル卿は更に顔をほころばせる。

「あぁ、あぁ、もっと叱《しか》ってください! レイチェル!」

もう何を言っても逆効果にしかならない。

私が困り果てていると、執事が呼んでくれたのか、お父様がやってきた。

「ヴィーデル卿。レイチェルは事故に遭《あ》ったばかりでまだ体調が優《すぐ》れないのだ。勝手に部屋にまで押し入るのはどうかと思いますぞ」

不快感を隠そうともしないお父様が怖いのか、ヴィーデル卿は身をすくめる。

「申し訳ありません。レイチェルが離縁すると聞いて、居ても立ってもいられなくなったのです。愛とは本当に厄介《やっかい》なものですね。自分では感情のコントロールが利《き》かなくなる」

宰相の機嫌《きげん》を損《そこ》ねるわけにはいかないのだろう。彼はあっさり身を引いた。

それでも、ヴィーデル卿は熱のこもった視線を私に向ける。

「でもレイチェル、私は諦《あきら》めませんよ。絶対にあなたを私のものにしますから、覚悟していてください」

そして彼は、捨て台詞《ぜりふ》を残して部屋から出ていった。

「奥様……」

ベリルが心配そうに私を見ている。私は安心させるように彼女に声をかけた。

「心配しないで。ヴィーデル卿とは何度生まれ変わろうと結婚しないわ。それよりベリル、あなたこそ嫌な目に遭《あ》わせてしまってごめんなさい」

「いいえ、いいえ。奥様がそう言ってくださっただけで充分です」

気を取り直し、私たちはしばらく談笑した。そして西日が差し始めると、ベリルは帰り支度《じたく》をする。

部屋を出る前に、彼女は言った。

「奥様がいない間は、エマと二人で頑張ります。ですので、屋敷の管理はご安心ください」

はっきりとは言わないが、それの意味するところはすぐに理解できる。他の使用人の手前、私が屋敷の掃除や片づけを手伝っていたことを隠してくれたのだろう。

もしかしたら彼女は、私の記憶が戻っていると気が付いているのかもしれない。それとも、そういう風に言えば、記憶を取り戻す糸口になると考えたのだろうか。

（どちらにしてもごめんなさい、ベリル……）
私は、ベリルの寂しそうな背中を見送った。

8　最愛の旦那様を失う日

それからどれくらい経ったのだろう。

ライアン様のいない生活はあまりにも無機質で、頭の中にぼんやり靄《もや》がかかったよう。

そんな中、私はお父様とお兄様に書斎に呼び出された。

「レイチェル、ライアン君との離縁が貴族院で認められた。あとで正式な書類にサインをしなければならんが、それで大丈夫だな」

私はいつものように人形の顔と抑揚《よくよう》のない声で答えた。

「……ええ、もちろんです。あの方には、充分な慰謝料をお渡しくださいね」

すると、お父様とお兄様がこれ以上なく顔をほころばせる。

「大丈夫だ、レイチェル。私たちがずっとついているからな。どうしても結婚したくなったら、私がいい男性を見繕《みつくろ》ってやろう。伯爵家で一緒に暮らしてくれる男にしよう」

嬉しそうに言うお父様に、私は首を横に振った。

「いいえ、私はもう結婚はしませんわ」

離縁という言葉が重く圧《の》しかかってくる。ライアン様と他人に戻ってしまうということを突きつけられ、心が押し潰《つぶ》されてしまいそうだ。

「あぁ、そうだ。レイチェル、申し訳ないが明日はライアン君の屋敷に行ってもらうぞ。そこで離縁の書類にサインする約束だからな」

「ええ。そのことなら先ほど、お母様からお聞きしましたわ」

ライアン様の真意はわからないが、彼は離縁を受け入れる代わりに、私と一日一緒に過ごすことを要求したらしい。本当は彼には会いたくないのだけれど、仕方ない。

（もしかして最後に私に会って、ご自分の口から別れを告げたいのかもしれないわ。ライアン様は本当に誠実な方だから）

私はぎゅっとドレスを握りしめた。体に力を入れていないと倒れてしまいそうだ。

きっと明日が、私がライアン様を見る最後になるだろう。そう思うと何をしていても気もそぞろで、ぼんやりとしているうちに気付けばその日の朝を迎えていた。

時間になると、執事が現れてライアン様の来訪を告げる。

私の記憶が戻っていることを彼に悟られてはいけない。私は緊張しながら、執事と応接室に向かった。

（あぁ、久しぶりだわ。ほんの数週間なのに、もう何年もお顔を見ていない気がする。

ライアン様、お元気でいらっしゃるかしら)

執事が扉を開いて、部屋の中が徐々に見えてくる。

大理石のマントルピースに飾り棚《だな》、繊細《せんさい》な彫刻の施《ほどこ》された太い柱のあとに、大好きなライアン様の姿が見えた。

彼はいつものように艶《つや》のある銀の髪とエメラルドグリーンの瞳を煌《きら》めかせ、黒い革《かわ》のロングブーツに朱色の騎士服を身につけていた。

詰襟《つめえり》の部分には騎士団の隊章がつけられ、黄色の飾緒《しょくしょ》が朱色を際立たせている。腰には家紋の入った剣が下げられており、漆黒《しっこく》のマントをまとっていた。

その姿に、私の全身の細胞が叩き起こされたように騒ぎ出す。

(こ、これは結婚式で見た正式な騎士服だわっ！　あぁ、なんて素敵なのでしょう……光がライアン様の後ろから差して、まるで天国に来たみたいです！)

王城での夜会か、格式高い騎士団の催《もよお》しでしか目にすることのない正式な騎士服。それを身につけたライアン様を見たのは、結婚式が最初で最後だった。

あのときのときめきが、そのまま胸に戻ってくる。

「レイチェル……会いたかったよ！」

私に気が付いたライアン様が、今まで以上に爽《さわ》やかで華やかな笑みを見せた。

最愛の旦那様の最高に格好いい姿を見て、悶《もだ》えない奥様はこの世に存在しないだろう。細胞の一つ一つが覚醒《かくせい》して、全ての毛穴から萌《も》えが溢《あふ》れ出しそうだ。

（あぁ、あぁ、あぁ……なんて素敵なの！　このお姿を永遠に目に焼きつけたいです、ライアン様ぁ！）

感動で固まっていると、ライアン様が歩み寄ってくる。そしてマーガレットの大きな花束を手渡してくれた。

その瞬間、心に火が灯《とも》ったように胸がじーんと熱くなる。

「花、ですね……」

すごく嬉しいのに、やはりそっけない態度になってしまう。

抑揚《よくよう》のない声で礼を言うと、ライアン様はにっこり笑って左手で銀の髪を掻《か》き上げた。長い指にサラサラの銀の髪が絡まって落ち、瞼《まぶた》をかすめていく。それから彼は銀色の睫毛《まつげ》を伏せた。

それはまるで演劇の一幕のようで……心臓が止まるかと思うほど衝撃を受けた。心がねじれるほど悶《もだ》えてしまう。

（な、な、なんて素敵なの！　私の大好きな騎士服姿で、その仕草は反則すぎますぅ！）

「じゃあ行こうか、レイチェル。きっと君も楽しんでくれると思うよ」

爽《さわ》やかすぎる声でそう言うと、ライアン様は私の手を取った。

まさにお姫様をエスコートする騎士だ。

(もう、もう何も考えられないわ……)

夢見心地《ゆめみごこち》になり、脳の奥がぼうっと痺《しび》れる。

ハッと気が付くと、私は馬車の中にいた。

隣を見ると、私を見つめる澄《す》んだエメラルドグリーンの瞳があった。

目が合うとあまりに嬉しそうに笑うものだから、恥ずかしくて視線を逸《そ》らす。

「レイチェル。心配しなくても、君が僕を忘れていることは知っているよ。君にとっては初めて見る男だろうけど、僕は君のことをよく知っているんだ」

ライアン様は、私が記憶を失っていると思っている。わかっていたとはいえ、彼に嘘をつくのはとても辛《つら》かった。

(でも一日だけだもの。頑張りましょう)

私はずっと顔を背《そむ》け続けた。けれど、ライアン様の視線を肌で感じる。あまりに見るので、外見は人形でも心は限界になってきた。気のせいか、目の前がだんだん暗くなってくる。

「レイチェル、息をするのを忘れているよ……」

ライアン様の声で、意識を取り戻した。あまりの緊張で息をしていなかったようだ。

(道理で息苦しいと思ったわ！)

ドギマギして激しく息を繰《く》り返しながらも、単調に言い返す。

「ふー、ふー、そうだったようですね。ご指摘、感謝しますわ」

冷静を装《よそお》ったけれども、愛する旦那様と馬車の中で二人きり。しかも二度と会えないと思っていたのに、平常心でいられるわけがない。

人形の表情が更に硬くなって、細胞の一つさえ動かせなくなっても、仕方のないことだろう。

「僕が君にプロポーズしたことだけど……」

突然切り出されて、心臓が馬車の天井《てんじょう》まで跳ねた。膝の上に置いた手がピクリと動く。

表面は無表情のままだが、心だけ動揺する。

「それが……どうかされましたか？」

「僕は仲間を救うために君に求婚したわけじゃない。出会ってすぐに、僕は君と恋に落ちたんだ。あのときからずっと、レイチェルだけを愛しているよ。他の女性を愛したことは一度もない」

「な、なんのお話だかさっぱりわかりませんわ。それにアレ……ア、あ、愛していると言われても困りますわ。私はあなたのことを少しも覚えていませんもの」

危《あや》うくアレクシア様の名前を出すところだった。七か月分の記憶がないふりをするなら、彼女の存在を知っているのはおかしい。咄嗟《とっさ》に言葉を変えた自分を褒《ほ》めてあげたい。

（あら？　でも、もしライアン様の今のお言葉が本当なら、ライアン様は純粋に私が好きで結婚してくださったということなの？　そうしたら、私が家出したり記憶喪失のふりをしたりする必要はなかったのかしら？）

だとすれば、またライアン様と一緒に暮らすことができる。

新たな希望に打ち震えるが、すぐに別の可能性が浮かぶ。

（いいえ、お優しいライアン様のこと。私のことを憐《あわ》れに思って、最後の一日だけは仲のいい夫婦のように振る舞おうと思っていらっしゃるのかも。でも、でも……もしかして）

悶々《もんもん》と悩んでいるうちに馬車が屋敷に着いたようだ。

ライアン様に手を引かれて屋敷の中に入る。

玄関のホールにはシェフと庭師、ベリルとエマが揃《そろ》っていた。

みんな私の書いた置き手紙を読んだのだろうか……どちらにせよ、私が家出するつもりだったことには、もう気が付いているはず。

足をすくませると、ライアン様がそっと腰を支えてくれた。優しいいつもの声で、耳元で囁《ささや》く。

「大丈夫だ。彼らは君のことをよくわかっているよ。シェフのハンスと庭師のカール。侍女のベリルは、伯爵家でも一緒だったから知っているだろう。エマは新しくうちに来てくれた侍女だ」

使用人たちは、笑顔で私に自己紹介をしてくれる。私は相変わらず無表情のまま、みんなに挨拶《あいさつ》を返した。けれど鉄仮面の裏では彼らにずっと謝り続けている。

（あぁ、ごめんなさい。すごく心配をかけてしまったみたい。いつもきちんとしているベリルが髪を上手《うま》く結えていないし、エマの目は赤く腫《は》れているもの……ハンスとカールだって、全然元気がないわ）

そんな私に、ライアン様は優しく声をかけてくれた。

「さあ、レイチェル。朝食にしよう。まだ何も食べていないんでしょう？」

彼らは私のために、いろいろ考えてくれたらしい。私の大好きなお料理やお菓子が、テーブルいっぱいに並んでいた。マーガレットの花も小さな花瓶に生けてある。

みんなのあたたかい気遣《きづか》いに胸が詰まった。

私は自分の椅子に腰かける。ライアン様もいつも通り、私から一番遠い席に座った。

まさにここでライアン様と最後の挨拶《あいさつ》を交《か》わしたというのに、また一緒に食事ができるなんて思ってもみなかった。

緊張で味のわからない朝食をいただいていると、ライアン様が寂しそうに話し始める。

「伯爵家の人たちは知らないようだけど、記憶をなくす前、レイチェルは家出をしようとしたらしいんだ。もしかして、贅沢《ぜいたく》をさせてあげられない僕との暮らしが嫌だったのかもしれない。騎士の給金も悪くはないけれど、ハプテル伯爵家の財力とは比べものにならないからね」

辛《つら》そうな様子に胸が痛む。だというのに、その憂《うれ》いを帯びたお姿もとても絵になっていて、同時に胸がときめいてしまった。私は心の中で自分を戒《いまし》める。

（駄目よ！　見惚《みと》れている場合ではないわ！　そんな理由で家出をしたのではないのに……）

反論したいけれど、記憶がないふりをしているので何も言い返せない。

もどかしく思っていると、ライアン様は睫毛《まつげ》を伏せて続けた。

「僕はレイチェルに高価な宝石やドレスを買ってあげられない。小さな屋敷に住み続けることが耐《た》えられなかったんだよね。ごめんね、レイチェル。そのせいで君は事故に遭《あ》って記憶を失ってしまったんだ。でも、これからは仕事を増やして稼ぐようにする。だから僕と別れないでほしい」

（あぁ、違います！　ライアン様は勘違いをなさっておいでです！　私はこの生活もこのお屋敷も、みんなみんな大好きでしたもの！　私はライアン様がアレクシア様を愛していらっしゃるから身を引いたのです！）

口に出したいのに出せないジレンマで、私は人形以上に体を硬直させた。

ライアン様が、更に憂《うれ》いを帯びた目で私を見る。

「……レイチェル。どうして返事をしてくれないのかな？」

「あ……あの」

歯切れの悪い私に痺《しび》れを切らしたようで、ライアン様が身を乗り出した。その拍子に、彼の手がグラスに当たる。中のオレンジジュースが零れ、ランチョンマットの上に広がった。

「ごめん、零してしまったね」

ライアン様はすまなそうに小さく笑うと、膝《ひざ》に置いていた純白のナプキンでジュースを拭《ぬぐ》い取る。それを見て、私はぎょっとした。

（きゃぁぁぁぁ！　駄目です！　そのナプキンは結婚祝いでいただいた王室御用達《ごようたし》の高級品！　すぐに洗わないと染《し》みが残ってしまいますぅ！）

ベリルたちが気を遣《つか》って、特別に用意してくれたのだろう。

でもそれを買おうと思ったら、一枚でライアン様のシャツを仕立てられるくらいのお金がかかる。そんな無駄遣《むだづか》いはできない。すぐに水で流せば汚れは落ちるはずだから、早く洗わなければ。

「エマ、あとで洗っておいてくれるかい？」

「はい、旦那様」

なのに、エマはナプキンを受け取って棚《たな》の上に置いたきり、何もする気配はない。

（どうしてしまったの、エマ！　いつもならエマのほうがうるさいくらいなのに……！）

けれども私が言うわけにはいかないので、泣く泣く口を閉じた。

汚れたナプキンに気を取られていたら、食事は終わってしまう。

それからライアン様に誘われて、サンルームでくつろぐことになった。

壁と天井《てんじょう》がガラスでできたサンルームは、扉を開け放すと風が入ってきて心地《ここち》がいい。レースのカーテンが揺れて、その隙間《すきま》から穏やかな陽光が注《そそ》がれる。

思えば一か月以上も屋敷を離れていたのだ。庭の木々はうっすら黄色く色づいている。夏が過ぎ、秋が始まろうとしていた。

私はお気に入りのクッションを抱いて、心地《ここち》のいい籐《とう》の肘掛《ひじか》け椅子に座る。一人掛けの肘掛《ひじか》け椅子を選んだのに、ライアン様は自分の椅子を移動させ、私のすぐ隣に腰かけた。

（あまり近寄らないでください。ドキドキしてもう限界ですぅ……！）

肩が触《ふ》れそうなほど傍にいるので、緊張して落ち着かない。私の心臓はこれ以上ないほど高鳴っている。

「レイチェルは記憶を失っているんだよね？　僕たちがどうやって出会ったのか、今から君に話してもいいかな？　もしかしたら君の記憶が戻るかもしれない」

ライアン様はそう言うと、私たちの出会いについて語り始める。

それはとても叙情的《じょじょうてき》で愛情に満ちていて、出会ったときの天にも舞い上がりそうな気持ちを思い出すには充分だった。

「あのとき、僕は一目《ひとめ》で恋に落ちたんだ。でもレイチェルは、それほど僕を愛していなかったのかもしれないね。だって君は、僕を愛しているとは一度も言ってくれなかったから……」

「そんなことはありませんわ」

記憶を失っていることも忘れて、即座に反論してしまう。

あのとき……一度だけだったけれども、確かに彼に愛を伝えたのだ。

けれども抑揚《よくよう》のない声なので、否定しているように聞こえなかったようだ。ライアン様が憂《うれ》いのこもった目で私を見つめる。

「ありがとう、レイチェルは記憶を失っていても優しいね。でも、それがきっと真実なんだ。僕は心から君を愛していたけど、君はそうじゃなかった」

ライアン様への愛を疑われて胸が苦しくなる。私は今でも彼を愛しているのに。

そして、「僕は心から君を愛していた」という彼の言葉に浮き足立ってしまう。

何度も愛していると言われ続けていると、まるで本当のことのように思えてきた。

（でも、もしそうだとしたら、こんな私のどこを好きになってくださったのかしら？人形の私？　それなら、やっぱり本当の私を知られたら嫌われてしまうわ。あぁ、どうしたらいいの？）

疑問が、何度も何度も頭の中を駆け巡る。

「ライアン様は私のどこを好きになられたのですか？」

頭の中で何度も考えていたせいで、つい声に出してしまった。

ハッと気が付くがもう遅い。

それは愚問《ぐもん》だろう。きっと私の美貌《びぼう》の話になるに違いない。それ以外に取り柄《とりえ》などないのだから。

困惑する私をよそに、ライアン様は長い足を組んで、いつも以上に爽《さわ》やかに笑った。

「ははっ、そうだね、レイチェルの好きなところはいっぱいあるよ。例えば、僕がレイチェルの目を見つめると、絶対に瞬《まばた》きをしなくなるところ。その上、息をする回数が目に見えて減るんだ。あとは、君の背中に手を当ててるだけで、鼓動があっという間に増えていくところも」

妙なことを言われてドキリとする。

「そ、そんなことはありませんわ」

「じゃあ、試してみる？」

ライアン様の提案に、また心臓が跳ねる。

それでもきっぱりと断ろうと口を開いた途端、ライアン様は髪が頬に触《ふ》れそうなほど、顔を近づけてきた。

彼はじっと私の目を見つめながら、私の背中に手を回した。全身の感覚が背中に集中して、そこがぽかぽかと熱を放ち始める。

澄《す》んだエメラルドグリーンの瞳に、私が映っているのが鮮明《せんめい》に見えた。

（きゃぁぁぁぁ！　一か月近くもライアン様に会えなかったのに、急にこんなの……絶対に無理です！）

目を逸《そ》らそうとしても、どうしてもできない。ライアン様は、そのままいたずらっ子のように笑った。

「ほら、絶対に瞬《まばた》きをしなくなる。それって、僕のことが好きだってことだよね。僕はそんなレイチェルが大好きだよ」

大好きだよ。

そのフレーズが、何度も何度も私の頭の中でこだました。

(本当にその言葉を信じてもいいのですか？　私のことを愛してくださっているの？　アレクシア様は？)

彼女のことを思い出すと、しゅんと心が萎《しぼ》んでいく。すると、ライアン様は眉尻を下げた。

「あぁ、もう。そんなに辛《つら》そうな顔をしないで、レイチェル。僕まで苦しくなってくるよ」

「あの、私。表情に出ていましたか？」

不思議に思って尋ねる。私の表情は変わっていないはずだ。

するとライアン様は首を横に振って、にっこりと微笑んだ。

「全然出ていないよ。君はいつも通り美しい人形のままだ。でもね、僕にはレイチェルの気持ちがすぐにわかる。だって、君の心はとても単純すぎるほどに純粋だからね」

驚きのあまり、思考が追いつかない。

(ライアン様は、私の中身を知っていらっしゃったの!?)

「ふふっ、今は驚いて戸惑《とまど》っているね。ごめんね、僕はずっと、君が見た目に反して感情の豊かな女性だと知っていたんだ。それに、僕のことをとても大好きだってこともね」

「ライアン様……」

「それに、記憶が戻っていることもわかっているよ。だって朝食のときに、君は何も聞かずに僕から一番遠い席に座ったよね。普通はあんなに席を離さない。それに僕がジュースをわざと零したとき、ナプキンをとても気にしていた。結婚前のハプテル伯爵令嬢なら、そんな些細《ささい》なこと気になるはずがないんだ」

そう言われてから気付く。

確かに食事のとき、私たちの席は離れすぎていた。本来、それはマナー違反だ。そこに食事の用意がされていたら、誰でも疑問に思うだろう。それにハプテル家には、あの程度の高級なナプキンは捨てるほどある。

(つい、倹約《けんやく》の癖《くせ》が出てしまったわ！　なんとか誤魔化《ごまか》さないと)

とにかく顔を背《そむ》ける。けれど、ライアン様はそうはさせまいと籐《とう》の椅子の背に両手をついた。

私は彼の腕の中に閉じ込められてしまう。

そっと視線を上げると、騎士服姿のライアン様が、どアップで目に飛び込んできた。

もう一度顔を逸《そ》らそうとしたら、彼が私の顎《あご》を掴《つか》む。

(きゃぁぁ、近すぎますっ！　ライアン様！)

しばらく見つめ合ったあとで、ライアン様は真剣な顔をした。

「聞いて、レイチェル。僕は君に嘘をついたことは一度もない。君を心の底から愛している。何故かアレクシアとの関係を疑っているようだけど、本当になんでもないんだ。だから僕から逃げないでほしい」

彼の言葉を信じたい。

けれど、彼が私を「鬱陶《うっとう》しい」と言った夜のことが、どうしても忘れられない。喉《のど》に刺さった小骨のように、じくじくと痛みを放つのだ。

エメラルドグリーンの瞳を見つめながら、私は慎重に言葉を選ぶ。

「ライアン様はあの夜、私のことを『鬱陶《うっとう》しい女だ』とおっしゃいました。それに、いつもよりも乱暴にお抱きになりました。ですから、ライアン様は私をお嫌いなのだとばかり。それは誤解だったのでしょうか？」

心の中で号泣しながらそう言うと、ライアン様は息を呑んだ。

「……もしかしてレイチェル、あの夜はワインを飲まなかったの？」

ワインを飲まなかったことがそんなに大事《おおごと》なのだろうか？　大袈裟《おおげさ》に驚く彼に疑問を

抱《いだ》くが、百日目の記念ワインを零してしまったのは私。

申し訳ないと思いながらそれを認めると、ライアン様は、しまったといわんばかりに大きなため息をついた。

「はぁー……」

私が座る椅子の背に両手をついたまま、つむじが見えるほど頭を深く下げる。

こんな風に落ち込むライアン様を見たのは初めてだ。

（一体どうしたのかしら……？　あぁ、ライアン様……）

しばらく経ってもライアン様が動く気配はない。心配になって彼の腕に手を添えようとすると、彼はそれをはねのけて後ずさった。互いの手が当たって大きな音を立てる。

こんなに取り乱す彼を、今まで見たことがない。

表情を見られたくないのか、ライアン様は自分の肘《ひじ》で顔を隠している。彼はうろたえたまま、震える声で叫んだ。

「すまないレイチェル！　ごめん！」

そしてサンルームから飛び出していく。突然のことに私の理解が追いつかない。

（ど、どうしたのかしら。まさか体調でもお悪いの？）

慌《あわ》てて彼のあとを追いかけると、ライアン様は二階の自室に閉じこもっていた。取っ手を回すが、扉は開かない。拒絶するように閉められた扉の前で、私は単調な声を出した。

「ライアン様、大丈夫ですか？　お加減でも悪いのでしょうか？」

「……レイチェル。ごめん、今は一人にしてほしい。向こうに行ってくれ……」

扉のすぐ近くから、苦しそうなライアン様の声が聞こえる。

「どうかなさったのですか？」

それから何を尋ねても、ライアン様は黙ったまま答えようとしない。

「ライアン様……」

困った私は扉に頬をつけて目を閉じる。そうすれば、ライアン様の熱が伝わってくるような気がしたから。

どのくらいそのままでいただろうか。

やっと、ライアン様の小さい声が聞こえてくる。

「……レイチェル。本当の僕はあんな風に自分勝手で、君が困った顔を見るのが大好きなんだ。だからレイチェルは家出したんだよね。僕が君の理想の、爽《さわ》やかで誠実な男じゃないとわかったから……」

その声は、今までのライアン様からは考えられないくらいに弱々しい。心配が募る。

（ライアン様が何をおっしゃっているのか、わからないわ。私が家出をしたのは、ライ

アン様に嫌われたと思ったからなのに）

困惑する私をよそに、ライアン様は話し続ける。

「あの夜。君は僕のことを愛していると言ってくれた。だから僕は、君がワインを飲んだと思ったんだ。君は酔うと、素直に心の内を晒《さら》してくれたから……。君はお酒を飲むと『妖精の人形』じゃなくなる。表情は豊かになるし、とても感情に素直な女性になる。でもお酒が抜けると、その間の記憶はなくしているんだ。だから僕はそれを利用して、君に困った顔をさせて楽しんでいた。酷《ひど》い男だよね」

それを聞いて、私は心の中で安堵《あんど》のため息をついた。

「では、もしかして、私はライアン様にきちんと愛していると伝えていたのですか？　それを知って、一緒にいてくださったのですか？　あぁ……よかった」

ライアン様の顔が見えないせいか、思ったことが素直に口にできる。

「レイチェル、よかったって……？」

扉の向こうから、ライアン様の驚く声が聞こえてきた。それに私は答える。

「ええ、よかったです。私がライアン様を愛していることを知ってくださっていたのでしょう？　ライアン様は、人形のような私が好きなのだと思っていました。だから、愛しているなど言ってはいけないと……でも、ずっとずっと伝えたかったのです。伝えられていて、よかったです」

「君は怒っていないの？　君の理想が、絵本に出てくる爽《さわ》やかな騎士だと僕は知っているよ。けれど僕はそんな男じゃない。あの夜を覚えているんだろう？」

（絵本のこと、気付かれていたのね……一生懸命《いっしょうけんめい》隠す必要なかったんだわ）

私はひとつため息をついたあと、あの夜のことをつぶさに思い出す。

確かに、あの夜はなかなかイかせてくれなくて辛《つら》かった。でも辛《つら》かったのは嫌われていると思っていたからで、ライアン様が怖かったからではない。

（それに……いつもはそんなに濡れないのに、すごく濡れてしまったからかしら。今までで一番、気持ちがよかったわ）

あのときの快感がよみがえってきて、体が火照《ほて》り出す。

私は心の中で頬を真っ赤に染めながら、ライアン様の質問に答えた。

「ええ。見ましたけれど、それがどうかしましたか？　確かに少し強引でしたけれど、そんなライアン様も素敵です。爽《さわ》やかでお優しいライアン様を私は好きになりましたが、今はどんなライアン様も大好きです」

そう言ったあと、また「鬱陶《うっとう》しい」と言われたことを思い出す。あれは、どういうことだったのだろう。

「……あの、私からも聞きたいことがあるのですが、いいでしょうか？」

「いいよ、レイチェル。なんだい？」

ライアン様の優しい声を聞いて、私は心を決めて問う。

「ライアン様はあの夜、『鬱陶《うっとう》しい女だ』とおっしゃいました。あれは、私のことではないのですか？」

すると、扉越しに大きなため息が聞こえた。

「……違う。あれは、アレクシアのことだ。決してレイチェルではないよ」

「えっ……でも、ライアン様とアレクシア様は、とても親しげに見えました。それに、『魅力的な女性だ』っておっしゃっていたはず。だから私は、ライアン様はアレクシア様を隣国に行かせて、駆け落ちしようとしていると思ったのです」

私が目を見開きながら言うと、ライアン様は自嘲《じちょう》するように答える。

「彼女が上司の娘だから、よくしていただけだよ。本当は、彼女のことを気にかけたことはない。……あのあと、僕はアレクシアを騙《だま》して隣国に行かせ、この国に帰ってこられないようにしたんだ。君と僕を引き離そうとした彼女が許せなくてね。だから、策略を立てて彼女を陥《おとしい》れた……くそっ！　こんなことまで君に話すつもりはなかったんだけど」

（あぁ、あの言葉はそういう意味だったのね。私ったら勘違いをしてしまったのだわ）

なんとも言えない感情が溢《あふ》れ出して全身を満たす。

それは――これ以上にないほどの幸福感だった。

涙を出せたなら、きっとすでに大粒の涙が頬を伝っていたに違いない。

「……どうだい。僕は君の理想からはかけ離れた、冷たくて悪知恵が働く、ずるい男なんだよ」

悲痛なライアン様の声に対して、私は心の中で満面の笑みを浮かべていた。

「……アレクシア様はお可哀想ですね。もう一度策略を立てて、王国に戻してあげてくださいい。きっと反省なさっていますわ」

「僕は君の理想の男性じゃない。『運命の騎士』じゃないんだ。目的のためなら手段を選ばない、冷徹で冷淡な男。こんな僕なんか、もう嫌いになってしまっただろう」

私は彼からは見えないにもかかわらず、大きく首を横に振る。

「いいえ、今でも心から愛しています。私も冷徹で冷淡な女ですもの。だって、ライアン様が私と一緒にいるために怒ってくださるなんて、とても嬉しいと思ってしまったの。ですから、私も同罪です。一緒にアレクシア様に謝りましょう」

するとギシリと木の扉が音を立てる。ライアン様が寄りかかったらしい。

「……レイチェル……君って女性は、本当に……」

絞《しぼ》り出すような弱々しい声が聞こえてきた。でも、それは今までのように辛《つら》そうではなくて、何かに感動したような、誰かに感謝するような……そんな声だ。

私は彼に寄り添うように、扉越しに体を添わせた。

二人の間に扉はあっても、心は一つになったよう。私の不安はすっかり消え去ってしまった。

(大好きです。ライアン様、愛していますわ。私の大切な旦那様。大好きです!)

そう心で唱えた瞬間、予告なしに扉が内側に開いた。

「きゃあっ!」

私は悲鳴を上げながら、部屋の中に倒れ込む。すると、ライアン様の腕が私を抱きとめてくれた。次の瞬間には、息もできないほどきつく抱きしめられる。

「レイチェル!」

隙間《すきま》を埋《う》めるように抱かれ、ライアン様の匂いに包まれた。心臓が激しい音を立てる。ただでさえ緊張する上に、ライアン様は正式な騎士服を着ているのだ。夢にまで見たシチュエーションに、惚《ほう》けてしまう。

「レイチェル……愛しているよ。一生君を離さない!　今度君が離れていったら僕は君を殺すよ！」

行き場所を失っている自分の両手を、ドキドキしながら彼の背にそっと回す。

（きゃぁぁぁ、背中に手を当てられたのは初めてです。ライアン様と抱き合ってしまいました！）

感動に浸《ひた》っていると、ライアン様が私の肩を掴《つか》んで体を離した。

どうやらキスしてくださるようだ。

その前に、間近でライアン様の素敵なお顔を見てしまう。

そのせいでいつものツンが発動してしまった。勢いよく顔を背《そむ》けてしまい、頬に唇が落とされる。

（あぁぁぁ、私ったら、なんてこと！　せっかくのキスでしたのに！　もったいない！）

こんなにロマンチックな状況なのに、どうしてなのかと自己嫌悪《じこけんお》に陥《おちい》る。

「ふふ、レイチェル。そんな不器用な君も愛しているよ」

そんなことは露《つゆ》ほども気にしてないという顔で、彼は私の顎《あご》を掴《つか》んで強引に口づけた。

それはいつもの優しいキスと違って少し乱暴で……奪うような素敵なキスだった。

腰が抜けそうになり、頭の奥がとろけてぼうっとする。

「おいで、レイチェル」

するとライアン様が私の手を取って、寝室のベッドに誘導した。

私の体は、まるで魔法にかかったみたいに彼に逆らえない。心が期待にうち震えているのだ。

ベッドの上に仰向けに押し倒されて、ようやく少し理性が戻ってきた。

（まだお昼前なのに、まさかそういうことをするつもりでしょうか！　嬉しいですけど困ります！）

「やめてください。ベリルもエマもまだ下にいますから」

そっけなく言うと、ライアン様が爽《さわ》やかに答える。

「大丈夫、僕は誰に聞かれても気にしないよ。レイチェル、僕を見て……」

「私は気にします」と言いたかったが、ライアン様の素敵なお姿を見ると何も言えなくなる。ベッドの上で私を見下ろすライアン様はことさらに素敵で、全身で抱かれたいと願ってしまった。

（ふわぁぁぁ、見上げるライアン様も最高です！　なんて素敵なの！）

銀色の柔らかい髪が垂れてきて、欲情を孕《はら》んだエメラルドグリーンの瞳にじっと見つめられる。

ライアン様は、詰襟《つめえり》の騎士服の首元を片手で緩めた。肩の飾緒《しょくしょ》がそれに合わせて揺れる。

　その光景を間近で見ている私の心は爆発寸前。けれども無表情のままで私は顔を背《そむ》けた。

「わかりましたわ。でしたら、私にワインを飲ませてくださいませ」

「どうして？　レイチェル」

　ライアン様のことだから、私の言いたいことに察しがついているはず。なのに、わざわざ言わせようとするのだ。でも、少し意地悪なライアン様も大好きで仕方がない。

「今の私は喘《あえ》ぎ声も出せませんし、表情も硬いままでライアン様を満足させて差し上げられません。でしたら、ワインを飲んだ私を抱くほうがいいと思います」

　するとライアン様は、私の首筋にそっとキスを落とした。あたたかい吐息が肌を撫《な》で、くちゅっと舌を這《は》わす音がする。

「そんなことはないよ、レイチェル。僕は今の君を抱きたいんだ。緊張すると、レイチェルはもっと人形のように無表情になるよね。でも、僕のことばかり考えているんだと思ったら、堪《たま》らなくゾクゾクする。もっと君の頭を僕でいっぱいにしたくなるんだ」

　いつもは優しくて柔和《にゅうわ》なライアン様が、こんなことを話すのは初めてだ。

　でも、強引で少し意地悪なライアン様も、とてもいい。徐々に心臓が早鐘《はやがね》を打つ。

(そう言ってくださって嬉しいです、ライアン様！　私もライアン様を愛していますわ！)

ぼうっと熱に浮かされていると、いつの間にかドレスを脱がされていた。

生まれたままの姿でベッドに横たわる私を、ライアン様が満足そうに眺めている。

まだ昼前なので、部屋の中は光が差し込んでいてかなり明るい。

いくら旦那様とはいえ、そんな中で裸を晒《さら》すのはやっぱり恥ずかしい。私が胸を手で隠すと、ライアン様は爽《さわ》やかに笑いながらその手を強引に引き剥《は》がした。

「駄目だよ、レイチェル。隠したら僕が味わえない。きっと口に含んだら君の乳房は桃のように柔らかくて、そのピンク色の先端は木苺のような味がするんだろうね」

詩的な表現でそう言われて、とてつもなく恥ずかしくなる。きっとわざとなのだろう。

(これは、少し意地悪なあの夜のライアン様だわ……あぁ、ドキドキが止まりません)

しかも、今は私の大好きな騎士服を身につけているのだ。素敵さに拍車がかかっている。

そう思っているのを見透《みす》かされているのだろうか。

ライアン様は上着の前をはだけさせただけで、全て脱ごうとはしない。そのまま彼は私の肌に唇を落とした。

あたたかい舌が全身に這《は》わされて、肌の感覚がいっそう鋭くなる。

それと同時にライアン様の指が秘所を彷徨《さまよ》って、敏感な蕾《つぼみ》を探し当てた。器用に動く指が、湿ったそこの周りをやんわりと撫《な》でつける。

けれども人形のような私の体は、感じているほどには濡れない。

（あぁ、やっぱり人形の私では、ライアン様を喜ばせることはできないのだわ……）

悲しくなっていると、ライアン様が優しく言った。

「大丈夫、きちんと濡らしてあげるから……レイチェルはじっとしていて」

私の気持ちは顔には表れていないはずなのに、どうしてわかったのだろう。不思議に思っていると、敏感な蕾《つぼみ》が熱で覆《おお》われた。刺激が強すぎて、さっきまでの疑問はすぐに吹き飛ぶ。

ライアン様が、秘所を舐《な》めているのだ。

じゅるりという淫猥な音とともに、ねっとりとした舌が、ちろちろとうごめくのを感じる。唇で啜《すす》り上げられて、舌先で蕾《つぼみ》を転がされる。

「そんな汚いところ……おやめください」

「そう？　でも濡れないんだから、僕の唾液《だえき》で濡らさないとね。それに、レイチェルのここは綺麗だよ。ほら、僕を誘うようにぷっくり膨《ふく》れてきた。ここを強く吸われるの、好きだよね」

そして、またじゅるるっと液体を啜《すす》る音がする。それが私の愛液なのか、彼の唾液《だえき》なのかわからない。でもきっと、その両方なのだろう。

あっという間に愛蜜が溢《あふ》れ出し、膣口が濡れそぼっていく。

（あぁぁ、恥ずかしいですぅ……！）

彼の口ぶりだと、お酒を飲んだ私は何度もライアン様に秘所を舐《な》められていたようだ。想像するだけで羞恥《しゅうち》で泣きたくなる。

もう充分濡れたと思ってからも、ライアン様の舌は、私の敏感な蕾《つぼみ》をいじめ続けた。舌先で転がしては唾液《だえき》を絡めて、啜《すす》り上げる。

そのたびに私は腰を揺らして、心の中で喘《あえ》いだ。

快感が高ぶって全身の細胞が痺《しび》れてきた頃。

ライアン様は上体を起こして、欲望を孕《はら》んだ目で私を見る。獣のような視線に、背筋がゾクリとした。

「レイチェル、もういいかな。これ以上は僕が我慢できない。ずっとレイチェルを抱きたくて堪《たま》らないんだ」

騎士服を着たままライアン様はベルトを外し、ズボンを下ろした。そして私の体をうつ伏せにする。

熱を持った欲望の塊《かたまり》が、後ろから膣の入り口にあてがわれる。少しそこをこすられるだけで、腰の中心に悦楽《えつらく》がじわりと生まれた。

ライアン様は、しっとりとした甘い声を出す。

「レイチェル、知っている？　確かに君はこんなときでも人形だけど、気持ちいいと背中が真っ赤に染まるんだ。まるで白い雪の中に薔薇《ばら》が咲いたようで、とても美しいんだよ。もう、うっすら赤らんできている。レイチェル、ここが気持ちいいんでしょう？」

(そ、そうなのですか？　知らなかったわ)

喘《あえ》ぎ声や悦楽《えつらく》に溺《おぼ》れた表情はできないが、それならライアン様の与えてくれた快感を背中で伝えることができる。

たったそれだけのことなのに、心の底から嬉しい。

「もう挿《い》れるよ。力を抜いて、レイチェル」

ライアン様は私の腰を両手で掴《つか》むと、硬さを増した剛直を一気に奥まで突き入れた。

充分に濡らされた膣は、少しの窮屈《きゅうくつ》さを伴《ともな》いながらもライアン様の全てを受け入れる。

全身が一瞬で熱くなって、快感が駆け巡る。

(ふぁ、あ……あんっ！)

愛液が掻《か》き混ぜられ、ぐちゅりと卑猥《ひわい》な音を立てる。それと同時に、背中がのけぞった。

ぼうっとした頭に、ライアン様の快感に酔った声が響く。

「はぁっ……ほら、また背中の薔薇《ばら》が大きくなった……」

ライアン様が喜んでくれている。そう思うと、一層感覚が敏感になって快楽が深まった。

彼がこれ以上ないほど近くにいると実感できて、堪《たま》らなく幸福になる。

（あぁぁ、大好きです！　ライアン様ぁ！）

限界まで膣壁を圧迫していた熱い肉棒が、ずるりと引き抜かれる。

体内から熱を失う切なさと、膣壁をこすられて湧き上がる快楽が入り混じった。

はち切れんばかりに大きくなった熱の塊《かたまり》は、もう一度狭い膣壁を押し分けて、奥へ奥へと侵入してくる。

またぐちゅりと愛液が音を立てた。私は背を弓なりに反《そ》らして、最高の快楽に身を浸《ひた》す。

（あっ……んっ！　はぁっ！）

何度も何度も繰《く》り返し腰が穿《うが》たれ、汗で肌が湿ってきた。汗ばんだ髪が頬に絡みつくが、それを掻《か》き上げる余裕すらない。

ふと後ろを見ると、ライアン様の整ったお顔が快感で歪《ゆが》んでいる。騎士服を着たままなので、更に汗をかいているらしい。

白いシャツが肌に張りつき筋肉を際立たせ、額《ひたい》から流れる汗が銀色の前髪を濡らしている。その姿は、男の色気を一段と感じさせた。

(な、なんて甘美《かんび》なお姿なのかしら！　あぁ、もっと傍で見てみたいわ！　……あ、ぁんっ！)

交わっている最中だというのに、思わず萌《も》えて心臓が跳ねる。

もっとよく見ようと上半身を捻《ひね》ると、彼は繋《つな》がったまま私の腰を持ち上げて、自分の正面に座らせた。ライアン様はベッドの上に足を投げ出し、私は彼の上に跨《また》がるような格好だ。

濡れたライアン様のお顔がすぐ傍にあって、心臓の音が更に高鳴る。

思わず張りついたシャツの上に手を伸ばす。胸の筋肉の隆起に指先が触《ふ》れたとき、ライアン様が体をびくりと動かした。

快楽に眉根を寄せたお顔がとても美しくて、ほうぅっと見惚《みと》れてしまう。ときめきが止められない。

「レイチェル……愛しているよ」

爽《さわ》やかな声が鼓膜《こまく》を揺らし、頭の先から足のつま先まで幸福に満たされる。

無意識に口から感情が零れ出た。

「ライアン様。私も愛しています」

口にしてから気が付く。
ライアン様を目の前にして、初めて自然に愛していると言えた。
「……あ！　私……」
戸惑《とまど》っているとライアン様はふっと笑った。
何度も彼の笑顔は見てきたが、今までで一番、心に強く刻《きざ》まれた。
唇の端がほんの少し上がっただけの、いつもよりも薄い笑顔なのに。
どうしてこれほど、素敵だと思ってしまうのだろうか。
「ありがとう、レイチェル。嬉しいよ」
ぽつりと小さな声で囁《ささや》いたあと、ライアン様は腰を上下に激しく動かし始める。
（んっ……あぁっ！）
少しずつせりあがる衝動が、私の全身を征服《せいふく》していく。
体を激しく揺さぶられて、私はライアン様の肩に掴《つか》まった。
この体勢だと、さっきよりも膣の奥深くまでライアン様のモノが届く。
今までとは違う抉《えぐ》られるような感覚に、私はぶるりと全身を震わせた。
愛する男性に抱かれる、この上ない幸福の時間。
私は荒い呼吸を何度も繰《く》り返した。そんな私の顔を、彼が覗《のぞ》き込む。

　恥ずかしくて、顔を見せないようにその体に抱きつこうとするが、ライアン様は私の顎《あご》に手を当ててそれを阻《はば》んだ。

「駄目だよ、君の顔が見られないじゃないか……」

　私の顔は、こんなときでも無表情のままだ。どうしてそんなに見たいのだろう。

　すると、ライアン様がクスッと笑った。

「僕はね、どんな君でも愛しているよ。君が人形のようでも、君を想うと愛《いと》おしくて泣いてしまいそうなほどに……くるおしいほど君がほしいんだ」

　心から愛されていると感じて、感極《かんきわ》まる。ライアン様は欲情を孕《はら》んだ目を細めた。

「くっ……！　あまり締めつけないでくれ。これ以上はもたない」

　彼は私を鋭く見つめると、一層荒々しく腰を上下する。熱い視線から顔を逸《そ》らしたいのに、ライアン様が私の顎《あご》を持ったままなので、それは叶わない。

　羞恥《しゅうち》が快楽となって膝《ひざ》がガクガク震えてくる。

　ライアン様はそれに気が付いてニヤリと意地悪に笑うと、更に腰を速めた。

　愛液は次第にその量を増して、ぴちゃぴちゃと音を立てる。

　想像を絶するほどの快感を享受《きょうじゅ》して、繋《つな》がっている部分から痺《しび》れが一気に広がった。

　自然に腰が反《そ》って、彼の肩に置いた指に力がこもる。

（あ、あぁぁっ！　ん……！　イっちゃう！）

ビクンビクンと腰をくねらせると、ライアン様も顔を歪《ゆが》めて唇を噛みしめた。

膣内で熱い塊《かたまり》がびくびくとうごめく。その振動が伝わったかのように、私の下腹部も上下した。

達したというのに、私の表情はやっぱり人形のまま。

平然とした顔で激しい息を繰《く》り返していると、ライアン様が私を愛《いと》おしそうに見つめた。

「本当に、レイチェルは最高の奥様だ。夜まではまだ時間がある。もう嫌だというくらいイかせてあげるから覚悟してね。嫌だと言っても、やめてあげられそうにないけど」

（え……夜までって、あと何時間あるのかしら……爽《さわ》やかなお顔で、すごいことを言われた気がするけれど……あぁ、でももうなんでもいいわ。すごく気持ちがよかったです。うっとりですぅ）

快感に浮かされてぼうっとした頭で考える。

すぐにまた、ライアン様の愛撫《あいぶ》が始まった。もう体中で舐《な》められていない部分がないほどに、隙間《すきま》なく舌と指で愛《め》でられる。

ライアン様の愛情の深さを示すように、何度も何度も繰《く》り返し挿入されて、数えきれないほどイかされた。

その間、ライアン様は息をするように愛していると囁《ささや》いてくれる。

――日が落ちて、外が暗くなってきた頃。

ようやくライアン様が満足したようにベッドに横たわる。私もそのすぐ隣で仰向けになった。

私はもう疲労困憊《ひろうこんぱい》。

（あぁ、何回中で出されたのかしら……三回目からは数えていられなかったもの）

最後にライアン様が清潔な布で体を拭《ふ》いてくれたけれど、いまだに溢《あふ》れ出す液体が、股をじっとりと濡らしている。

ライアン様が、満足げに私を見つめながらぽつりとつぶやいた。

「これで子どもができたかな……早くレイチェルと僕の赤ちゃんがほしいね」

（ライアン様は子どもがほしくて、こんなに励んだのだわ。あぁ、嬉しい！）

体は痺《しび》れて感覚が鈍《にぶ》くなっているが、心は鮮明《せんめい》だ。

じーんと感動して、幸福で満たされていく。

私たちはまっすぐに見つめ合った。

――ぐるるるる。

その瞬間、マットレスを揺るがすほど太い音が寝室に鳴り響く。私はすぐに自分のお腹を押さえた。ライアン様は顔を真っ赤にして笑いを堪《こら》えている。

「ぷっ……昼食を抜いたからね。疲れただろうし、夕食は寝室に運んでもらおう。あぁ、その前に宰相に連絡をしないとね。君の記憶が戻ったって」

（あぁ、なんて醜態《しゅうたい》を見せてしまったのかしら。お願いですライアン様、私を嫌いにならないで！）

心の中で泣きながらライアン様のベッドの上でいただいた夕食は、緊張しすぎてあまり食べられなかった。

「さぁ、レイチェル。夕食のあとはワインを飲んで、もう一度しようか。そうしたら確実に妊娠すると思うよ」

その台詞《せりふ》に、私は無表情のままナイフを取り落とした。ガチャンと音がする。

（もう一度って……ライアン様の一度は一回じゃありませんよね。またあんなに続けて抱かれるのでしょうか……！　う、嬉しいですけれど、もう体がもちませんっ！）

「大丈夫。ワインを飲んだあとのことは、君は覚えていないからね」

凍りついた人形の私を横目に、最愛の旦那様はワイングラスを持ち上げて、にっこり微笑んだ。

9　最愛の旦那様との最高に甘やかな生活

ライアン様と心も体も通じ合わせてから、一週間が経った。

私の記憶が戻ったことで、ライアン様との離縁の話は綺麗さっぱりなくなった。

お父様とお兄様は顎《あご》が外れそうなほど驚いていたが、私が幸せならそれでいいと言ってくれた。

私のライアン様への尋常ならざる情熱を知っていたので、おそらくそうなるだろうと思っていたらしい。お母様は、おいおい泣きながら喜んでくれた。

そうして私は、再びライアン様と幸せな夫婦生活を送り始めた。

もちろん『リシュラン王国と救国の騎士』の絵本は、また寝室の引き出しにしまってある。

ライアン様が私の理想の騎士だったとわかっても、彼がいないときは寂しいので、ついページをめくってしまうのだ。

ごたごたが落ち着いてから、ライアン様は私のためにしばらく休暇を取ってくれた。

ている。

なので、今私は愛する旦那様と一緒に、屋敷のサンルームでまったりお茶をいただいている。

互いの愛情を確認し合ってからというもの、ライアン様を愛《いと》しいと思う気持ちは更に高まった。最近のライアン様は少しSっ気を見せてくれるのも、また魅力的だ。

(こんなに幸せでいいのかしら。あぁ、素敵です。ライアン様ぁ)

ジリリリリリッ！

幸福に浸《ひた》っていると、突然来客を知らせるベルの音が響く。

ベリルが玄関に向かってすぐ、間を置かずに聞き覚えのある声が聞こえてきた。

「レイチェル！　ここにいるのですよねっ！」

その声の主《ぬし》は、ベリルが止めるのも聞かずにずかずかと屋敷の中に入ってくると、サンルームの扉を開けた。

金色の髪に吊り上がった細い目。パーティーに参加するわけでもないのに、光沢《こうたく》のあるグレーのスーツを着た男性。

そう、ヴィーデル卿だ。

彼は私を確認して、赤い唇をにたりと歪《ゆが》めて笑った。

「レイチェル。あぁ、君はいつだって妖精のように美しい」

思わず心の中で悲鳴を上げる。

（きゃぁぁぁぁっ！　ヴィーデル卿だわ！　どうしてここに⁉）

ヴィーデル卿は呆然とする私の前に立った。そして、エスコートをするように肘《ひじ》を差し出して会釈《えしゃく》をする。

「さぁ、レイチェル。私と一緒にハプテル家に戻りましょう」

（……！　いきなりそんなことを言われて、私がその手を取るとでも思っているの⁉）

心の中で呆気《あっけ》に取られていると、私の隣に腰かけていたライアン様がすっと立ち上がった。そして牽制《けんせい》するようにヴィーデル卿の前に立つ。

丁寧に挨拶《あいさつ》をし、ライアン様は和《なご》やかに微笑んだ。

「申し訳ありませんが、レイチェルは私の妻です。お引き取りください」

ヴィーデル卿はライアン様に視線を移すと、眉を顰《ひそ》めて馬鹿にするように鼻を鳴らした。

「悪いがライアン殿、無駄話はよしましょう。私は昨日、君とレイチェルの離縁が撤回されたことについて、貴族院に異議を申し立てました。たとえ離縁承諾書の提出がなされなかったとしても、貴族院の決定は絶対です。宰相やハプテル伯爵が何を言おうと私は認めませんよ」

彼の言葉に、私は衝撃を受ける。

彼の異議が受理されれば、私とライアン様の離縁が成立してしまうかもしれない！

（どうしましょう。そうしたら、ライアン様とお別れしなければいけなくなるわ！）

教会の決まりで、一度離縁した男性とはすぐに再婚できない。再度貴族院の許可を得なければならないのだ。それまでは、また別々に暮らさなければならなくなる。

（そんなの……そんなの絶対に嫌っ！）

私は静かに立ち上がる。

差し出された肘《ひじ》を一瞥《いちべつ》して、これ以上ないほど冷ややかな目でヴィーデル卿を見た。

そして、尖《とが》った氷よりも鋭い口調で言い放つ。

「ヴィーデル卿。ご自分の行動をわかっていらっしゃいますの？　きっとお父様も、お兄様もお怒《いか》りになるに違いありませんわ。今すぐお帰りになって、貴族院への異議申し立てを取り下げるべきですわね。そうして、二度と私にそのお顔を見せないでくださいませ」

きつい言葉を選んだつもりなのに、ヴィーデル卿は頬を朱に染めて恍惚《こうこつ》の表情を浮かべた。

「あぁ、あぁ、なんと高潔で気丈な姿。なんて美しいのでしょうか。私はあなたの虜《とりこ》です。

ですから、どうとでもなじってくれて構いません」

逆に喜ばれてしまい、どうしたらいいのかわからなくなる。

心の中でパニックになっていると、ライアン様が私を見て、大丈夫だというように微笑んだ。

彼はヴィーデル卿に笑顔を向ける。

「ヴィーデル卿、あなたの考えはわかりました。……残念ですが、あなたのおっしゃる通り、レイチェルはハプテル家に戻しましょう。ですが、その前に一杯どうですか？とても希少なワインをいただいたのです」

（ラ、ライアン様!?　どうしてこんな状況でワインを勧《すす》めるのですか？　さっぱりわかりません！）

私が呆然としている間に、ライアン様はエマに命じて三つのワイングラスを用意させた。

ヴィーデル卿は戸惑《とまど》いながらも、ライアン様からグラスを受け取る。

「はい、これがレイチェルのワインだよ」

ライアン様は、見惚《みと》れるほどに爽《さわ》やかな笑顔だ。

ワイングラスを受け取ったとき、鈍《にぶ》い私もようやくライアン様の作戦がわかった。

（ライアン様!?　ま、まさか……そういうことなのね……）

「ワインに毒など盛ってないでしょうね。ライアン殿、念のためにあなたのグラスと取り替えさせていただきますよ」

ヴィーデル卿は不審に思ったのだろう。グラスの交換を要求する。

けれども彼の作戦は、毒とかそういうものではないのだ。

ライアン様はにこやかに微笑むと、快《こころよ》くワイングラスを交換した。そしてワインが揺れるグラスを掲《かか》げて、意味深な視線を私に送る。

私はグラスを手に、ほんの少しだけ躊躇《ちゅうちょ》した。

（ワインなんて寝室でしか飲んだことがないわ。このまま倒れたらどうしましょう。……でも、ライアン様が傍にいらっしゃるのよ。きっとどうにかしてくださるわ。えいっ！）

意を決して、一気にワインを喉《のど》の奥に流し込む。

すると、お腹がぽかぽかとあたたかくなってきて、それから全身が火照《ほて》り始める。

目の前にいるライアン様の精悍《せいかん》なお顔が、ふにゃりと歪《ゆが》んできた。ライアン様が私の名を呼ぶ、妙に甲高《かんだか》い声が聞こえる。

そうしてほんの数分も経たないうちに、私は意識を失ったのだった。

ハッと気が付いたとき、私はサンルームの長椅子の上で横になっていた。目の前にはライアン様のお顔。心の準備をしていなかったので、心臓が止まりそうになる。

「大丈夫？　もう酔いは醒《さ》めた？」

私はライアン様に膝枕《ひざまくら》をしてもらっていた。彼はにこやかに私の顔を覗《のぞ》き込む。ワードローブの匂いを嗅《か》ぐまでもないほど、濃厚なライアン様の香りに包まれて胸がときめいた。

しばらく恍惚《こうこつ》としていたものの、ハッと思い出す。

「……！　ヴィーデル卿はどうなされたのですか？」

辺《あた》りを見回すが、部屋には私たち以外に誰もいない。すると、笑いを堪《こら》えながら、ライアン様が説明してくれた。

「ワインを飲んだあと、レイチェルはすぐにしくしく泣き出したんだよ。そして、神様に祈るようにヴィーデル卿に懇願《こんがん》したんだ。『ライアン様と離縁したくないのですぅ……』ってね。あのときのヴィーデル卿の顔は見ものだったよ。見せてあげられなくて残念なくらいだ」

『妖精の人形』の変わり果てた姿を見たヴィーデル卿は、勧《すす》められたワインも飲まずに、真っ青になって退散したらしい。

「あの様子なら、今日中に異議申し立ての取り下げをすると思うよ。もはや宰相やハプテル伯爵を敵に回すようなことは、もうしないだろうからね」

（あぁ、よかった！）

ホッとしたけれど、何か引っかかる。すると、ライアン様が鋭い目で指摘した。

「どうかしたの？　また何か悩んでいるよね」

酔いが醒《さ》めた私は無表情のはずなのに、どうしてライアン様は考えていることがわかるのだろうか。

私はしばらく黙っていたが、ゆっくりと口を開いた。

「……ワインを飲んだ私は、そんなにみっともないのでしょうか」

あれほどしつこかったヴィーデル卿が、あっさりと私を諦《あきら》めたのだ。きっと想像を絶するほどの醜態《しゅうたい》だったに違いない。

するとライアン様は、そんなことかといわんばかりに噴《ふ》き出した。

「違うよ。好みの問題だね。ヴィーデル卿は冷たい『妖精の人形』が好きなんだよ。僕は違う。人形の君も、感情の豊かな君も、まるごと愛してる。どちらの君も純粋で無垢《むく》で、素直な女性だからね」

あまりに褒《ほ》めるので、なんだか気恥ずかしい。私はちょっとだけ、ライアン様から顔を逸《そ》らした。

『妖精の人形』と呼ばれる私の、ありのままの姿を受け入れてくれたのは、ライアン様だけ。

もしあの運命の出会いがなければ、今でも私はハプテル伯爵家に引きこもっていたのだろうか。

そう考えると、私は神に感謝せずにはいられなくなる。

「うーん、難しいな」

突然ライアン様が言うので、首を傾げる。

(何が難しいのでしょう?)

ライアン様は尋ねる前に、その答えを語り始めた。

「君が今考えていることが、わからないんだ。大抵はすぐにわかるんだけどね」

真剣な顔で悩んでいるライアン様を見て、なんだかおかしくなってくる。

「あ、今は笑っているよね、レイチェル」

私はそれには答えずに、両手を思い切り伸ばして、ライアン様の両頬に触《ふ》れる。

彼の顔をじっと見つめたあと、自分から唇を寄せて、ライアン様にキスをした。

そして、心の中で何度も愛を誓うのだ。
この熱い想いが彼に伝わればいいと願いを込めて。
（愛しています、ライアン様。心の底から愛していますわ）
ライアン様は、これ以上ないほど、穏やかな笑みを浮かべた。

エピローグ

小鳥のさえずりに葉擦《はず》れの音。

今日も柔らかな日差しで目を覚ました私は、隣に眠る最愛の旦那様の寝顔を見た。

文句のつけようのないほど整った鼻筋に、形のいい唇。そして銀色の長い睫毛《まつげ》がとても素敵だ。

あの馬車の事故があってから、三か月が経った。

残念なことに私は妊娠していなかったようだけれど、もう少しライアン様と二人だけの世界に浸《ひた》っているのも悪くない。

(あぁ、この方が私の旦那様。何度見ても惚《ほ》れ惚《ぼ》れするわ。何時間……いいえ、一生見続けても飽《あ》きないくらい。ほぅっ……)

しばらくお顔を眺めて、未練を残しつつベッドから下りる。

ライアン様の目が覚める前に、寝起きのみっともない姿をどうにかしなければならない。

部屋《へや》履《ば》きに足を通してガウンを羽織ると、バスルームを抜けて自室へと移動した。そしていつもの縫《ぬ》いものを始める。

雑巾《ぞうきん》は何枚あっても足りない。擦《す》り切れたシーツを切り分けて雑巾《ぞうきん》にし、様々な色の刺繍糸《ししゅういと》を用途別に縫《ぬ》いつける。

それを終えると、ドレスの着つけや髪結いを手伝ってもらうため、頃合いを見計《みはか》らってベリルを呼んだ。

「奥様、今日もお綺麗ですね。今日こそは旦那様に愛しているとおっしゃってくださいね。毎朝毎朝、奥様をお慰《なぐさ》めするのは、もう飽《あ》きましたので」

うちの侍女は本当に遠慮がない。私は心の中で苦笑した。

腰まである長い髪を、ベリルがてきぱきと編み込んでくれる。私はその間に自分で軽くおしろいをはたいて、唇に紅をひいた。

ライアン様は化粧をしなくても充分綺麗だと言ってくれるが、少しでも綺麗な自分を見てもらいたい。私の取り柄《とえ》は、やっぱり見かけだと思うから。

「違いますでしょう。こんなにも外見と中身が釣り合わない女性は見たことがありません。そこを旦那様もお好きになったのだと思います。ですから百回のツンと一回のデレですよ！　奥様」

どうやら、思っていたことを口に出していたらしい。ベリルがあっさりと否定した。

心の中で頬を膨《ふく》らませる。

彼女の言う通りだとしても、百回のツンと一回のデレは結構タイミングが難しい。

でも、一度私が愛していると伝えたとき、確かにライアン様は本当に幸福そうに笑ってくれた。

そのときの表情は今でも忘れられない。私の記憶の中のライアン様のうち、トップテンに入るほど素敵なお顔だった。

またあのお顔を見たいけれど、そう簡単にいかない。

「でもやっぱり緊張するもの。そんな簡単にデレられたら、こんなに悩まないわ。あっ……」

鏡を見ていると、あることに気が付いた。

私は心の中で青ざめて、しばらく右往左往《うおうさおう》する。そのあとに無理やり自分を落ち着かせた。

(今日は、あまり旦那様のお顔を見ないようにしましょう。辛《つら》いけど仕方がないわ)

しょんぼりしていると、エマが朝食の支度《したく》ができたと知らせに来たので、一階のダイニングルームに向かう。

席に着くと、ライアン様があとからやってきた。

私の姿を見て、端整なお顔を一瞬でほころばせる。銀色の髪が揺れて、エメラルドグリーンの瞳が宝石のように輝いていた。

胸の奥がきゅぅぅんと音を立てる。

「レイチェル、おはよう。相変わらず綺麗だね」

今日の彼は、お仕事用のグレーの騎士服だ。正式な騎士服はあのときだけの特別だったらしい。

ライアン様曰《いわ》く、そうすれば結婚式のときの記憶が戻るかもと思ったらしい。なんて頭のいい方なのだろう。

とはいえ、普通の騎士服でも私の心を惑《まど》わせるには充分。胸のときめきが止まらない。

私はすぐにライアン様から視線を逸《そ》らして挨拶《あいさつ》する。

「おはようございます、ライアン様」

「そうだ、バートラム隊長が騎士団を退団されるそうだよ。王室の近衛《このえ》兵長に任命されたんだって」

近衛《このえ》兵長といえば王族の警備にあたる兵の長《おさ》。

バートラム隊長は次の騎士団長に一番近いと言われていた、有能な騎士隊長だと聞いた。

近衛《このえ》兵長は、騎士団長よりも格が下だ。どうしてその地位をあっさりと捨てたのだろうか。

とりあえずライアン様の話の続きを聞くことにした。

「アレクシアは、隣国から戻ってきてすぐに王妃様付きの侍女になった。そこで花嫁修業をしながら、いい縁談を探すらしい。王妃様の侍女なら、より高い地位の男性と知り合えるからね」

「そうなのですね」

それを聞いてホッとする。ライアン様は私がお願いした通りに、アレクシア様を助けてくださったのだ。その上、王妃様の侍女というお仕事まで紹介するなんて、本当にお優しい方。

身元のしっかりした貴族の娘が、王族の侍女になるという話はよく聞く。しかもとても人気のお仕事なので、希望する令嬢がたくさんいるそうだ。

だから、バートラム隊長も騎士団を辞めて、アレクシア様の傍で働くことにしたのだろう。

（もうライアン様のいらっしゃる騎士団に、アレクシア様が来ることはないのだわ。あぁ、

よかった）

　そう思ってしまい、罪悪感で胸がちくりと痛む。

（あぁ、奥様がこんな悪女で、ライアン様に申し訳ないわ。でも、大事な旦那様は誰にも譲れないもの）

　悶々《もんもん》としていると、ライアン様は少し眉根を下げて私を見ていた。

「だから今は騎士団が忙しくて、まとまった休みが取れそうもない。ごめんね、レイチェル。でも週末は一緒にピクニックに行こう。珍しい花が咲いている、誰も知らない丘があるんだ」

　相変わらずライアン様は私を気遣《きづか》ってくれる。

　人付き合いが苦手な私のために、いろいろ考えてくれたのだろう。

　気付いたら、お仕事の時間が来ていたようだ。ライアン様が席から立ち上がった。

　ドキドキと心臓が早鐘《はやがね》を打ち、緊張で身が硬くなる。

　彼は私の隣に立つと、背もたれに手をかけながら腰をかがめる。

　いつもの、行ってきますのキスだ。

　最近ではなんとか唇にキスができるようになったのだけれど、今日は顔を見られるわけにはいかない。今回は確信犯で、自分から顔を逸《そ》らす。

けれど、彼は何故かそれを予測していたようだ。ライアン様はすぐに顔の位置を変えて唇にキスを落とした。

柔らかい唇の感触に夢見心地《ゆめみごこち》になったあと、ライアン様の胸を突き飛ばしてしまう。

「っつ！　……レイチェル、どうしたの？」

悲しい表情でライアン様が問う。

すぐに後悔したが、パニックになって謝ることすらできない。

ライアン様を前にすると頭が正常に働かなくなる。私は椅子から立ち上がって彼に背を向けた。

（あぁ、顔を見られたくなくて突き飛ばしてしまったわ。……ごめんなさい、ライアン様）

すると背後から、ライアン様の「仕方がないなぁ」というような声が聞こえる。

「……レイチェルが僕を愛しているのはわかっているから。だから気にしないでね。僕も愛しているよ、レイチェル」

彼は優しい言葉をくれただけでなく、背後から私の肩を抱いて首筋にキスもしてくれた。

あの家出事件があってから、ライアン様は私の心を先回りして読んでくれるようになった。

本当に彼は最高の旦那様だ。彼の代わりはどこにもいない。

「行ってきます、レイチェル」

「行ってらっしゃいませ。ライアン様」

挨拶《あいさつ》を交《か》わすと、ライアン様はお仕事に向かった。

旦那様に背を向けられるこの瞬間が、やっぱり一番切ない。

悲しい気持ちを堪《こら》えながら扉をずっと眺めていると、エマがニマニマと笑って私を見ていることに気が付いた。

「奥様は言うまでもありませんが、旦那様も本当に奥様が大好きですよね。そういえば、奥様。昨日は旦那様の上着をご注文されましたよね。仕立て屋を帰すとき、いつもの鼻歌を歌っておられたでしょう。仕立て屋がずいぶん怖がっていましたよ。もう顔色は真っ青で、見ていて気の毒でした」

ベリルだけでなく、最近はエマまで手厳しい。心の中で頬を膨《ふく》らませながら、新品の上着に思いを馳《は》せる。

「ええ、私の趣味をたくさん詰め込んだから、かなり値が張ったわ。でも、絶対に銀の襟留《えりど》めは外せないもの。きっと、ライアン様の銀の髪にぴったりに違いないわ。あぁ、想像しただけで気絶しそう……」

そして、ふと閃《ひらめ》く。

（そうだわ。週末のデートのときにその上着を着ていただきましょう。花でいっぱいの丘に、私とライアン様。想像するだけで胸が高鳴るわ）

無表情のまま心の中でムフフと笑ってから、私は侍女たちに声をかけた。

「さぁベリルにエマ、今日もお掃除を頑張りましょう。私とライアン様の大切なお屋敷ですもの。お部屋の隅々まで綺麗に保っていたいわ。そして、百年先もライアン様とずーっとここで暮らすの。ふふふ」

「そうですね、奥様。でも旦那様のワードローブの中を匂うのは手短にお願いしますよ。それと、旦那様の使ったグラスにキスをされるのもよしてください。口紅がつくと、汚れが取りにくいですから。旦那様の手袋に頬ずりするのもおやめください。頬紅がつきますので」

ベリルに釘を刺される。何度説明しても、彼女は大好きな旦那様の匂いに包まれる幸福感をわかってくれない。

ライアン様の使用したものなら、たとえそれが小さなスプーンだとしても愛《いと》おしくて泣きたくなるというのに。

できれば私自身がスプーンになって、ライアン様の指でつままれてお口の中に入りたいくらいだ。

そんな妄想に浸《ひた》りながら、今日やることを告げる。

「さあ、今日は掃除が終わったらケーキを焼きましょう。ハンスにライアン様のお好きなチーズケーキのレシピを教えてもらったの。きっと喜ばれるはずだわ」

いつものように動きやすい服に着替えた私は、張り切って掃除を開始する。早く掃除を終えてライアン様の部屋に行き、ご褒美《ほうび》タイムをじっくりと味わいたい。

そんな私の様子をベリルとエマが苦笑いをしながら見ている。

「本当にうちの奥様は、旦那様を愛しておいでですね」

ベリルが言うと、エマもうなずく。

くすくすと二人の小さな笑い声が、早朝の屋敷に響いた。

◇◇◇

僕がレイチェルを失いそうになった騒動から、三か月が経過した。

僕は騎士団に向かう馬の上で首を捻《ひね》る。

あの日、僕たちは互いの愛を確かめ合って深く心を繋《つな》げたはずなのだが、今朝《けさ》のレイチェルはなんだかおかしかった。僕と目が合ったのに、すぐに逸《そ》らされた。

彼女の場合はそれが普通だともいえるが、さすがに目が合っていた時間が短すぎる。

それに、僕がキスしようとしたら突き飛ばされた。毎朝のことなのに、あんな反応は初めてだ。

(今は何に悩んでいるんだ？　もう全て解決したのに……もしかして、先週チェルシー侯爵家の晩餐会《ばんさんかい》で、話が滑《すべ》ってしまったのを気にしているのか？　それとも、先月のハネス伯爵家の舞踏会で、僕と踊っているときに足を踏んだことかな……どれもすぐにフォローしたから、それほど思い悩む必要はないはずだけど)

レイチェルの記憶を失う事故があってから、僕は今まで以上に神経質になっていた。

(あのときは、本当にもう駄目かと思った。もうあんな思いはごめんだ)

あの日は念のために、特別な騎士服を着ていった。レイチェルは僕の騎士服姿がこの上なく好きなようだから。

オレンジジュースで汚れたナプキンをすぐに洗わなかったのも、エマとベリルに頼んで、わざとそうしてもらった。

あのナプキンはレイチェルのお気に入りで、特別なときにしか使用しない高級品。それがきっかけになって、記憶が戻るかもしれないと考えた。

やはり染《し》みが残ってしまって、レイチェルはかなり落ち込んでいたようだが、結果的にはよかった。

おかげで、彼女がすでに記憶を取り戻していることを知ることができたからだ。

（あのとき、レイチェルは記憶がないふりをして、本気で僕と別れるつもりだったんだ。危なかった……でも、僕たちの周りの障害は無事取り除けたから、もう大丈夫だろう）

レイチェルが記憶をなくしてハプテル家に滞在していた頃、僕は慎重に計画を遂行《すいこう》した。

そもそも事件の発端《ほったん》は、アレクシアがレイチェルに僕と付き合っていたと嘘をついたからだ。アレクシアには、それを償《つぐな》ってもらった。

レイチェルを悲しませたアレクシアに、同情するつもりはない。

彼女の交友関係やよく行く場所、好みは嫌というほど知り尽くしている。そこで、僕はアレクシアにある男を近づけた。

将来有望な美形で、かつ爽《さわ》やかで誠実そうな青年。彼女のタイプど真ん中だ。

僕に拒絶されて落ち込んでいたときを狙い、劇的な出会いを演出すると、アレクシアはあっさりと陥落《かんらく》した。

彼には隣国の貴族を名乗ってもらったが、本当はただの工場長。けれどアレクシアは露《つゆ》ほども彼を疑わず、あっという間にのめり込んだ。

彼女の僕への愛情なんて所詮《しょせん》そんなもの。レイチェルの自己犠牲《じこぎせい》を伴《ともな》う不変の愛とは比べものにならない。

折を見て、僕は男に駆け落ちの提案をさせた。彼女はその誘いにまんまと乗り、父親の目を盗んで隣国へ逃げた。

けれど蓋《ふた》を開けてみれば、待っていたのは隣国での贅沢《ぜいたく》な暮らしではなく、織物工場での労働の日々。身分を証明するものを何も持たなかった彼女は、言われるがまま働くしかなかったはずだ。

そうやって、償《つぐな》わせたわけだが、彼女の父であるバートラム隊長は、一筋縄《ひとすじなわ》ではいかない人物。彼の目を盗んでアレクシアを騙《だま》すのは容易ではなかった。

そこで、バートラム隊長には騎士団での仕事を増やしてあげた。僕の策略に気付くほどの余裕をなくすために。

それに伴《ともな》って僕が帰宅する時間も遅くなったが、どうせ帰っても屋敷にレイチェルはいないのだ。真剣に仕事に取り組んだ。

アレクシアが駆け落ちすると、突如《とつじょ》として娘を失ったバートラム隊長は落胆し、騎士団の仕事にも支障をきたすほど憔悴《しょうすい》した。

「あのときのバートラム隊長は酷《ひど》かったな。さすがの僕もほんの少し心が痛んだよ」

僕は騎士団の門をくぐりながら、誰にも聞こえないよう独り言をつぶやく。

門番に笑顔で挨拶《あいさつ》することも忘れない。彼らは尊敬の念を浮かべ、目を輝かせて僕に敬礼した。

彼らの姿が見えなくなると、僕は再び思考に没頭する。

アレクシアには一生を隣国で暮らしてもらおうと思っていたのだが、レイチェルに言われて彼女を許すことにした。

僕はアレクシアが男に騙《だま》され、隣国で苦しんでいることをバートラム隊長に告げた。

すると隊長は情報を伝えた僕に感謝して、娘を助けたのだった。

このことが公《おおやけ》になりアレクシアの評判に瑕《きず》がつくのは、レイチェルの思うところではないだろう。そこで、僕は彼女に王妃の侍女の職を紹介することにした。

王妃の侍女は、貴族の令嬢がいい縁談を見つけるための格好の仕事だ。アレクシアも人生をやり直せるだろう。

ただ、人気の職なので簡単になれるものではない。大変不本意だったが、宰相に頭を下げて特別にその席を用意してもらった。

駆け落ちの一件が一部の者に噂されるようになった頃だったので、隊長はその話に飛びついた。

けれど本当は、その頃アレクシアの駆け落ちを知る者は、僕の手駒《てごま》以外いなかった。

計画が全て成功するまで、噂が広がらないよう気を付けていたから。

彼らはこのことを僕が画策したと知らないので、僕に感謝しているだろう。

現在はアレクシアも元気に過ごしているようだし、これにて作戦は成功というわけだ。

バートラム隊長が退団し、王室付きの近衛《このえ》兵長になるのは予期せぬことだったが、おそらく父親として娘を監視するためだ。

アレクシアは、ほしいもののためなら深く考えず行動する、愚《おろ》かしい女。

たとえそれが、宰相の娘の名誉《めいよ》を傷つけることだとしても。

彼女がレイチェルにしたことが宰相やハプテル伯爵に知られていたら、僕の策略程度では済まなかったに違いない。

「それでも純粋なレイチェルは、アレクシアを庇《かば》っただろうけどね……可愛いレイチェル」

レイチェルのことで頭をいっぱいにしながら、騎士団の建物の間を抜ける。

すると、ワイルダーとすれ違った。彼も僕に気付いて挨拶《あいさつ》した。

「おはよう、ライアン。君は本当に熱心だね。また新人の稽古《けいこ》をつけに行くのか？」

「もちろんだよ、ワイルダー。そうだ、今日は君も手伝ってくれないか」

彼は当然だといわんばかりに微笑んだ。

ワイルダーは他人を疑うことを知らない純朴《じゅんぼく》な男。

僕は扱いやすい彼のことを、ことさら気に入っている。とてもいい友人だ。

彼と馬を厩舎《きゅうしゃ》に預けたあと、新人たちが待つであろう裏庭に向かう。

僕はいつも少し早めに騎士団に来て、年若い騎士の訓練に付き合うことにしている。

次代の有望株にはいい印象を与えておきたい。操りやすそうな人材を見極《みきわ》めて僕の陣営に引き込むのにも、この訓練は適している。

それに何より、僕の株が上がるのだ。

裏庭には、すでに数十人の若い騎士が揃《そろ》っていた。僕とワイルダーを見て、彼らは揃《そろ》って歓喜の表情を見せる。彼らは僕を尊敬し、全幅の信頼を寄せてくれる。

僕は剣を抜くと、彼らの前で構えた。

「さぁ、誰からかかってくる？　みんな同時でもいいよ」

その言葉を合図に、剣を構えた騎士たちが一斉に押し寄せる。

僕がそんなことを言うとは思っていなかったようで、ワイルダーは慌《あわ》てているようだ。

（みんな馬鹿だなぁ。大勢で一か所に集まると、身動きが取れなくなるのに。ほら、足

元がおろそかになっているよ）

僕はにっこりと笑うと、剣を使わずに足で土埃《つちぼこり》を舞い上げた。視覚を失った彼らが騒然としているうちに、膝頭《ひざがしら》の上をめがけて蹴《け》りを入れる。

ものの三分もしないうちに、彼らは地面に倒れ込んだ。

僕は地面に落ちている剣に自分の剣先を引っかけて拾い上げた。そして、地面に伏している彼らの前にそれをぶら下げる。

「駄目だよ、計画もなしに突っ込んできちゃ。騎士だからといって、剣を使って戦うとは限らない。臨機応変《りんきおうへん》にその場にあるものを利用するんだ。わかった？」

「は、はいっ！　ありがとうございます！　ライアン殿！」

すぐに立ち上がった彼らは、真剣な眼差《まなざ》しで声を合わせた。

「いい返事だね」

次代の騎士団を背負う彼らの忠心は、すでに僕の手のひらの上。今日の訓練も順調だが……どうしてもあのことが気になって集中できない。

僕はおもむろに剣を鞘《さや》にしまうと、ワイルダーの肩をポンッと叩いた。

「すまない、ワイルダー。どうしても気になることがあるんだ。僕はすぐに屋敷に戻らなくちゃいけない。君が彼らの訓練に付き合ってやってくれないか？」

「あ、ああ。構わないが、何かあったのか？」

急に眉根を寄せた僕の顔を、心配そうに覗《のぞ》き込む。本当に純朴《じゅんぼく》な男だ。

「大切なことだ。詳しくはあとで話すよ。ごめんね、みんな」

僕はそう言って騎士たちに頭を下げると、厩舎《きゅうしゃ》に急いだ。そして馬に飛び乗る。

（なんだか嫌な予感がする。こうしている間にまた家出でもされたらかなわない。もう、あんな思いはたくさんなんだ）

急いで馬を駆けさせて、屋敷に戻る。

息を落ち着かせながら玄関の扉を開けると、ホールには水の入ったバケツが倒れていて、タイルの上は水浸《みずびた》し。廊下の奥から、息を切らしたベリルとエマが駆けてきた。

「ど、どうなさいましたか、旦那様！　騎士団に向かわれたばかりでは？」

エマが僕に頭を下げ、床を濡らす水を雑巾《ぞうきん》で拭《ふ》き始めた。侍女に構わずに僕は大きな声で叫ぶ。

「レイチェルは⁉　彼女はどこ？」

「あ、あぁ。多分ご自分のお部屋にいらっしゃいます。あの、でももしかしたら化粧を直されているかもしれませんので、よろしければ旦那様は応接間でお待ちください」

ベリルは手を大きく振りながらそう言った。

二人とも、僕の姿を見てとても慌《あわ》てているようだ。

また、レイチェルは僕に隠れて侍女の真似ごとをしていたに違いない。

(あぁ、とにかくレイチェルの顔を見るまでは安心できない!)

僕はベリルが止めるのも聞かずに、階段を駆け上がる。

レイチェルの自室の扉を開けると、彼女の後ろ姿があった。それを見て、ホッとする。

(よかった! ここにいてくれたんだ!)

レイチェルがゆっくりとこちらを振り返った。

腰まである輝く髪が空気を含んで、背中から腰までの緩やかなラインをさらりと撫《な》でる。

人形を思わせる艶《あで》やかな絶世の美女がそこにいた。

陶器《とうき》のように染《し》み一つない白い肌も、形のいい桃色の唇も流れるような鼻のラインも……全てが目を奪われるほど美しい。

けれど、そんな彼女に似つかわしくないみすぼらしいドレスが、ベッドの下にくしゃくしゃに押し込まれているのを見つけた。きっと僕の帰りを知って、慌《あわ》てて掃除用のドレスを脱いだのだろう。

それに彼女の足は濡れているようだ。玄関ホールから部屋に至るまでの床に、等間隔の水たまりがあった。

（僕が連絡せずに戻ってきたから、焦《あせ》ってバケツの水につまずいたんだね。ああ、さぞ足が冷たいだろうに……。こんなにバレバレなのに気付かれていないと思っているところが、すごく愛《いと》おしい。思いきり抱きしめて壊してしまいたくなる）

僕はゾクリとする感情を押し殺す。

熱を込めて見つめると、彼女はまた不自然に顔を逸《そ》らした。やっぱり何か隠しているようだ。

「お早いお帰りですわね。私はお部屋で読書をしていましたのよ」

（レイチェル、読書をしていたと言うなら、どこかに本を用意しておくものだよ。本当に嘘が下手《へた》くそで可愛らしいなぁ）

僕はにっこりと笑って、レイチェルに近づいた。

彼女の隠しごとを、何がなんでも聞き出さなければいけない。

僕はレイチェルの顎《あご》を掴《つか》んで、強引にこっちを向かせる。でも強気な動作とは裏腹に、心の中はいつ彼女を失うかわからない不安でいっぱいだ。

僕はどんな人でも、自分の手のひらの上で転がせると思っていた。

でも彼女にだけは、僕のほうこそ振り回されて感情が乱れてしまう。

「レイチェル、何か僕に隠しているよね。さっさと言わないと大変なことになるよ」

「なんでもありませんわ、ライアン様。気のせいです」

またレイチェルが目を逸《そ》らす。どうしても僕の顔を見たくないようだ。

彼女の愛情を疑ってはいないが、そんな態度を取られたらさすがの僕も胸が痛む。

「レイチェル……お願い、教えて。気になって仕事にも支障が出そうだよ。またどこかの女性に何か言われたの？」

レイチェルの好きそうな角度を向いて、耳元で優しく囁《ささや》く。そして腰を抱いた。レイチェルは、一瞬肩をぶるりと震わせる。普段の彼女ならこれですぐに陥落《かんらく》するはず。

なのにレイチェルは、僕が何度聞いても答えてくれなかった。

こうなったら最後の手段だ。きっと今日はもう、騎士団には戻れないだろうと頭の隅で考える。

「わかった。レイチェルがその気なら、もう一人のレイチェルに聞いてみることにするよ」

僕はチェストの上に置いてある瓶を手に取り、中に入っているワインを口に含む。

今からすることがわかったのか、レイチェルが後ずさった。

逃がさないよう、両肩を掴《つか》んで深く口づけた。

唇が重なると、エデンの禁断の果実のような甘い味がした。果肉のように柔らかな唇を舌で割って、口内にワインを注《そそ》ぎ込む。

彼女の喉《のど》がごくりと鳴って、ワインを飲んだことがわかった。

僕はレイチェルを誘導して、ベッドの上に座らせる。

すると数分も経たないうちに、彼女の情《なさ》けない声が聞こえてくる。

「ライアン様ぁ、大好きです。私を嫌いにならないでくださいませ……」

既に頬は真っ赤に染まり、その顔を見ているだけで胸の奥が熱くなって心が震えた。

僕は彼女の頬を両手で撫《な》でながら、改めて尋ねる。

「僕もレイチェルが大好きだよ。絶対に嫌いになんてならない。だから、何を隠しているか言って？」

これで素直にうなずくだろうと思っていたのに、彼女は手をもじもじさせて、まだ悩んでいるようだ。

（そんなに重大なことなのだろうか？　まさか他の男に触られたとかっ！）

最悪の想像をして背筋が凍った瞬間、レイチェルがその顔を上げた。目には涙が浮かんでいる。

レイチェルは言いにくそうに口を開いた。

「……あの、私。……顔にできものができてしまったの。こんなみっともない顔を見せたら、きっとライアン様は愛想を尽かしてしまうでしょう」

「……できもの？　そんなものは見えないよ。一体どこにあるの？」

レイチェルが渋々《しぶしぶ》見せてくれたのは、こめかみにあるニキビ。言われないと気が付かないほどの小さなものだ。

僕は拍子抜けして、そのまま彼女の隣に座り込んだ。

この僕が、こんなに小さいニキビにあれほど悩まされたのかと思うと、笑いが込み上げてくる。

「はっ……ははっ……やっぱりレイチェルは、僕を困らせる天才だ」

思わず額《ひたい》に当てた自分の手が、汗ばんでいることに気が付く。

これほど僕の感情を揺さぶるのは、レイチェルただ一人だ。

でも、こんな些細《ささい》なことに悩むレイチェルも、可愛らしい。

そんな僕を、レイチェルは心配そうな顔で探るように見た。

「笑わないでくださいませ、ライアン様ぁ……」

全身で悲しみを表現するレイチェルには、『妖精の人形』の面影《おもかげ》は全くない。

神様が全てを計算して作ったような、美しい顔。

その顔に感情の光が灯《とも》されることを知っているのは、世界で僕だけ……

「あのぅ、お見苦しいようでしたら、このできものが治るまで、ずっと帽子を被《かぶ》っていても構いません。でもお願いですから、ライアン様のお傍にだけはいさせてください」

本当に可愛らしいことを言う。

心の奥があたたかくなって、体の中心に熱がこもる。僕はレイチェルを抱きしめながら、その耳に囁《ささや》いた。

「レイチェル。足が濡れていて寒そうだ。ついでに服も全部脱ぐといい。心配しないで。みんな僕が手伝ってあげるから」

レイチェルは目を見開くと、恥ずかしそうにコクリとうなずく。その仕草も堪《たま》らない。

僕は腕の中にある、確かな温《ぬく》もりに安堵《あんど》する。

もう僕は彼女なしでは生きていけないらしい。

『妖精の人形』はこうして、僕に赤い靴を履《は》かせて死ぬまで踊《おど》らせるのだ。

でも僕は、そんな人生に満足している。

「僕が君を捕まえたのだと思っていたけど、捕まったのは僕だったね。だけど、もうこれ以上僕を翻弄《ほんろう》しないでね、レイチェル。愛しているよ、僕の可愛い奥様」

僕はレイチェルの唇に、そっとキスを落とした。

書き下ろし番外編

それからの結婚生活

私、レイチェル・ブルテニアは今日も最愛の旦那様との結婚生活を楽しんでいる。

様々な誤解とすれ違いを経て互いの愛情を確かめ合ったのだが、それからというものライアン様はますます私に甘々になった。

以前からそうだったけれど、最近ではもっと率直に愛情を表現してくれる。

私がライアン様にときめきすぎて言動がきつくなってしまっても、「大丈夫。僕はわかってるから気にしないで」とフォローしてくださる。最高の旦那様だ。

ライアン様が仕事に行ったあと、いつものように屋敷の掃除をしながら私はベリルとエマに問いかける。

「こんなに幸せでいいのかしら、私……一生分の幸福を味わっているような気がするの。だってライアン様ったら私の欠点を知った上で、まるごと愛してくださっているのよ。そんなできた旦那様なんて他にいないわ」

人形のような顔で抑揚《よくよう》なく語る私を、ベリルが埃《ほこり》を掃《はら》いながら振り返った。

「欠点なんて奥様にはありませんよ。キスしようとする旦那様の手をピシャリと叩きおとしてしまうほど素直じゃありませんのに、旦那様のワードローブの匂いを嗅《か》いでうっとりされているのですから。そんなギャップが旦那様にもツボなのではないでしょうか」

するとエマが雑巾《ぞうきん》を持ったまま、真剣な眼差《まなざ》しで何度もうなずく。

「それ、わかります。奥様は見た目と中身の差がありすぎて、はじめはハラハラしていましたけど、今ではそんな奥様を見ているとほっこりするようになりました。奥様はずっとこのままでいてください」

これは褒《ほ》められているのだろうか貶《けな》されているのだろうか。複雑な気持ちになりながらも箒《ほうき》を持つ手は止めない。

愛するライアン様と暮らす大切な屋敷なのだ。いつも清潔に保っていたい。

「ずっとこのままなんて、ライアン様の言葉に甘え続けるつもりはないわ。最近、笑顔の特訓をしているの。そうしたら少しだけど笑えるようになったのよ」

自信満々に腰に手を当てる。そうしてにっこりと笑って見せた。ベリルとエマが同時に固まる。そうして互いに目を見合わせてから、ベリルが意を決したように口を開いた。

「――あの、奥様。そのお顔はおやめになったほうが……相変わらずとてもお美しいのですが、神々《こうごう》しさが増して更に近づきにくいオーラが出ています。子どもが泣き出すレベルです」

あまりの評価に浮ついた気持ちがだだ下がる。二十四年間無理だったものは、そうすぐには変えられないようだ。

夜になり、ライアン様が帰ってきたので玄関まで出迎える。今日は野外演習で疲れているはずなのに、彼は汚れ一つない騎士服で帰ってきた。

切れ長の目に浮かぶ緑の瞳に、夜露の絡まった蜘蛛の糸のように輝く銀の髪。すっきりとした鼻梁に形のいい唇。いるだけで目をひかれる。

「ただいま、レイチェル」

にこやかに微笑む彼は、出会ったときのように凛々《りり》しい。胸の奥がこそばゆくなって、ほわんと頬があたたかくなる。

「お帰りなさいませ、ライアン様」

「レイチェル、昨日は確かハプテル伯爵家に行く日だったよね。そこで誰かと会った？」

ライアン様は私の腰を引き寄せて、こう言った。視線が合ってドキリと心臓が跳ねる。

「昨日……そういえばお兄様のご友人とお会いしましたけれど、どうしてですの？」

「その友人は女性じゃないよね」

ライアン様のこと。誰だか知っていてわざと私を問い詰めているのだ。私が黙ったままでいると、ライアン様の笑顔が深まった。

「高名な隣国の騎士であるアロイス・カークライト伯爵は、『妖精の人形』に会って、とても感動されたようだよ。そう知り合いに語っていたそうだ。なんでも、人形のように美しいレイチェル様が一瞬だけ自分に微笑んでくれたと……これは一体どういうことなんだろうね」

お優しい声の調子が逆に怖い。私はいつもの無表情で答えた。

「それはきっとアロイス様の勘違いですわ。お酒を飲んでもいない私が、微笑むことなどできるはずがないでしょう」

「うん。だからね、僕は驚いているんだ。どうして君が僕じゃなくて、他の男の前で笑ったのかってね。この僕にだって、お酒を飲まないと笑顔を見せてくれないのに……まさか、その男のことを僕よりも好きになってしまったんじゃないよね？」

私は慌《あわ》てて首を横に振って否定した。

「私の心は充分ご存じのはずです」

「君が僕を愛していることはわかっているよ。でも同時に、他の男を好きになることだってあるのかもしれない。だってカークライト伯爵は僕とはタイプは違うけど、美丈夫《びじょうふ》だと有名な方だからね」

「そんなこと……」

「じゃあ、レイチェル。今から僕に笑って見せて。カークライト伯爵にもできたんだから、僕にもできるよね」

そう言われて簡単に笑えるわけがない。何度練習しても無理だったのだから。

(で、でもなんだか怒っていらっしゃるみたいだわ。なんとかして笑わないと……)

ベリルやエマに見せた笑顔を試してみるが、ライアン様の反応はない。やっぱりこれでは駄目なのだ。

必死で顔の筋肉を動かそうとするが、変化した様子は全くない。このままでは瞳孔《どうこう》さえ開いてきそうだ。

(やっぱりダメなのだわ……)

「………」

心の中で号泣したとき、ライアン様の顔から笑顔が消えた。すまなさそうに瞼《まぶた》を伏せて私の頬に手を当てると、彼は自戒するように頭を下げる。

「ごめん。こんな風に君に無理やり笑顔を強《し》いるなんて、するべきじゃなかった」

「そ、そんなことはありません。絶対に笑ってみせますわ！　ですからお待ちください」

ライアン様を悲しませたくない一心で頑張るが、どうしても無理だった。

（あぁ、どうしたらいいのでしょう。あぁ、でももし私がカークライト伯爵の前で笑ったとしたら……伯爵があおっしゃったからだわ）

お兄様に紹介されたとき、カークライト伯爵はこう言ったのだ。

『レイチェル様、あなたのお噂はかねがね伺っております。あぁ、なんという常識を超えた美しさなのでしょう。あなたの夫のライアン君とは仕事で顔を合わせたことがありますが、感じのいい青年でした。お二人はとてもお似合いの夫婦ですね』

あのときの言葉を思い出して、感動がじわりとよみがえる。これまで私たち夫婦を似合っていると言ってくれた人は、母以外にただの一人もいなかった。

身分もその性格も、見かけからして正反対の私とライアン様。そう言われたとき、私は天にも昇るほど嬉しかったのだ。

そのことをライアン様に伝えると、彼は少し驚いたような戸惑《とまど》ったような表情で私を見た。

「レイチェル……君、笑っているの？」

「え？　ライアン様。私、笑うことができたのでしょうか？」

抑揚《よくよう》のない声で尋ねると、ライアン様は小さくうなずいた。

「うん、……すごくぎこちなかったけど笑ってた」

「そう――そうなのですね。私、なんだか笑うコツが掴《つか》めてきたようです」

自分の頬に手を当ててライアン様を見つめる。すると彼はいきなり私の腰を抱いて高く持ち上げた。急にバランスを失った私は、両手をライアン様の肩にあずける。

「きゃっ！」

「ははっ！　レイチェル、すごいよ。ワインを飲んでないのに可愛らしい笑顔だった。でも僕以外の男に、その顔を見せないようにね。僕は結構、独占欲の強い男みたいだから」

嬉しそうなライアン様の姿に、ときめきが更に深くなった。

「それはあまり自信がありませんわ。でも私、努力いたします」

すると、彼は急に真顔になって私を見つめる。

「――本当にレイチェルにはかなわないな。君はいつだって僕をおかしくさせるんだ」

ライアン様は頬にキスをすると、こう耳元で囁《ささや》いた。

「愛しているよ。僕の人形奥様」

本書は、2020 年 4 月当社より単行本として刊行されたものに書き下ろしを加えて文庫化したものです。


この作品に対する皆様のご意見・ご感想をお待ちしております。

おハガキ・お手紙は以下の宛先にお送りください。

【宛先】

〒 150-6008 東京都渋谷区恵比寿 4-20-3 恵比寿ｶﾞｰﾃﾞﾝﾌﾟﾚｲｽﾀﾜｰ 8F
（株）アルファポリス　書籍感想係

メールフォームでのご意見・ご感想は右のＱＲコードから、
あるいは以下のワードで検索をかけてください。

アルファポリス　書籍の感想　検索

ご感想はこちらから

ノーチェ文庫

乙女《おとめ》な人形奥様《にんぎょうおくさま》と爽《さわ》やか騎士様《きしさま》の甘《あま》やかな日常《にちじょう》

南《みなみ》 玲《れい》子《こ》

2022 年 4 月 30 日初版発行

文庫編集－斧木悠子・森順子
編集長－倉持真理
発行者－梶本雄介
発行所－株式会社アルファポリス
〒150-6008 東京都渋谷区恵比寿4-20-3 恵比寿ｶﾞｰﾃﾞﾝﾌﾟﾚｲｽﾀﾜｰ8F
TEL 03-6277-1601（営業）　03-6277-1602（編集）
URL https://www.alphapolis.co.jp/
発売元－株式会社星雲社（共同出版社・流通責任出版社）
〒112-0005 東京都文京区水道1-3-30
TEL 03-3868-3275
装丁・本文イラスト－さばるどろ
装丁デザイン－MiKEtto
（レーベルフォーマットデザイン－ansyyqdesign）
印刷－中央精版印刷株式会社

価格はカバーに表示されてあります。

落丁乱丁の場合はアルファポリスまでご連絡ください。

送料は小社負担でお取り替えします。


ISBN978-4-434-30241-1 C0193